以妻為貴 1

文創風 569

淺淺藍 著

目錄

序

淺淺藍

我是一個喜歡看小說的女子，尤其喜歡看穿越和重生這類的，覺得有不少喜歡的故事女主活得太憋屈了，忍著渣男、讓著女配。都說是穿越重生的，還把自己的日子過成這樣，氣不氣人？我也跟著看得憋屈上火，各種埋怨。

基於此，就有了自己寫一本的想法，寫一本女主角強大、不讓人覺得憋屈壓抑的，這才有了《以妻為貴》的出現。

女主角沈薇在現代是個因為父母離婚而受傷的女子，即使她有著堅強的外表，內心卻是渴望愛的。

在現代無法得到自己想要的，回到古代，人生重新洗牌，於是現代的沈薇成了忠武侯府三房，生母早逝、親爹不管、繼母折磨、姊妹欺凌的小可憐沈薇。故事開始於沈薇大冬天被繼妹推落池塘，昏迷不醒之下就被繼母送到千里之外的鄉下祖宅，換了個人的沈薇便在這裡開啟了她積累財富、虐渣打臉、威震邊關，最後覓得良人相伴的傳奇人生。

許多讀者喜歡《以妻為貴》是因為這本書很爽快，女主角沈薇快意恩仇，從不委屈自己。她強大，卻不會強大到讓人覺得虛假；她爽快，說搶土匪窩就搶土匪窩；她不畏人言，不拘泥於規矩，做的每件事情都不符合古人對女子的要求，她訛詐朝廷命官，抄土匪窩，與不喜自己的祖母和父親對上，古代女子不敢做也做不到的事情她全都做了，卻不讓人討厭；因為沈薇雖不守規矩，卻有著自己的底線，她善良，在自己的生活都還沒有著落時，仍能養著雞頭山上那群老弱病殘。她從不無故出手，都是別人再三挑釁才還手的，無論是對繼母、繼妹，還是對祖母、父親，都是如此。

最讓讀者喜歡沈薇的是她從不委屈自己，有條件時要過舒心日子，沒條件時創造條件也要過上舒心日子。無論是在祖宅，還是在忠武侯府，抑或是西疆邊城，乃至最後的晉王府和平郡王府，沈薇都過得瀟灑恣意，讓人羨慕無比。

這樣的女主角，讀來覺得十分爽快，酣暢淋漓，讓在現實生活中有著這樣那樣不得已、不如意的讀者如何不嚮往呢？

至於塑造女主角，覺得既然是女強文，自然就該以女主角為主。許多讀者都覺得我把男主角寫得太弱了，可男主角如果強得宇宙無敵，那還能顯出女主角嗎？什麼都需要男主角的庇護，還叫女強文嗎？說句玩笑話，若不是女主角沈薇需要一個陪她幸福的男主角，我都恨不得不要男主角出現才好呢，呵呵！

謹以此文祝福那些陪著作者一起看風景、看細水長流的姑娘們！

第一章

冬日，寒風吹得樹枝嗚嗚作響，因有太陽，仍是讓人感覺到了溫暖和希望。院子早就沒有了往日花團錦簇的景象，連牆角的翠竹都已枯黃，愈加顯得頹敗。沈薇歪在破舊的湘妃椅上，小腿一晃一晃的，椅子發出吱吱呀呀的聲音。她眯起眼睛曬著暖陽，一頭青絲隨意地綰著，隨著身子的搖晃，神情享受。

在沈薇旁邊有個小丫頭，約莫七、八歲的樣子，稀疏的頭髮梳成丫髻，正蹲著馬步舉著石磨，嘴裡還小聲地數著數。

幾十斤的石磨被一個小丫頭舉在手裡，怎不令人驚訝呢？

「小姐，這樣每天舉，力氣就會變大嗎？」小丫頭臉蛋紅撲撲的，額上有細細密密的汗珠。

「那當然，本小姐什麼時候騙過妳？」沈薇的心情不錯。

莫名其妙來到這個鬼地方，接手了一具孱弱的身體，等她整理過腦子裡凌亂的記憶，對未來沒法再懷抱美好的希望。

她現在身處的是一個名叫大雍的朝代，這個也叫沈薇的小姑娘，短短十二年的人生就是一場妥妥的悲劇。生母早逝，繼母不良，渣爹不管，庶姊繼妹往死裡欺負；雖然老爹不大不小是個京城四品高官，但這姑娘的日子過得連奴僕都不如，被繼母搓磨得膽小怯懦。

這不，大冷天的被繼妹推下池塘，連大夫都沒請就被繼母以「養病」的名義打包扔回了千里之外的祖宅，送到一個叫沈家莊的村子。

京郊的莊子不送，大老遠地送到祖宅，繼母這是多不待見她呀！

在這兒要錢沒錢，要人呢，只有一個自幼奶大她的嬤嬤，一個呆愣的八歲小丫頭，外加一個看門的年邁老人，讓剛來的沈薇恨不得能去死一死。

整整喝了一個月的苦藥汁，沈薇終於有力氣下床，也認命了，知道自己再也回不去了。可她沈薇是什麼人？怎能過這種困頓的苦日子？

怎樣才能有錢呢？一旦認命，沈薇馬上就思索起未來的生計。許是心情變了，馬上就有了新發現。

她身邊唯一的小丫頭，原來叫小草，她嫌不好聽，改叫桃花。而事情是這樣的，那天沈薇出來閒晃，一眼就看到瘦瘦小小的桃花揮舞著一把大斧頭劈柴，嚓一下，碗口粗的木頭應聲裂成兩半。沈薇震驚得嘴巴都張大了。哇嗚，大力女呀！雖然這丫頭有些呆愣，但調教調教，就是武林高手啊！

於是，沈薇不太美妙的生活多了一抹亮光。

「小姐，我今天舉夠五十下就有肉吃？」桃花眼睛亮晶晶地看著自家小姐。雖然舉這個大石頭很累，但有肉吃呀！她好久好久沒有吃到肉了，還是去年小姐生辰時偷偷給她一小塊紅燒肉，那滋味美得她差點把舌頭吞進肚子裡。

「吃肉？」沈薇晃蕩的小腿頓了一下。「那、那是自然，小姐我說話算數。」沈薇拍著胸脯保證，心情頓時不美好了。吃肉？妳吃肉?!我還想吃肉呢！別說吃肉了，糙米粥都要喝不起了……別以為她不知道顧嬤嬤和桃花都是吃野菜餅的。

「小姐、小姐，夠了！五十下，我數著了，一下都不少。」沈薇正想著呢，桃花已經扔下石磨殷切地看著她，大而黑的眼睛直愣愣的，越發顯得傻了。

沈薇嘆了口氣站起身。「走吧！」

「喔。」桃花也不多問，喜孜孜地跟在沈薇的身後。

當初那場風寒幾乎要了沈薇的命，正確地說，是已經要了那個苦命姑娘的命。除了繼母做門面功夫給的十兩銀子，她們幾乎沒有任何財產；幾身洗得發白的舊衣，幾根連府裡二等丫鬟都看不上眼的銀釵，都已陸續當了就醫抓藥，沈薇手裡一文錢都沒有，怎麼吃肉？

她們不知不覺地就走出大門。出了沈宅，向東走了約莫一里路就是山，因為沈家祖宅在村子最東，這一路倒沒遇到什麼人。

冬天的山上除了樹，就是石頭和枯草，沈薇帶著桃花沿著踩出來的小路往山裡走，想著能找點什麼東西換錢。都已經說出口了，怎麼著也得給小丫頭弄口肉吃。

走了有一刻鐘，什麼都沒找到，連顆乾枯的野果子都沒有。正當沈薇失望的時候，一隻灰色的野兔從旁邊竄過，她頓時眼睛一亮。這不就是肉嗎？既然這山上有野兔，那就有野雞啥的野味，能抓一些賣掉也可有點收入。

沈薇左右看了看，撿起一塊石頭在手裡掂了掂，朝著十步外的一棵大樹用力擲過去，但樹皮只是劃開很淺的痕跡。沈薇有些失望，低頭看看自己細細的手腕，心裡直嘆氣。這具身體可真弱，想當初，她可是縱橫傭兵界，一把狙擊槍就能幹掉十個彪悍的恐怖分子。

她搖搖頭，止住懷念，撿起石頭又試了幾次，看得桃花眼睛都直了。「小姐好厲害。」慢慢找回了點感覺，沈薇又帶著桃花在山上找起野兔，小半個上午獵了一隻野兔、兩隻野雞，總算沒有白來。

桃花則是樂得拉著沈薇的衣服。「小姐，我要學這個。」學會了這一手就有肉吃了。

沈薇倒是答應得爽快。「行，等妳能把石磨舉一百下的時候就教妳。」

想吃肉的桃花連連點頭，一會兒看看野兔，一會兒摸摸野雞，眉開眼笑。

回到沈宅，去集市買繡線的顧嬤嬤已經回來了。她看到沈薇時眼裡才褪去慌亂，撲過來拉著她的手上下看著。「小姐去哪裡了？可嚇壞老奴了。」

沈薇淡淡地笑道：「不過是出去走走，沒事的。」這一個月來就是這婦人不分晝夜地照顧自己，給她擦身子，餵她喝藥，在她耳邊絮絮叨叨地說著話，沈薇對她很有好感。

「嬤嬤，吃肉。」身後的桃花舉著手裡的野兔、野雞，對顧嬤嬤笑得眼睛都看不到了。

顧嬤嬤很詫異。「哪來的？小姐上山了？那山上可不能去啊！」她頓時嚇壞了。「那山上有不少野獸，西頭七老爺家忠爺前年遇著了熊瞎子，斷了一條腿，差點就回不來了。小姐呀，您是大家閨秀，要是出了點什麼事，我怎麼跟我那苦命的夫人交代？」

顧嬤嬤說著就哽咽起來，眼圈迅速紅了。「小姐可不能嚇老奴……沒娘的孩子就是命苦啊，黑了心肝的一幫小人，當初指天發誓會善待小姐，這才幾年，就把小姐送來這鄉下地方，可憐的五少爺還不定怎麼被搓磨呢！」

五少爺是沈薇的胞弟，叫沈玨，比她小了四歲。他們的母親阮氏是在生沈玨時傷了身子，不到半年就撒手人寰，留下不滿五歲的沈薇和幾個月大的沈玨。

「嬤嬤，我只是在外面走走，沒往山裡去。」沈薇輕聲安慰著顧嬤嬤。「嬤嬤，都這個時候了，我哪裡還是什麼千金小姐，現在我們最要緊的是把日子過好，哪還能再窮講究？嬤嬤，我該長大了。」

沈薇的聲音不高，卻透著一種堅毅。她得趁這個時機讓顧嬤嬤快點接受自己的改變，這樣她做起事情來才沒有顧慮。

果然，顧嬤嬤一怔，眼圈又紅了。「小姐是長大了，也懂事了。」她的眼神欣慰中夾雜著心疼。這些日子以來，小姐的變化她都看在眼裡，小姐哪怕喝再苦的藥，吃難以下嚥的糙米粥都沒有掉一滴眼淚，她淡淡地笑著，像極了早逝的夫人。

「嬤嬤，吃肉！」桃花可不懂顧嬤嬤為什麼傷心。「小姐答應給我吃肉。」她把野兔、野雞抱得緊緊的，生怕顧嬤嬤不給她肉吃。

「吃，吃，妳就知道吃！」顧嬤嬤立刻換了一張臉，手指點著桃花的額頭，恨鐵不成鋼的樣子。「妳也給我長點心，跟妳說過多少遍了，和主子說話要輕聲細語，哪個像妳一樣大聲嚷嚷？還妳呀我呀的，要自稱奴婢。妳這樣若是擱在府裡頭，早就大板子打死扔亂葬崗去了，也就小姐心腸好縱著妳，若不是小姐，妳指不定被妳那爛賭鬼的爹賣到哪個骯髒地去呢！還想吃肉，還不快去把廚房的柴劈了。」

桃花噘著嘴，不情願地走了，氣得顧嬤嬤恨不得能把她再拉回來罵一頓。

「好了嬤嬤，桃花還是個孩子呢，今天咱們就吃肉吧，我都饞了。」沈薇抱著顧嬤嬤的胳膊撒嬌。她知道顧嬤嬤是刀子嘴豆腐心，平時對桃花好著呢。

小姐想吃肉，那自然是行的。顧嬤嬤一邊應著，一邊還不忘抱怨。「小姐也別太慣那丫頭，她不小了，該好好學學規矩了。」

「知道了、知道了。」沈薇敷衍著。

精明的顧嬤嬤愣是沒想到要問野兔和野雞是哪兒來的，直到收拾的時候才想起來，卻被沈薇推到桃花身上，糊弄過去了。

顧嬤嬤想著桃花這丫頭雖然還小，倒是有一把傻力氣，說不準是瞎貓碰上死耗子，也就沒有懷疑。

桃花這天到底是吃上肉，高興得跟在沈薇的身後進進出出，一刻都捨不得離開。

飯後，顧嬤嬤端出針線笸做繡活，沈薇在旁邊幫她分線。顧嬤嬤做得一手好繡活，起早貪黑地做上大半個月，買了繡線和糧食，所剩就不多了。

如何賺錢？這對沈薇來說沒什麼難，她為難的是如何才能讓顧嬤嬤接受自己的改變，從而不露馬腳地賺許多許多的錢。

日子在沈薇的糾結中滑過，又是半個月過去了。自從上次出門之後，沈薇隔三差五就出去轉一轉，慢慢地也熟悉了沈家莊。

沈家莊不大，也就幾十戶人家，大多姓沈，各家都能扯上些關係。沈薇這一支是沈家四房，她的祖父忠武侯和嫡支現今的族長是堂兄弟，關係似乎不大好，至於其中的糾葛，說起來話就長了。

沈薇的祖父沈平淵的幼年頗為艱難，三歲沒了爹，守寡的老娘含辛茹苦地把他拉拔到七歲。那幾年中，家裡的十畝地縮水了一大半，老娘實在受不住族人的欺凌，改嫁了，家裡的四畝地被族裡收回，獨餘兩間破草房，連兩把好點的椅子也不知被誰順手牽羊了。

小小的沈平淵……喔不，那時祖父還沒有這麼威風的名字，他的名字很有鄉土氣息，叫狗子。沈狗子自此就過上了吃百家飯的日子，今天這家吃一頓，明天那家吃一口，更多的時候是餓肚子，受盡欺凌。

就這麼混了幾年，沈狗子十三了，倒是生得一副好相貌，身材也魁梧。當時恰逢災荒，各路義軍紛紛揭竿而起，到處民不聊生，他一合計，索性投了軍，至少能吃飽。

他有一把力氣，為人又仗義，和一起的大頭兵處得如親兄弟似的，眼光也活，很會琢磨上峰的眉高眼低，加之肯吃苦，硬是練出了一身好武藝，入了當今大雍朝開國皇帝、當時的赤軍首領徐慎的眼，提拔為親衛，賜名沈平淵。

沈平淵作戰英勇，幾次救主，開國後，徐慎感其忠義，封為忠武侯，鎮守西疆。

沈平淵戰功封侯，消息傳回沈家莊，整個莊子都沸騰了。在普通老百姓眼裡，村長都是不小的官了，忠武侯那是多大的官呀？聽說還能天天見到皇帝！整個沈家莊都與有榮焉，走出去在十里八村的親戚跟前，胸脯挺得高高的。

一人得道雞犬升天，沈家莊的一些人甚至都已經在算計能得到多少好處了，當然也有一些人心裡惴惴不安。

然而，沈平淵卻很冷淡，只是回來祭祀老父，重修了墳，給改嫁的老娘送了些錢財，在倒塌的祖宅上簡單地修建了座宅子，把老父的牌位迎進去。祭田也買了一百畝，交給族長照應，所得則是開辦族學，供沈家子弟讀書。至於更多的要求，那就不用再想了，而他一身殺氣，也沒人敢在他面前蹦躂，再有想法也只能憋在心裡。

沈薇對霸氣的祖父很有好感，但在原主的記憶中卻沒有祖父的身影，他似乎一直在外鎮守，府裡當家的是她大伯。

到了晚上，沈薇也沒有閒著。等顧嬤嬤和桃花睡了，她就悄悄起來練功。這具身體太弱了，走快點都會喘，害她想做點什麼都不能得心應手。

這天，顧嬤嬤又要去鎮上交繡活，沈薇好說歹說，總算磨得她同意讓自己跟著去。

一早，一行三人就出門了。沈薇雖然已十二，但由於長期營養不良，看上去瘦瘦的，很孩子氣，加之又大病一場，氣色也不好，看起來也不起眼。
沈家莊的位置離鎮上比較近，只有十里路左右，但等她們到了鎮上，沈薇的額頭上也已經沁出了汗珠。
顧嬤嬤拿著帕子給她擦汗，輕聲嗔著。「這鎮上有什麼好看的？小姐還非要來，看看，累了吧！」
她的手暖暖的，撫在臉上很舒服，沈薇彎起嘴角笑了。「嬤嬤，妳一會兒得給我買好吃的。」她歡喜地撒嬌。
「買，買，都給小姐買。」顧嬤嬤連聲應著，看著眼前這愛嬌的小姑娘，眼裡心裡滿滿的都是疼愛。她已經沒有什麼親人了，小姐就是她的全部。
顧嬤嬤先去交繡活。因她的繡活好，繡品鋪的老闆娘非常熱情，給的價格也很公道。
「二十三個荷包，每個十二文錢，這裡是二百七十六文；十七張帕子，每張十文錢，是一百七十文。」老闆娘噼哩啪啦地打著算盤。「加在一起是四百四十六文，湊個整數，四百五十文。顧大娘妳看對不對？」
「對，多謝老闆娘照顧。」顧嬤嬤很滿意。「老闆娘真是敞亮（注），難怪妳這鋪子生意這麼好。」
顧嬤嬤不著痕跡地奉承老闆娘，老闆娘的笑容真誠了不少。「這兩個丫頭是妳家閨女

注：敞亮，指為人豪爽大方。

吧？長得可真水靈。」她看向站在顧嬤嬤身後的沈薇和桃花，目光在沈薇的身上頓了頓。這閨女長得可真俊。

沈薇雖然還沒有長開，但渾身上下自有股說不出的脫俗氣質，自然逃不過老闆娘長年做生意的利眼。她覺得這閨女比經常來鋪子的常大小姐還氣派，至於更矮一些的桃花，老闆娘直接忽略了。

「不是——」顧嬤嬤一愣，連忙否認，沈薇眼光一閃，搶先道：「不是，這是我姨母。」

顧嬤嬤再要否認也來不及了，心中雖嫌小姐亂來，到底還是默認了。

出了繡品鋪子，顧嬤嬤就埋怨起來。「小姐，老奴是哪個檯面上的人物，怎能當小姐的長輩？小姐也太亂來了。」主子再小，也是主子，可不能亂了規矩。

「嬤嬤。」沈薇打斷了顧嬤嬤的話。「嬤嬤，我都靠妳做繡活養著了，還算哪門子的小姐？」

沈薇說得輕鬆，顧嬤嬤卻一陣心酸又十分欣慰。小姐長大了，懂事了。

「好了嬤嬤，我們的日子會好起來的。」沈薇見狀，忙安慰她。就連桃花都用力點頭。

「會好的，吃肉。」

桃花一下子逗樂了兩個人。「妳呀，就是個吃貨。」顧嬤嬤恨鐵不成鋼地瞪著桃花，一時也忘了剛才的失落。

她們此行還要去買糧食和油鹽調料，快過年了，顧嬤嬤還想給小姐做件新衣，雖然比不上府裡的料子，但好歹是新的。

顧嬤嬤擔心小姐走累了，掏出十文錢讓她和桃花在路邊的茶攤上坐著歇腳。

「欸，兄弟，聽說了沒？常老爺家遭賊了。」鄰桌一個壓低的聲音神秘兮兮地說。

「真的？啥時候？我剛才還給他家送柴禾，也沒看出什麼不一樣。」袖子上打著補丁的中年人說。

「你能看出個啥？」聲音裡滿是鄙夷。「我小舅子的堂兄在衙門當差，說是大前天報案的，縣太爺當時就點人出去了，也不知是丟了啥值錢寶貝。」語氣中含著羨慕。

「再值錢的寶貝也沒你的分兒。」這是另一個人。「你還不是乾瞪眼？」惹得幾人哄堂大笑。

「你們說，這事是不是他們幹的？」這個聲音有些遲疑，壓得也很低。沈薇注意到那人的手似乎朝東邊指了指。

她心中一動，一下子來了興趣。

就見他們的臉色頓時變了。「說什麼呢！你不要命了。」竟是十分害怕的樣子，紛紛噤了聲，沒一會兒就三三兩兩離開了。

留下的沈薇歪著頭，若有所思。

第二章

顧嬤嬤回來時，筐裡裝滿了東西，除了生活用品，還給沈薇買了一塊桃紅色的布，染色不太均勻，但對現在的她們來說已是很奢侈了。還有一包桂花酥，沈薇撚起一塊嚐了嚐，有些甜，並不合她的口味，但仍吃得很歡喜。

回去時，三人途經一座氣派的宅子，青磚院牆、高大門樓，兩旁的大石獅子相當威武，在一片低矮的房屋中無疑是鶴立雞群。

原來這就是常府，這麼招搖，難怪招賊了。

回到沈家莊時已是晌午，看門的福伯正靠在門上曬太陽，見她們回來，忙拄著枴杖迎過來。「都是我這個死老頭子沒用，連車都趕不了，害得小姐大老遠地跑來跑去。」他搓著手，眼裡透著擔憂和內疚。

福伯是沈薇的祖父留在這裡看宅子的，叫沈福，本是追隨忠武侯的大頭兵，在戰場上受了傷，廢了一條胳膊，雖不影響生活，卻也幹不了重活。他是本地人，不願離鄉背井去京城，家裡又只剩下他一個，忠武侯就讓他幫著看祖宅，因此福伯是良籍，並不算是沈家的奴僕。

沈薇像是沒看到福伯的不安似的，一臉高興。「福伯可以下床走路了？真是太好了，閒時可得多教桃花幾招，等她學好了，誰都不敢欺負我了。」她臉上帶著得意，眼睛亮晶晶的。

桃花的眼睛也亮晶晶的。「我肯定能學好的。」小姐都說了，只要她好好跟著福伯學武藝，學好了就有肉吃。

「欸、欸，好、好！」福伯侷促地應著，眼圈悄悄紅了。薇小姐真是個好人，和侯爺一樣的好人哪……

默默被發了好人卡的沈薇，晚上卻一點也睡不著，腦子裡總是浮現常府那座高大氣派的宅院，一個念頭按捺不住地升騰起來，怎麼輾轉反側就是一點睡意都沒有。

最終，沈薇穿衣下床，悄悄開門來到牆邊。她後退幾步，深吸一口氣，噌地一下就躥到了牆頭上，再一躍，就到了牆外。這一切毫無一點聲息，沈薇鬆了一口氣，朝著鎮上的方向奔去。

這一次，沈薇使了全力，倒比早上少了一大半時間。

站在常府的院牆下，她撿起一塊石頭朝裡面扔去，沒聽到什麼響動，才藉著牆邊的大樹翻了進去。她貼著牆辨認一下，便朝主院的方向摸去，一路上只遇到四個值夜的婆子，被她小心地躲了過去。

四下一片漆黑，但主院的一間房裡還亮著燈光。沈薇小心地摸到窗戶下，手指戳破窗紙，朝裡面望去，只見燈光下，一主一僕正在對帳。

「太太，這月比上月少了三十二兩。」穿豆綠襖子的丫鬟撥了算盤道。

被稱為太太的估計就是常老爺的夫人，大約四十上下的年紀，頭上的步搖在燈影裡搖晃著，上挑的眼尾顯出此人十分精明。

只見她伸手拿起桌上的帳冊翻了翻。「可是葛大不用心？」漫不經心的語調卻讓丫鬟心中一凜。難道太太知道了葛大哥和她是同村？

「倒是不關葛管事的事。」丫鬟很恭敬地答道：「說是後街西頭開綢緞鋪子的李家老大跑貨時翻了船，貨廢了，人也傷了，花了一大筆銀子掏空了家底，託人說情看能不能緩一緩，等有了銀子一準給咱們送來。葛管事一早就託奴婢向太太請示，盤了一天的帳，奴婢差點就忘了，太太您看——」

「是那個十來歲就帶著弟弟妹妹出來過的李家老大？我記得他好像有個妹妹叫、叫什麼來著？」常太太蹙著眉回想著。

丫鬟趕忙回答：「叫小滿，是個靈巧丫頭，還來府裡送過花兒，太太您不是還賞過她一匣子點心嗎？」猶豫了一下，丫鬟還是接著又說：「底下四個弟妹，最小的才三歲。」誰見了不道一聲可憐。

常太太點點頭。「是挺可憐的。罷了，太太我也不是那刻薄人，便寬容這一回。不過——」話鋒一轉，她又道：「下月他家若是再還不出銀子，那誰的臉面都不好使了。」

許是覺得語氣有些嚴厲，緩了緩，她感嘆道：「這年頭，誰的日子又好過呢？就說咱們府裡吧，外人看著咱們住大宅子、穿綾羅綢緞，羨慕得跟什麼似的，可誰又知道內裡？妳老爺是個不管事的，這上上下下幾十口還不是我一人操持？他又是個手筆大的，今兒買隻鳥，明兒買幅畫，給得少了就跟我鬧，他當銀子是大風颳來的？有誰知道我的苦楚……」居然傷心起來。

丫鬟忙勸慰。「太太，您的辛勞老爺都看在眼裡呢，他最敬重您了，對大少爺也是最看重。」

「哼，那是傑兒唸書有天分，老爺還指著他考進士呢。」常太太卻不領情，像想起什麼似的，忽然咬牙切齒。「我就說那個老東西得不了好，都一把年紀了，非得弄個小妖精進府！我說了那小妖精跟雞頭山有牽連，他不聽勸，看看出事了吧！自個兒跟人跑了，我都替他臊得慌，他倒有臉找，巴不得外頭都知道常府的小妾被人偷了?!」語氣裡帶著股幸災樂禍。

窗下的沈薇恍然大悟。原來常府不是被偷了錢財，而是被偷了人，而且聽這主僕二人的對話，似乎在放印子錢。歷朝歷代放印子錢的都是重罪，看來這常府真不是什麼好的……沈薇之前還有些猶豫，現在卻拿定主意，幹了！幹一票大的，也算是劫富濟貧了。

沈薇耐心地等著她們入睡，輕而易舉地進門，直奔放錢的地方，數也沒數就把銀票和銀子一股腦兒都塞進懷裡。剛要離開，她又停住了腳，拔下頭上的釵子，在牆上寫下「借黑心錢一用」，相信明天常夫人發現銀子不見了也不敢聲張。

按著懷裡鼓鼓囊囊的銀子，沈薇一路上都十分激動。果然沒有才知道珍惜，曾經她在現代的資產根本是天文數字，也沒多在意過，如今發現自己的心跳都加快了不少。

沈薇回到屋裡，點上燈，把今晚的收穫掏出來放在床上，數了數。一遝銀票全是百兩的面額，居然有十二張之多，剩下的散碎銀子也有四、五十兩，這就是一千二百多兩銀子，可以做不少事情了。

耳邊聽著桃花均勻的呼吸，沈薇心中異常滿足。真好！她現在有錢了，手裡有錢，心中不慌，於是很快地，她就沈入夢鄉。

第二天一早，顧嬤嬤過來喊沈薇起床，就見自家小姐已經醒了，正靠在床頭，而本就該早起的小丫鬟桃花還呼呼睡得跟豬一樣，不由火氣就上來了，兩三步走過去擰起桃花的耳朵。「還睡？妳是豬啊，等著嬤嬤我伺候妳呢！」真是個不省心的，擱在府裡還不得一天打八遍？

桃花睡得正香，一下子被擰耳朵，立刻殺豬般地痛叫起來。「啊——疼、疼、疼！」聲音大得讓顧嬤嬤真想捂住她的嘴，事實上，顧嬤嬤真的這麼做了，卻被桃花一個掙扎差點拉倒在地。她扶著床恨恨地罵。「死丫頭，這麼大勁幹麼！」桃花吶吶地不敢說話。

顧嬤嬤打發桃花出去端水，自己朝沈薇走過來，服侍她穿衣裳。

「嬤嬤，我昨晚夢到我娘了。」沈薇突然開口道。

顧嬤嬤幫著扣盤扣的手一頓。「小姐是不是想夫人了？」可憐見的，小小年紀就沒了親娘。

「娘讓我好好過日子，照顧好弟弟，還說給我留了些東西，還問我她親手做的那個兔子布偶呢？」沈薇說著編好的話。「嬤嬤，我的兔子布偶呢？」

顧嬤嬤的臉上起了變化。「夫人這是不放心小姐和五少爺呀……」

「我的兔子布偶帶來了嗎？」沈薇嘴角抽了抽。雖然也知道拿過世的阮氏做藉口有些不敬，但這個藉口好用，沒看見顧嬤嬤一點都沒懷疑嗎？

「帶來了，擱箱子裡頭，老奴這就給小姐拿來。」小姐是屬兔的，這個兔子布偶是夫人做來哄小姐的；夫人過世後，小姐都是摟著布偶睡覺，也就最近兩年才好，現在小姐是想母親了吧。

這個布偶有半人高，很舊，布料已經看不出是什麼顏色。沈薇接過兔子拍了拍，在顧嬤嬤驚訝的目光中，拔下頭上的釵子挑開一條線，拆了起來，把昨晚收穫的銀票和銀子從裡面拿出來。

「這、這——」顧嬤嬤吃驚極了。「怎麼有這麼多銀子？」

「昨晚夢中，娘說這是她留給我應急的。」沈薇說起謊來眼都不眨。

「夫人用心良苦啊！夫人這是知道小姐遇到難處了啊！」顧嬤嬤的眼淚掉下來。她曾是阮氏的貼身丫鬟，主僕感情非常好。「真是佛祖保佑，不行，我得去給佛祖上炷香，保佑小姐和五少爺都平平安安的。」

顧嬤嬤急匆匆地去給佛祖上香了，沈薇終於吁出一口氣。唉呀媽呀，總算將銀子的來歷過了明路。

有了銀子，所有的計劃就能開始安排。首先得把這宅子修一修，目前來看，別管什麼願不願意，她都得在這兒住上很長一段時間，估計嫁人之前，她的好繼母是想不起她的。為了讓自己住得舒心，這宅子有必要好好修一修。

祖宅雖是座二進的院子，但當時修建得匆忙，加之一家老小都在京城，所以只建了主屋，好多偏房都沒有建，如今既然要常住，自然得弄舒坦一些。

不過在修宅子之前，還有一件重要的事情要做，就是先去族裡拜見長輩。雖然族裡對她的到來無動於衷，但她到底是小輩，不能失了禮數。要說為什麼之前沒去，還不是窮得快吃不上飯了嗎？而且她不是病才剛好嗎？多好的理由呀！

挑了個好天氣，沈薇換上新置辦的衣裳，帶著一色禮品，朝西頭的族長家走去。

族長家在村裡是除了沈宅之外唯一的青磚瓦房，院子大，看起來日子過得不錯。顧嬤嬤上前叫門，開門的是個穿著桃紅襦裙的少婦，看到沈薇三人明顯一愣。「妳們……」沈薇便知道她肯定認得她們是誰。

顧嬤嬤熱情地開了口。「您是俊少奶奶吧？老奴是東頭侯府的，這是我們小姐，三老爺家的，排行居四。前些日子回來養病，本應早就該來拜見長輩，怎奈我們小姐身子不爭氣，來的路上又染了風寒，直到前幾天才好些。」一番話說得明明白白，不是她們沒有禮數，而是小姐養病來不了。「這不，才剛好一些小姐就吵著要來請安，說作為晚輩的沒能第一時間過來拜見已經很失禮數了。」

沈薇很有眼色地上前見禮。「見過俊大嫂嫂。」來之前她做過功課，知道眼前這少婦就是族長家新娶的孫媳婦李氏。

李氏打量了沈薇兩眼，臉上也帶著笑容。「這是薇妹妹吧？長得可真俊俏，都是自家人見什麼外？快進來。」一眼睛瞄到桃花手上的禮品，笑容又深了幾分。

「祖母，東頭的薇妹妹來看您了。」李氏一進院子就大聲喊道，引著沈薇三人朝正房走去。

正房裡出來一個穿藏青大襖的老太太，頭髮花白，臉上爬滿皺紋，看起來有些慈眉善目。「這是三小子家的薇丫頭吧，都長這麼大了？來，讓伯祖母看看。」

沈薇順勢上前行禮。「給伯祖母請安。」

顧嬤嬤和桃花也慌忙磕頭。「給族長老太太請安。」一邊把禮物遞過去。

一行人進了屋，老太太拉著沈薇的手滿口稱讚。「到底是京城的小姐，就是氣派。身子可是好了？看這小臉白的，真可人疼，妳若是得空就到伯祖母這兒來，伯祖母好好給妳補補，小時候不注意，長大可就遭罪嘍。」

絮絮叨叨說了一大堆，沈薇乖巧地點頭應著。最後，老太太喊出全家人來見了面。

老太太有三個兒子兩個閨女，都已成家立業。老大夫妻倆有三個閨女，卻只有一個兒子，所以早早就說了一房媳婦，等著抱孫子，兒媳婦就是剛才給沈薇開門的李氏。至於三個閨女，前兩個都已出嫁，還有個小閨女在跟前，叫沈桃，比沈薇大兩歲，已經十四了，比沈薇高了一頭，生得圓臉大眼，皮膚有些黑，說不上好看，但也不醜。

老二一家在縣城開雜貨鋪子，所以眼下不在。老三家有三個孩子，年歲比較小，最大的兒子也才十三，中間的是閨女，叫沈杏，也有十一了，小兒子才五歲。而族長老太爺出去串門子了，並不在家。

沈薇對老三家的觀感不太好。沈杏打從進屋，一雙眼睛就黏在她頭上，沈杏的娘張氏，顯然是個貪財的貨色，話裡話外都暗示沈薇是姊姊，應該給弟弟妹妹見面禮。也不想想她祖父跟族長才是堂兄弟，到她這一輩，關係已經很遠了好嗎，在鄉下見過誰做客人還給主人見面禮的？況且她已經送了禮。

總之無論張氏怎麼暗示，沈薇都笑著裝不懂。她還小呢，還是個半大孩子呢！

坐了半個多時辰，沈薇透露要修宅子的消息，就藉口回去喝藥而告辭了。等老太太送了沈薇回來，就見三兒媳婦正和孫女一起拆禮品，臉色立刻沈下來。「這是幹什麼？」

張氏尷尬地縮回手。「我幫娘看看都是些什麼。」看這盒子就漂亮，裡頭一定裝著重禮，婆婆偏心，她可得看好了，不能全被老大家得去。

老太太了解自己的三兒媳，不用看都知道她在想些什麼，頓時臉色沈了下來。這個兒媳大毛病沒有，就是眼皮子淺、愛貪小便宜，連孫女都被她教得小家子氣。

「看什麼看？我還沒老得看不清東西。雞圈掃好了？水挑滿了？這都什麼時辰了，飯不要吃了？老大，出去看看你爹在哪兒，喊他回來。其他人也出去，都擠在這兒像什麼樣子！」老太太吩咐著。

不情願的張氏拉著同樣不情願的女兒出去了，屋裡只剩下老太太一個人，她這才吁出一口氣，查看起沈薇送來的禮品。

四包點心、四疋布料，還有一個匣子裡面裝的全是首飾，雖然都是銀的，但做工精緻，樣式好看，光這一匣子首飾就十兩銀子不止了。老太太不由驚呆了，她家日子雖說好過，何嘗見過這樣的厚禮，一時有些心慌，又有些歡喜。

晚上，老倆口躺在床上說起白天的事。老太太說：「我看東頭那個薇丫頭是個乖巧的，模樣長得好，說話細聲細氣，一開口就是笑模樣，一看就是個好相處的，跟咱家兩個丫頭年紀相仿，倒是能玩在一起。」老太太主意打得很好，三個丫頭常在一起相處，自己的兩個孫女也能學學千金小姐的作派，哪怕學得一星半點，在這鄉下地方也夠用的了。

「那倒未必。」族長老太爺悶悶地道。

「啥意思？」老太太不明白了。

「妳還是趁早息了妳的盤算。」老太爺對老妻的心思心知肚明。「依我看，這個薇丫頭可不是個簡單的。」

「不可能吧？」老太太不大相信。

老太爺哼了一聲。「先不說咱跟那邊的關係本就不甚親近，就拿白天送來的東西說吧，那丫頭才多大，妳看她送的禮卻面面俱到，裡頭還有嬰兒戴的銀手鐲和項圈，明顯就是送給老二家的小孫子的。老二可不和咱住一起，她都打聽得這麼清楚，能是個簡單的嗎？」

「你想多了吧？」老太太還是不相信沈薇是個厲害的。「丫頭們在一起玩玩也沒什麼妨礙吧？」她還是不死心，桃丫頭還好，性情模樣都好，就是杏丫頭，再不好好顧著可就耽誤了。

「再看看吧。」老太爺也知道孫女的秉性。「她不是要修宅子嗎？明天我給她找找人，妳也跟兩個丫頭說，要好好相處。」在他的心裡，到底是自家人重要。

第三章

不提族長夫婦有何盤算，沈薇第二天繼續帶著禮品去族裡的七叔祖父家拜見。那也是忠武侯的堂兄弟，一樣遠近，沒有理由厚此薄彼。

至於修房，有了族長牽頭幫忙找人，再加上沈薇捨得花錢，工錢開到每天三十文，哪有不願意來的？所以族長一吆喝，當天就來了四十多人。

沈薇只在第一天出來向大家解釋自己畫的圖紙，餘下便是顧嬤嬤忙前忙後地支應著。其實有族長看著，也出不了什麼事，顧嬤嬤能做的也不過是燒點茶水，沈薇則躲在後院看福伯指點桃花練功。

桃花真是個習武的好材料，腦子雖不靈光，可勝在聽話，讓她幹麼就幹麼，小小年紀就能吃苦，哪個師傅不喜歡？

現在福伯對桃花可好了，沈薇撞見好幾回他偷偷給桃花買零嘴。有時，沈薇也跟著一起蹲馬步，比劃拳腳，對此福伯沒有意見，甚至非常贊同。小姐的身子骨太弱了，多活動活動才好。

顧嬤嬤卻非常反對，好好的閨閣小姐練什麼武藝，把手腳練粗了怎麼辦？顧嬤嬤非常擔心小姐移了性情，可小姐執意要練，她也沒有辦法，只好每天不停地念叨著，期望小姐打消這念頭。

不過一個月後，看到沈薇用飯多了、臉色也紅潤了，個頭也隱隱長了二指，她就停止了念叨，算是默認了。愛練就練吧，至少小姐的身子骨好了。

沈桃和沈杏姊兒倆倒是來找過沈薇幾回。一開始，沈薇很客氣地招待，無奈實在沒什麼共同話題。沈桃還好，性子柔順，眼神也正，但沈杏說話酸得很，一雙眼睛老盯著她屋裡的東西，還愛借她的首飾戴，把沈薇膈應得不行。

幾次之後，沈薇就煩了，自己還有好多事情要做，哪有閒工夫陪她們聊天？下次她們再來，就是顧嬤嬤出面應付，理由是：小姐身子不適，需要靜養。大家都知道她是來養病的，倒也不怕引起誤會。

兩次之後，沈桃是不來了；沈杏臉皮卻厚，幾乎隔一天就來一回。總這麼避著也不是辦法，後來沈薇想了個法子，只要沈杏過來，她就做針線，無論沈杏說什麼她都不理睬。沈杏哪有耐心陪她做針線呀，幾次之後，無論張氏怎麼罵她都不過來了，沈薇才鬆了一口氣。

人多好辦事，不到二十天，宅子就修葺完工。沈薇讓顧嬤嬤給大家結算工錢，每人還多給了二十文酒錢，大家歡天喜地接過工錢回家了，紛紛讚揚沈薇真是個好人。

族長伯祖父一家來了三個勞力，卻死活不願意收工錢，說是自家人怎能拿小輩的銀子，這是打他的臉呢。七叔祖父見狀也不願意拿工錢了，沈薇也就不再勉強，事後每家送了半扇豬肉和五十斤白麵。還不到一個月就過年了，這算是提前送了節禮。

沈薇就是這脾氣，不吃虧，但也不願占別人的便宜。

轉眼，天也冷了，風颳在臉上像刀割一樣。沈薇縮在燃著炭盆的屋裡練字，顧嬤嬤在一旁做衣裳，一邊絮叨著修宅子花了多少銀子，送禮花了多少，最近開支了多少，手頭還剩下多少，感嘆現在手裡比以前活泛多了，又興沖沖地籌劃著給小姐置辦什麼樣的衣裳首飾，眉開眼笑的，整個人都柔和了幾分。

可沈薇就沒那麼開心了。一千多兩銀子，聽起來很多，花起來其實也不多，坐吃山空是絕對不行的，節流也沒法，那就開源吧！

於是沈薇考慮做個什麼營生，好歹有個賺錢的門路。

這天一早，沈薇正跟著福伯打拳，顧嬤嬤過來稟報。「小姐，七老太爺家的紹武少爺來了。」

沈薇點點頭，收了招式，接過顧嬤嬤遞來的帕子擦了擦額上的汗，吩咐道：「行了，今天就練到這兒吧，一會兒吃完飯，桃花跟我去鎮上一趟。」轉頭對顧嬤嬤說：「把紹武哥請進來和我一起用早飯。」見顧嬤嬤臉上不贊同，她挑了下眉。「這鄉下地方可沒那麼多的規矩。」

沈紹武是七叔祖父家的大孫子，前兩年，他爹忠大伯去山上打獵傷了腿，身體就不好了，平常幹不了什麼活。頂梁柱倒下了，家裡的日子就越來越難，前些日子，沈薇去拜見時正趕上忠大伯娘難產，眼見大人孩子就要不行了，一家人急得跟什麼似的，還是沈薇出銀子幫著從鎮上請來坐堂大夫，險險救了母女倆一命。

「薇妹妹。」十五歲的少年長得人高馬大，在沈薇面前卻有些侷促。「薇妹妹，我、我在家已經吃過了。」站在如畫般的廳堂裡，沈紹武手腳都不知道往哪兒放了，說話聲都降了下來，唯恐唐突了這個京城來的妹妹。

沈紹武很感激這個仙女般好看的妹妹，若不是她出銀子請來鎮上的大夫，娘和小妹妹都保不住了，也虧了她送的肉和麵，不然他們家可真的揭不開鍋了，所以一聽到薇妹妹說想讓他陪著去鎮上轉轉，他娘一早就把他趕來，還囑咐他一定要好好照顧薇妹妹。

「那就再吃點。」沈薇彷彿沒看見他的不自在似的。「嬤嬤，給紹武哥盛碗粥，再拿六個饅頭。喔，桃花今早和我一起吃。」

桃花歡喜地坐下。她早就想和小姐一起吃飯了，偏嬤嬤不讓，害她少吃了好多好吃的。

「紹武哥坐呀，不用這麼客氣，今天我還指望你帶著我好好逛逛呢。」沈薇歪著腦袋笑著說，非常俏皮。

「好，好。」沈紹武的臉不自覺就紅了，僵硬地坐著，腰板挺得直直的。

沈薇見狀，不再管他地自己吃起來。活動了一早上，她的胃口非常好，喝了一碗小米粥，吃了兩個花卷。

吃飽飯，四人就出發了，沈紹武趕著牛車，沈薇和桃花坐在上面，顧嬤嬤還抱了床棉被，沈薇裹著棉被，一點也不冷。

到了鎮上，沈紹武把牛車託給相熟的人照看，自己陪著沈薇走。他話不多，卻極有眼色，只要沈薇眼睛掃過的店鋪，他總能介紹幾句，這讓沈薇對他刮目相看。

「薇妹妹，這是咱們鎮上唯一的書鋪。」沈紹武見她在書鋪前停住腳，以為她要添置紙筆。

沈薇點點頭朝店裡走去。鋪子不大，她隨手翻了翻架上的書，發現大多是千字文、三字經之類啟蒙的書籍，山水遊記只有少少幾本，蒙上了一層灰塵，看樣子乏人問津。不過也是聊勝於無，但沈薇最想要的歷史類書籍卻沒有，看樣子只能去縣城買了。

沈薇買了幾本遊記，想了想，又拿了一本三字經、兩枝毛筆、兩刀最劣等的宣紙，一共花了五兩多銀子。

沈紹武抱著紙筆引著沈薇繼續逛，臨安鎮不算大，半個時辰就逛完了，沈薇對鎮上的格局和當下的物價也有了大致了解。

拐了一條街道，他們忽然聽到前面傳來爭吵和哭泣聲。沈薇望過去，只見一家鋪子前圍滿了人，一方是個年輕的公子，身旁跟著家僕，另一方則狼狽了許多，拄著枴杖的少年護著身後的少女，地上還倒著兩個哇哇大哭的孩子。

喲嗬，這是強搶民女的場面？沈薇不是愛管閒事的人，剛要轉身離開，就聽到一個憤怒的聲音。「常俊喜你不要欺人太甚，我只借了十五兩銀子，怎麼要還八十兩？」

姓常？沈薇的身子一頓，便聽到一個囂張無比的聲音。「爺說你欠多少你便欠多少！李大勇，欠債還錢天經地義，說到哪裡去小爺我也占理。沒有銀子？好辦呀！要麼給鋪子，要麼你妹妹跟我走。」

沈薇果斷地轉過身，對著滿臉擔心欲言又止的沈紹武擺擺手。哎呀，她險些把從常府借銀子的事忘了，沒想到卻趕上常府當街逼債了，李大勇可不就是那晚她聽到的那個？

「小美人，跟爺走吧，跟著爺包妳吃香喝辣的過富貴日子。」常府二少爺常俊喜色迷迷地挑著少女的下巴。沈薇差點沒笑出來，這臺詞怎麼這麼熟悉呢？似乎每個紈袴調戲良家少女都是這麼說的。

少女一巴掌拍開他的手，蒼白的臉上帶著淚痕，倔強地咬著唇不吭聲，大大的眼睛盛滿恨意。

「喲，性子還很烈，沒關係，爺就喜歡潑辣的。帶走！」常俊喜眼睛一瞇，對著家僕揮手。

「哥——」少女嚇得花容失色。

「誰敢?!」瘸著腿的李大勇把枴杖橫在胸前護著妹妹。「走開、都走開，不許碰我妹妹！」他揮舞著枴杖，不讓別人靠近。

常俊喜氣得哇哇大叫。「敬酒不吃吃罰酒是吧？給我帶走！」

圍觀的人議論紛紛，知道詳情的都對李大勇兄妹十分同情，有年長的老者就搖頭慨嘆。

「作孽啊！這不是斷人活路嗎？」

常俊喜聽到議論，臉色更難看。「張老頭，你別站著說話不腰疼，敢情不是欠你的銀子，你仁義你替李家還上這八十兩啊？」見眾人不敢說話，他冷哼一聲。「有嗎？只要有人替李家還了銀子，爺我二話不說掉頭走人！有嗎？有嗎？」他大聲吆喝著，面上漸漸得意起來。

「有！」沈薇揚聲喊道。

四下頓時一靜，常俊喜一聽，還真有不怕死的，不由一怔，心中納悶，這臨安鎮他常家勢大，鮮少有不買帳的，他耀武揚威慣了，沒想到今兒還真碰到了挑釁的，不由捋起袖子就要幹架。「誰？出來！」敢在他常爺頭上動土，不想混了吧？

等他看到走過來的是個小姑娘，就不懷好意道：「喲，又來了個小美人，看來小爺我今天豔福不淺？」

常俊喜眼中閃過驚豔。這姑娘約莫十二、三歲，頭上綰著雙丫髻，粉色的蝴蝶珠花點綴其上，細長柳眉輕挑，不掃自黛，一雙水眸清冷又不失明媚，巴掌大的小臉，朱唇櫻紅，現在年歲還小，再大上幾歲，定是位絕色佳人。相形之下，原本頗有姿色的李家大妞硬生生地被襯成了凡人。

常俊喜簡直心花怒放，這是要走桃花運了！「小生臨安鎮首富常家常俊喜，年方十八，尚未娶妻，請問小姐家住何方？芳名為何？」他雙手往身後一背，做出風流才子的模樣。

沈薇淡淡地掃了常俊喜一眼，從荷包中掏出一張銀票。「一百兩，拿去，記得找錢。」一直緊張地護在她身旁的沈紹武，很有自覺地接過銀票，遞到常俊喜跟前。

「什麼？」常俊喜一怔，不明白是什麼意思。

「李家的債，我還了。」沈薇朗聲說道。她實在不想和這人多說。

常俊喜也不惱。「小美人這是要蹚渾水嘍？妳不是臨安鎮的吧？要知道我常家——」

「停。」沈薇打斷他的話。「我不管你常家怎麼樣，我只知道小姐我可不是被嚇大的。桃花，露兩手給他瞧瞧。」

桃花應聲而出，左右看了看，直奔一個看起來最壯碩的家僕，雙手抓住他的腰帶，一用勁就把他舉起來，在頭頂上掄了好幾圈才扔在地上，那家僕嚇得癱在地上。

常俊喜驚呆了，圍著的鄉親們也驚呆了。剛才他們還為這小姑娘擔心來著，沒想到人家是真有能耐。

常俊喜也沒想到遇上了麻煩，一時下不了臺，一張臉憋得發紫，一咬牙，喊道：「都給我上，給臉不要的臭婊子，看小爺怎麼整治妳！」

沈薇的臉色沈了下來。「桃花！」

就見桃花揚起長凳，兩三下就把四個惡僕掄翻在地。圍觀的鄉親大聲叫好，大家都深恨常俊喜，見他倒楣，個個心裡樂了。

剛才一直提著心的沈紹武這才放下心來，催促道：「快點找銀子，還有，借據還來。」

心中又很內疚，自己一點忙也沒幫上，反倒是個小丫頭頂在前頭。

常俊喜看著倒地哀號的家僕，臉上青一陣紫一陣，但也明白今日是得不到好處了。他掏出銀子和借據扔在地上，轉身就走，想要回去搬救兵。

沈薇卻看穿他的心思，攔住他。「我姓沈，住在沈家莊東頭那座大宅子裡，家父官拜四品，祖父乃聖上欽賜忠武侯。」

清冷的聲音卻讓常俊喜如墜深淵，腿一軟，差點沒摔倒在地。這可是官家小姐啊！若是父親知道他惹了大禍，還不把他的腿打斷？他慘白著一張臉，狼狽而去。

鄉親們看向沈薇的眼神頓時變了，變得敬畏起來，交頭接耳地小聲說著什麼。

沈薇拾起地上的銀子塞進荷包裡，抬腳就走。「走吧，該回了。」

李家大妞卻攔住了沈薇。「謝謝小姐善心，小姐的大恩大德我們一家沒齒難忘。」她一下子撲到沈薇膝前，磕頭就拜。「小姐放心，銀子我們一定還的。」

李大勇費力地彎腰撿起地上的借據，捧到沈薇跟前。「我們肯定會還給小姐的。」他面色感激。娘去世前囑咐他要照顧好弟弟妹妹，是他沒用，差點讓大妹被搶走了，想到今後的日子，他依舊茫然，但好在一家人在一起，因此無比感激這個萍水相逢的小姐，真是個善心人啊！

沈薇看了看相互扶持的一家兄妹，想了想，接過了借據。「行吧，我先收著，銀子啥時有啥時還，不急。」她自認不是什麼善人，這世上可憐的多了，她幫得過來嗎？不過既然遇上了，幫一把還是行的。

常家小霸王被收拾的消息，不到一個時辰就傳遍了整個鎮上。一個在場圍觀的人得意洋洋地在酒樓道：「……別看人家丫鬟小，可來頭大呀！那位小姐是咱們忠武侯的孫女，到底是將門虎女，連個丫鬟都練得一身好武藝。」

巧的是，這人在樓下講得起勁，小霸王他爹常老爺正坐在樓上廂房裡和朋友喝酒，又驚又怒，臉色頓時大變，酒也不喝了，起身就朝家裡趕去。

常老爺回到家裡，直接吩咐家僕把二兒子給綁起來。常俊喜在外頭是個霸王性子，卻極怕他爹，在他爹跟前乖得跟小貓似的。他一見常老爺的臉色，立刻怕了。「爹……爹……為什麼綁我？」

常老爺二話不說，抓起鞭子就朝兒子身上抽去。「我讓你不學好，我讓你闖禍，我打死你個小畜生！」他想起這兒子平日的作派，越抽越上火，越抽越有勁。

常俊喜開始還痛呼慘叫。「爹，不敢了，您饒了我吧！爹，我知道錯了，您別打了……爹，疼啊！娘，您快來救救孩兒……」漸漸地，聲音就低了下去，一旁的家僕嚇得眉心直抽。

「現在知道疼了，早幹麼去了？看看你大哥，再看看你什麼樣子！」常老爺對這個兒子是失望透頂。

「住手！」得了消息的常太太終於趕來。「老爺，好好的你打兒子幹什麼？你這是要打死他啊！他又怎麼招惹你了？你就看他不順眼是吧？」看著兒子身上的血痕，常太太心疼極了。

常老爺卻把她推去一邊。「走開，都是妳慣的，再不下死手管他，都要闖出大禍了！」一想起這混蛋小子幹的事，他就心驚肉跳。人家是侯府小姐，他常家再有錢那也是沾了一個商字，人家要弄死他跟碾死一隻螞蟻一樣容易。

「我兒能闖什麼大禍？無非是和朋友喝點酒，愛看漂亮姑娘。」常太太撲過去護在兒子身上，很不以為然。「你這是看他不順眼想打死他吧？虎毒還不食子呢，你把我們娘兒倆都打死好了！」常太太的眼淚掉了下來。「兒呀，我苦命的兒呀……」

常老爺自然不能再打下去，他恨恨地把鞭子一扔。

「妳就護著他吧，讀書不成，做生意也不成，成天就和一群狐朋狗友混在一起，早晚闖出彌天大禍！」常老爺氣呼呼地坐在椅子上，把兒子做的好事說了一遍。「看看吧，這就是妳慣著他的後果！」

「什麼？我兒得罪了侯府小姐？不可能！咱這地界哪來的侯府小姐？」常太太壓根兒就不相信。

「妳忘了沈家莊？那家的小姐回來了。」常老爺沒好氣地提醒。

「這、這、這……可如何是好啊？」常太太這下也慌了，抱著被打得皮開肉綻的兒子又心疼又著急。

「怎麼辦？自然是登門賠禮了！趕緊備禮，我親自帶著這畜生去給人家小姐磕頭。」再不成器也是自己的骨血，但願人家小姐寬宏大量，不和這小畜生一般見識。

第四章

沈薇前腳才回到沈宅，常老爺後腳帶著兒子就到了。福伯進來稟報時，她正站在廊下餵鳥，是一隻翠綠色的小畫眉，黑豆般的眼珠顯得頗有靈性。

沈薇沒有見他，卻留下禮物。常老爺暗鬆了一口氣，千恩萬謝地回去了。

顧嬤嬤知道了事情的原委，又是好一頓嘮叨，沈薇也習慣了，根本不放在心上。今天看了鎮上的格局，她打算開間鋪子，至於做什麼營生，還在考慮中。

可第二天，李家兄妹的到來就解決了這問題。

李家兄妹的來意十分明確，就是來投靠沈薇的，要簽下賣身契甘願為奴。尤其李大妞李小滿的態度最堅決，說自己若被搶進常府也是自絕的下場，這條命是小姐救的，一定要跟在她身邊做牛做馬以報救命之恩。

其實來之前，李大勇考慮了許多。為奴雖失了良民的身分，可他們家只剩下個空鋪子，沒錢進貨又沒有地，他又傷了無法做工；大妹是個姑娘家，指著二弟一人是養活不了兄妹五個的，何況他們還身負巨債，索性一咬牙，投了那侯府小姐。她小小年紀就能幫助素不相識的他們，一定是個好心腸的，跟著這樣的主子未嘗不是條明路。

沈薇到底是個現代靈魂，不太能接受買賣人口之事，因此提議不簽賣身契，只簽一份雇用契約，他們為她做事，她付工錢，卻被李大勇一口回絕了。能這樣為他們著想的主子，還有什麼不放心的呢？

沈薇和李大勇談了一會兒，發現他頭腦靈活，很有做生意的天賦，便決定繼續做李家的綢緞生意，不過他的傷至少還得養上兩、三個月，因此開鋪子的事就等開春再說。

沒人覺察沈薇內心的焦慮。銀子太少了，但要花銀子的地方太多，一家子老弱病殘，為了安全起見，也得請幾個護院吧？各個院子的灑掃、花木的打理、出門的車馬，都需要人手吧？這都要銀子啊！何況開鋪子也需要資金。

看著李家是來了五個人，可能幹活的只有李小滿和十四歲的李二勇，二妞才六歲，三勇更小，只有三歲，二妞能把三勇看好就不錯了。

沈薇現在迫切地需要銀子，大筆的銀子，於是她把主意打到雞頭山上。

雞頭山離沈家莊有六十里，聽說山上有一夥土匪，經常打劫山下過往的行人，為禍一方，縣太爺剿了幾次都沒成功。反正他們得的是不義之財，她去弄點回來順便端了這窩土匪，也算是為民除害。

雞頭山形似雞頭，方圓上百里，山高路陡，非常難走，沒人引路一不小心就迷失了方向。沈薇帶著桃花在山上轉悠了大半天，又累又餓。

「桃花，歇會兒。」兩個人坐在地上吃了點東西，又喝了水，歇息了好一會兒，沈薇才站起身辨認方向。

前世的她曾接受過叢林訓練，眼下是難不倒她，她一邊走一邊指點桃花怎麼發現敵跡和隱匿自己的蹤跡。終於在夜幕降臨時，她找到了土匪的老窩。遠遠看著暮色中的屋脊，沈薇對著天空伸了一個懶腰。

這個時候過去可不行，怎麼也要等到夜深人靜。

「再做一組仰臥起坐，自己數數，別數錯了。」閒著也是閒著，沈薇給自己找了點樂趣。「四十九後面多少？六十？妳怎不說是九十呢？回來，重做。四十九，二十，接著往下數……這個不行，胳膊都沒彎下來，補五個。教妳幾遍了還沒學會，怎麼這麼笨呢？咦，剛才做多少了，三十六是吧？」

「我早就做過三十六了。」

「哪有？我怎麼沒聽到？」

「我都數三次三十六了。」桃花嘟著嘴巴很不服氣。小姐的耳朵肯定有問題。某個無良主子欺負起丫鬟，那是一個得心應手啊！

「行了桃花，起來吧，咱們得過去了。」沈薇估算時間差不多了。

桃花爬起來，眼睛亮得驚人，看得她嘴角不由抽搐了下。這死丫頭做了那麼久的仰臥起坐，竟然比她還有精神！

沈薇帶著桃花小心地摸過去，沒走大門，翻牆進去。她尋思著：擒賊先擒王，先把土匪頭子逮著，下面的小嘍囉就好收拾了。可誰知道土匪頭子住哪兒？要不找個人問問？四下靜悄悄的，連隻鬼都沒有。

正犯愁，就見西牆根搖搖晃晃走過來一個人，老遠就聞到一股嗆人的酒氣。沈薇眼睛一亮，過去搭訕。「嘿，兄弟，大當家怎麼樣了？」

那人估計也是迷糊的，抬手一指，大著舌頭說：「睡了。」之後便越過沈薇，搖晃著進了一間房。

沈薇沈思了一秒，抬步朝剛才那人手指的方向摸去。門沒有鎖，輕輕一推就開了，她躡手躡腳地朝裡走去。黑暗中，一個人正躺在床上打呼。她輕輕踢了桃花一下，桃花立刻就如猛虎般撲過去。

「誰？什麼人？啊！」隨著一聲慘叫，寂靜的夜裡響起噼哩啪啦的開門聲和腳步聲。

火光大亮，衝進來的眾人發現大當家的房裡端坐著一位少女……不，嚴格來說還算不上是少女，巴掌大的小臉帶著稚氣，此刻正興味盎然地看著眾人。

眾人不由驚悚。「妳、妳是什麼人？」這麼好看，難道是這山中的精怪？

「二弟、三弟，救我！」大當家錢豹大聲呼救。他還懵著呢，正睡著覺怎麼脖子上就多了一把匕首，現在是一動都不敢動。

「大哥！」幾人驚呼，這才看到自家大哥被一個更小的丫頭劫持，一把閃著寒光的鋒利匕首正橫在大哥的頸間。「妳們是什麼人？快放開大哥！」幾人就要上前，卻又顧忌著不敢過來。「妳們到底是誰？」大半夜的，怎麼就被兩個小丫頭摸了進來？這情形要多詭異就有多詭異。

沈薇好整以暇地笑了笑，讓桃花架著大當家站到她身後，這才慢條斯理地說：「我們是誰不重要，重要的是本小姐來找你們借點東西。」

「快放了我大哥，否則——」

「否則就怎樣？殺了我？我好怕喔！」沈薇斜睨了開口說話的這人，面色忽然一厲。「那就看誰的刀快了。痛快點，給還是不給？我家丫頭年紀還小，手勁不足，若是一個手抖，扯上一條傷口可怪不了別人。」桃花很配合地單手把大當家提起來拎了拎。

大當家的心都要跳到嗓子眼了。「給！給！給！她要什麼全都給！」小命都握在人家手裡還有什麼底氣？老天爺呀，這是哪裡來的煞星？他的身子直僵著不敢動，生怕丫頭把他的腦袋切下來。

沈薇很滿意，對著進來的幾人揚揚眉。「大當家的話聽到了沒有？」本以為還要經過一番打鬥，沒想到這麼順利，不費吹灰之力就把大當家弄到手了。

幾人面面相覷，其中一個身形頎長的男子道：「敢問姑娘要什麼？」

「銀子。」沈薇脆生生地回答。

話音剛落，就見這人臉色變得古怪，沈薇見狀，立刻翻臉。「怎麼，捨不得？」扭頭就對著大當家挑撥。「都說患難見真情，你的命也沒多值錢嘛，看來你的兄弟和你也不是一條心嘛……」她拖長調子，意味深長。

誰知大當家並未生氣，臉色也變得古怪。沈薇便知這其中定有貓膩，不由打起了十二分精神，臉上滿是警戒。「到底給不給？」

「二弟、三弟，帶她們去看看吧。」大當家苦笑了一下，發話了。幾人對視一下，一齊點頭。

沈薇心裡樂了。銀子，雪白的銀子，成山成堆的銀子，都是她的！有了銀子咱就買地置產蓄嬌娥……啊不，是員工！幸福生活就在眼前了……

沈薇很生氣，非常生氣。

她看著跟在車旁的錢豹，那張得意洋洋的臉，恨不得能一拳打在上面。

不要臉！太不要臉！雞頭山上上下下全都是不要臉的！她恨得直想捶地。

誰能想到惡名昭彰的土匪窩庫房裡乾淨得連老鼠都不願意光顧？誰能想到傳聞中心狠手辣、殺人如麻的土匪，竟吃野菜餅配鹹菜？誰能想到一個個人高馬大的漢子為了能吃肉，坐在地上耍無賴？

沈薇籌劃良久卻連半文銀子都沒有撈到，若只是空跑一趟，她還不至於這麼生氣，關鍵是銀子沒弄到手，卻攬上這一大串麻煩上身。

也怪桃花多嘴，看到空蕩蕩的庫房，驚訝地說了句「真窮啊！還不如我們小姐有錢」，看到他們吃野菜餅又說了句「真可憐，我都天天有肉吃」，被那精明的軍師看出了端倪，幾人一合計，索性土匪也不當了，當場拍板要投靠沈薇。

看著這一個個面有菜色的漢子眼巴巴地望著自己，她能說不行嗎？罷罷罷，反正也正打算要請護院，眼前這二十多口人雖多了點，但咬咬牙勉強也養得起。

可誰能告訴她，後山這四、五十口子老弱病殘是什麼鬼？衣衫襤褸又面黃肌瘦，在寒風中抖得如深秋最後一片樹葉。

這些人之中，有頭髮花白的老人，佝僂著腰，臉上的皺紋深得如刀刻一般。也有孱弱的婦人，面色蒼白，咳嗽一聲連著一聲，一看就是久病之身，還有髒兮兮的懵懂孩童。

沈薇不是什麼好人，可也沒辦法狠下心拒絕。她知道古代的底層人民生活困苦，可真正看到時還是無比震撼。

雞頭山養著這麼一群拖累，難怪日子過成這樣，但一想到從今以後這拖累就是自己的責任，心情也不美妙了。

比起沈薇的糾結，錢豹的心情簡直可以用飛揚來形容了。哈哈，還是他老錢聰明，以往他們辛辛苦苦地劫道，那些商人忒狡猾了，每次都苦苦哀求，弄得自己心軟從而少收過路費，以至於山上的日子越過越難，他天天愁得頭髮都要掉光了！

還好他老錢機靈，給大家找了條好出路。以往他們能占住雞頭山，全靠對地形熟悉，官兵一來他們就跑唄，反正雞頭山大著呢，等官兵走了再回來，日子還是一樣地過。

連官兵都拿他們沒辦法，這麼小的兩個姑娘竟然悄無聲息地摸進來，還他娘的把自己給綁了，憋屈是憋屈，可也看出人家這是有真本事。尤其是那位大姑娘，眼神淩厲，他還以為是哪個山頭的少當家，沒想到人家來頭更大，還是位官家小姐，家裡的長輩還是掌兵的，難怪這麼有本事。

聽說大戶人家護院的工錢都有二兩銀子呢，做護院比做土匪有前途多了，而且那個小丫鬟說了，她天天都能吃肉，他老錢做鏢師時也沒有天天吃肉。娘的，蘇遠之那小白臉還笑話他，哼！別以為他沒看出來他也早就意動，讀書人就是會裝模作樣，一點都不實誠。

許是看到了希望，這一隊先跟沈薇回去的十人個個腳下生風，心裡揣著滿滿的激動。

沈薇一行剛進莊子，顧嬤嬤就迎上來。「小姐可回來了，累壞了吧？昨晚睡得可好？香油錢可都捐了？咦，小姐怎麼帶了這麼多人回來？」

當初沈薇藉口要去寺廟上香才能出門，而且寺廟離得遠，得住上一晚。

「嬤嬤，這都是我請的護院，回頭妳讓福伯安排安排。」沈薇說得有氣無力。

顧嬤嬤只當她累了，貼心地給她揉著小腿。

跟沈薇回來的十人，除了大當家錢豹，還有三當家張雄以及軍師蘇遠之。最令她詫異的是蘇遠之，就是他套出桃花的話，看上去四十出頭，少時讀過書，聽說還是個秀才，怎麼混到落草為寇了呢？

沈薇倒在床上，想著還留在山上的好幾十口人，真的很想死一死。

沈宅如今熱鬧起來。山上的人又陸續以這樣那樣的藉口來了幾批，光是沈薇的院子裡就有十多人伺候著，對此，顧嬤嬤除了對這些人的素質不大滿意，別的倒沒說什麼，她甚至嫌棄小姐院子裡的人少了。想當年，夫人在閨中時，光身邊的丫鬟就八個，那才真的是一腳出八腳邁，是官家小姐的作派。

自家小姐到底是委屈了！這樣想著，顧嬤嬤便抖擻起精神，拿出最嚴苛的手段調教這些新來的丫鬟，務必讓她們的一言一行合乎規矩，免得帶出去給小姐丟人。

「小姐，奴婢回來了。這是奴婢娘做的醬菜，不是什麼好東西，給小姐偶爾換個口味。」梨花放下東西，就麻利地收拾屋子。

沈薇正在看書，聞言點點頭，問了一句：「妳娘的病怎麼樣了？」

梨花來自雞頭山後，今年十六了，有個長年臥病在床的老娘。說起來這對母女也是苦命人，梨花原姓張，閨名清妍，父親曾是北方某偏遠小城的縣令，因公殉職，母女二人回鄉途中遇了土匪，帶著的家僕全都遇害，母女二人僥倖逃出，後來陰差陽錯地到了雞頭山。梨花的娘喪夫，又受了驚嚇，就病倒了，那時她們失了錢財，哪裡有銀子去請大夫？就這麼一拖二拖，身子就越發不好了。

在整個後山中，自小唸書、受過良好教育的梨花是最出眾的，被顧嬤嬤一眼瞧中，挑來小姐身邊伺候，並破例允許梨花的娘住到偏院，還請了大夫瞧病，讓飽經辛酸的母女倆十分感激。

「已經好多了，昨天還在外面曬了會兒太陽，夜裡也咳得少了，大夫說再喝上半個月的湯藥就能做點輕省的活兒了。」梨花面含感激。若不是小姐好心，娘還在受著病痛的折磨呢。

沈薇放下書。「那就好，讓妳娘好好養著，做活的事情不急。」病來如山倒，病去如抽絲，病了好幾年，哪是短短時間就好得了？

一抹淺笑爬上梨花的臉頰，本就姣好的容顏更添三分顏色。「奴婢也是這樣說的，可奴婢的娘偏不聽，說不能讓小姐白養廢人。」她都說了小姐心好，讓娘徹底養好身子再領差事，可娘不聽，才好一些就掙扎著幫小姐做衣裳。

其實梨花也明白，她是擔心被小姐嫌棄，從而連累自己。嘗過人情冷暖的她們心裡明白這樣安定的日子是多麼可貴，能有保暖的衣服穿，能吃飽，還能請大夫看病，這些日子都跟作夢似的，她們害怕一夕夢醒又被打回原形。

「妳娘就是思慮太多，這樣可不利於養病，一會兒妳再回去一趟，就說是小姐我交代的，讓她安心養病。她的針線活好，以後府裡的針線班子還得交到她手上呢。」大錢都已經花出去了，在乎這點小錢也沒用，何況梨花挺能幹的，把她身邊的事情管得井井有條，自己一點也不用操心，連一向挑剔的顧嬤嬤都誇了好幾回。

「欸，奴婢省得了。」梨花答得特別清脆，心中暗暗下定決心，一定要把小姐伺候好。

如今沈薇身邊有四個大丫鬟，分別是桃花、梨花、荷花和月季。

桃花年紀雖小，卻占了一個大丫鬟的名額，對此其他人也沒有意見，畢竟她們這些人之中，只有桃花自小跟隨小姐，即使她什麼活兒都不做，大家也無話可說。

荷花就是李家大妞，機靈勤快又忠心。月季則是被常老爺搶進府裡的那個，家住隔壁鎮上，開了個小雜貨鋪子，她是家中獨女，很得雙親寵愛。隨著父母年邁，因為沒有兄弟，她就養成了好強的性子，常拋頭露面地幫著照應鋪子，被來巡查產業的常老爺一眼看中，使了手段把她搶回府裡。

月季性子烈，哪肯依從，就撞了牆，常老爺惱羞成怒之下把她關進柴房，要磨她的性子，誰知當晚柴房的門大開，人就不見了。

原來月季家和雞頭山的三當家張雄有點親戚關係，月季被搶走之後，老倆口實在沒法子，想起還有這麼個當土匪的姪子，就尋了過去。當晚，張雄就帶人把月季救出來。但家裡肯定是不能待了，一家人一合計，索性跟著張雄上了雞頭山。

第五章

「三弟，快，你掐我一把！」

這天，幾個人坐在房間裡，錢豹忽然開口。直到現在他還恍惚著，不敢相信這是真的。

張雄一驚。「怎麼了，大哥？」他扭頭看向和大哥一同陪小姐去縣城的二哥，就見二哥姚通也是神情恍惚。「你們怎麼了？」難道是撞邪了？「軍師，你快看看大哥、二哥是怎麼了？」

錢豹和姚通一個激靈醒轉過來，兩人對視一眼，都覺得不可置信。

「二弟，那真是咱們小姐？」錢豹的聲音還有些嘶啞，怎麼也不相信那個女扮男裝在賭坊裡大殺四方的是自己才投靠的小姐。那麼嬌軟的姑娘家，換身衣服怎麼就跟變了個人似的，那嫻熟的賭技連他這個老江湖也自嘆弗如。

「大哥，小姐她贏了一萬兩！一萬兩啊！」姚通突然激動起來。這個看上去老實的中年漢子搓著手，臉脹得通紅。

「對、對，一萬兩，是一萬兩！」錢豹這才後知後覺地想起來，昨晚他們小姐在四海賭坊整整贏了一萬兩銀子，要是換成銅錢得堆多大一座山呀！「哈哈，還是我老錢聰明。蘇老弟我跟你說啊，咱們這位小姐可不是一般人物啊，你不知道，小姐往賭桌上那麼一坐，簡直就是財神爺，逢賭必贏啊！」錢豹對沈薇佩服得五體投地。

「就是、就是，那莊家眼都紅了，後來又換了一個也沒用，硬是讓咱小姐贏回一萬兩。」姚通在一旁飛快地補充著。

蘇遠之和張雄對視了一下。這說的都是啥？確定不是夢話？蘇遠之若有所思。「老錢，你詳細給咱們說說到底是怎麼回事，你們不是陪小姐去縣城玩的嗎？」怎麼就進賭坊了？小姐那樣的京城貴女怎麼會去賭坊，騙人的吧？

錢豹一拍腦袋。「是呀，咱們是陪小姐去玩的。小姐玩了三天，還買了好多東西。到了晚上，小姐換上男人衣裳就帶我們出了客棧。你是沒看見咱小姐穿男人衣裳比縣太爺家的公子還氣派！」他眉飛色舞地說著。

「我來說、我來說。」一旁的姚通不甘寂寞地搶過話。「我還以為小姐有什麼重要事情要辦，沒想到小姐帶著我和大哥進了四海賭坊，我和大哥都驚呆了，反應過來的時候，小姐已經賭上了。小姐的手氣可好了，每次都贏錢，贏得莊家腦門子直冒汗，我和大哥數銀子都數到手軟。」他的聲音裡滿是亢奮。

「真的贏了一萬兩？」沒跟去的張雄非常後悔。「咱們小姐不會是天上的財神女吧？」不然怎麼那麼會賺銀子呢，完全忘了深閨貴女身懷高超賭術這麼不正常的狀況。

錢豹三人沒想到這麼多，蘇遠之卻不能不懷疑。「你們確定小姐每把都贏錢？」

「那是當然，我和大哥親眼看著呢！」姚通說得斬釘截鐵。

蘇遠之眉頭皺起來。若是贏多輸少還可以說是運氣好，若是每次都贏，那就關乎賭術了。雖然覺得詭異，但他不得不承認這位來鄉下養病的沈小姐有些邪乎。怎麼可能？還是他離開京城太久，如今的官家貴女都精習賭術？不可能的吧？

「你們贏人家這麼多銀子，賭莊就這麼讓你們走了？」蘇遠之繼續問。

「哪能啊！」一提起這個，錢豹就來了氣。「誰知道那幫龜孫子那麼齷齪，不就贏了點銀子嗎？居然還派人跟蹤，幸虧我老錢機靈，尋了個間隙就把那幾個孫子全敲了悶棍，扔到巷子裡去。」全然忘記他和二弟光顧著高興，哪裡會去注意周邊的情況，還是小姐提醒他才發現自己被跟蹤了。

蘇遠之沈思起來。這些日子，他都在觀察這位沈小姐，卻發現自己越來越看不透她了。說她善良吧，她能做出打劫土匪的事；說她凶殘吧，她偏又能接收雞頭山好幾十口子的累贅，還都好生安置了。小小年紀十分有主見，一雙眸子深不可測，也許這小姑娘是個不錯的主家……他忽然生出留下來看看的念頭，想看看這個不簡單的小姑娘能走上哪一條路。

託這一萬兩銀子的福，沈薇終於睡了個好覺。

一覺醒來，她深吸一口氣，只覺得渾身神清氣爽。「去，把蘇先生請來。」

蘇遠之在觀察沈薇，沈薇又何嘗沒在觀察他？因為蘇遠之唸過書，沈薇便把沈宅對外的事情交給他。他辦事俐落，尤其是和西邊族裡的關係，拿捏得十分到位。沈薇覺得此人絕不僅是個秀才這麼簡單，不由起了愛才的心思。

「小姐找在下可有吩咐？」蘇遠之來得很快。

沈薇眼睛一掃，梨花便很有眼色地帶著大家退了出去。

「請坐，先生無須客氣。」她說完，便不再理睬蘇遠之，專注地盯著眼前的茶具，素白的手行雲流水般地動作著，只見水柱臨空而降，瀉入茶碗，翻騰有聲，須臾之間，戛然而止，茶水恰與碗口齊平，碗外無一滴水珠。「請先生嚐嚐小女的手藝。」

蘇遠之毫不掩飾讚賞，端起茶杯輕輕用蓋子撇了撇，慢慢啜了一口，點頭。「好茶，是顧渚紫筍吧！」好久沒喝到這麼好的茶了，他又輕啜了一口，慢慢品味唇齒間的芳香。「小姐尋在下所為何事？」茶雖然好喝，蘇遠之卻沒有忘記正事。

沈薇輕點螓首，越發肯定蘇遠之此人身分定不簡單，便起了逗弄的心思。「先生不妨猜上一猜。」眼睛眨呀眨的，像個頑皮的孩子。

蘇遠之卻不接招。「在下駑鈍，還望小姐明示。」

真是狡猾！沈薇心中低哼一聲，戲謔地說：「先生給小女出了這麼大的難題，難道要袖手旁觀嗎？」別以為她看不出來，在雞頭山上，錢豹雖是大當家，但很多事都是問計蘇遠之。說白了，就是蘇遠之能當錢豹的大半個家，像這回把幾十口老弱病殘賴上她的主意，哪是錢豹那個粗人想出來的，分明出自眼前的他。

看著沈薇臉上明顯的不滿，蘇遠之面皮抽了抽。呃，他承認把這麼重的膽子壓在一個小姑娘的肩上是做得有些不太道地，但他也是為了給大家找條活路啊！就憑錢豹幾人的軟心腸哪是做土匪的料，這幾年，若不是有他跟在後頭支應，後山的老小早就餓死了。

「小姐不是才得了一萬兩銀子嗎？」蘇遠之才不上當呢。

沈薇心中暗罵。「一萬兩很多嗎？」只夠她買件首飾好不好？

蘇遠之想了想，也覺得理虧，誠懇地說：「小姐所需的無非是錢財，這點在下倒是可以效勞。」都已經決定要留下來了，蘇遠之也就不再拿喬。

要的就是這句話！沈薇滿意地笑了笑，從袖子抽出早就寫好的計劃書遞過去。「這是小女的一些想法，先生拿回去看著參考。」

她早就煩了這一個個在眼皮子底下跑來跑去，趕緊全都弄出去給她掙錢去！

那個李大勇，馬上就要開春了，還不趕緊收拾收拾鋪子準備進貨開張？錢豹呢，宅子太小，也用不了三十幾個護院，他不是幹過鏢師嗎？商量一下分一半人去開間鏢局，好歹能掙幾兩銀子補貼家用。

唉唷黎伯欸，您老可是種地的老把式了，明兒我買個大莊子，您帶上些後生去種地吧，這樣咱們吃的就不用費銀子買了，能省點是一點。

荷花妳過來，聽說妳花兒打理得不錯，小姐我讓黎伯給妳劃二畝地試試？到時咱看看能不能再開間胭脂水粉鋪子，等掙了大錢，小姐獎勵妳一個俊俏郎君。

至於這幾個小蘿蔔頭，得得得，先跟著福伯練練筋骨吧。

快快快，都動起來，給本小姐掙錢去，告訴你們啊，本小姐可不養閒人。

平陽縣，四海賭坊。

但凡開得起賭坊的人背後都有後臺和靠山，四海賭坊真正的東家就是城東江家的三少爺江辰。江家以販糧起家，平陽縣裡九成的糧店都是他家開的。

「人還沒有找到嗎？」江辰坐在太師椅上淡問，一條腿蹺在桌子上，懷裡抱著一隻雪白、不帶一點雜色的貓，整個人顯得漫不經心。

站在下頭的傅百川卻是一腦門子的汗。「回三少爺，還沒。」這個「沒」字一出口，他的心都顫了顫。

作為江三少爺的嫡系心腹，傅百川深知主子的手段。在江家，雖然大少爺是正經的繼承人，卻沒人敢惹三少爺，即便是大少爺都對三少爺禮讓三分，因為三少爺心狠手辣，對別人狠，對自己也狠。

「你手底下那些人是吃什麼的？還是忘了爺的規矩？」江辰的臉色陰沈。這平陽縣裡，誰不知道四海賭坊是他的產業，現在可好，被人悄無聲息地弄走了一萬兩銀子，還找不到這個人，這不是打他的臉嗎？

「小的已經派人在找，應該很快就有消息的。」傅百川的腰彎得更低了，小腿肚直抽筋。那幫兔崽子真沒用，不僅跟丟了人，還被人打暈扔在巷子裡，丟人，真是丟人！

「不用找了。」江辰修長的手撫摸著貓。找了三天還沒找到，那肯定是找不到了。都是群沒用的飯桶，還不如一隻貓。

傅百川雖不明白何意，但仍嚴格執行主子的決策。

出了江家大門坐到車裡，傅百川才鬆了一口氣，決定回去給那幫兔崽子鬆鬆皮子。

屋裡的江辰卻勾起唇角，臉上若有所思。「有點意思。」平陽縣何時來了這麼有意思的人？弄走他一萬兩之後居然能全身而退，還把跟蹤的人都敲了悶棍。呵呵，好久沒遇到有意思的人了，怎麼也要認識認識……

沈薇還不知道自己被人惦記上了，正在聽顧嬤嬤嘮叨呢。

「小姐呀，您看是不是該請位先生？」

「嬤嬤，咱們有先生呀！蘇先生做得好好的，我覺得咱們應該請個廚娘。」飽暖思淫欲，以前喝白粥時沒覺得難以下嚥，現在日子好了，反倒把嘴養刁了。

「小姐。」顧嬤嬤很不滿意自家小姐敷衍的態度。「嬤嬤說的是夫子。小姐呀，咱們在這鄉下地方本就比不上府裡條件好，幾位小姐都有名鴻大儒教導著，學問肯定長進得快，老奴也不求小姐能比她們學得好，但怎麼著也得差不多吧。」

侯府的規矩是年滿六歲啟蒙，沈薇雖然不受待見，卻也在府裡跟著上了六年的學。她膽子小、性格怯懦，先生也不怎麼看中她，加之隔三差五病上一回，自然學得不怎麼樣了。

但顧嬤嬤可不這樣認為，在她心裡，她家小姐是最聰慧的，可再聰慧也受條件所限，在這鄉下地方連個像樣的夫子都尋不到，現在看著不顯，幾年後差距就大了，到時府裡的小姐個個舉止優雅滿腹詩書，她家小姐滿身村姑小家子氣，她怎麼對得起早去的夫人啊！
所以，顧嬤嬤最喜歡看沈薇看書呀、練字呀，最好學問能把府裡的小姐都比下去。
「還有啊，府裡的小姐到了年歲，都會請宮裡的嬤嬤教導規矩。」顧嬤嬤想到這事更加憂心忡忡，這鄉下地方哪裡請得到這樣的嬤嬤。
顧嬤嬤著急，沈薇卻不當一回事。原主水平是不怎麼樣，可現在不是換成她了嗎？她自小跟著外公練字學國畫，二十多年的功底已經相當不錯，畫也拿得出手；至於其他才藝，呵呵，在現代哪個孩子不是從小上過各種才藝班，誰沒有兩三把刷子？至於規矩，哈，她就是楷模，向來只有她挑別人規矩的。
「行吧，我讓蘇先生打聽打聽，看哪裡有好的夫子，咱就把他請過來。」反正她也沒多少事，就隨便跟著學學吧，當作打發時間了。
找先生不是一時半會兒的事，要仔細尋摸才是。
轉眼就到了上元節，古代也沒有什麼娛樂活動，於是沈薇就想去鎮上看花燈。
因為離鎮上很近，沈薇等待暮色四合才出發，和她一起出門的除了桃花和梨花，還有張雄和大丁兩個護院，外加趕車的車夫。
看花燈的人可多了，還沒到鎮上，馬車就已經走不動，沈薇乾脆下車，一路走。大街兩旁到處懸掛著彩燈，小攤也多，賣小吃的、賣小玩意兒的，應有盡有。
沈薇興致勃勃地一個攤一個攤逛著，這樣那樣買了不少東西。這些東西根本談不上精緻，甚至有些粗糙，但勝在有幾分野趣，回去給大家分一分，相信小丫頭們會喜歡的。

每家店鋪前都圍了好多人在猜謎語，沈薇也跟著湊熱鬧，在梨花的慫恿下猜了好幾個，贏了好幾盞花燈，桃花一手一盞，樂得眼睛都眯成了月牙。

出來時，沈薇特意沒用飯，就是為了留著肚子吃點好吃的。聞著空氣中飄來的香味，她忽然覺得餓了，抬腳走到賣餛飩的小攤。「大爺，來五碗餛飩。」絲毫不嫌棄地坐下來。

只有桃花歡快地坐在沈薇身邊，其他三人都站著。再寬厚的小姐也是主子，怎能和主子坐一起呢？這規矩不僅顧嬤嬤教過，蘇管家也對他們耳提面命。

「快坐下，吃完我們接著逛。」沈薇催促，三人才遲疑著坐下來。

擺餛飩攤的是對老倆口，帶著個八、九歲的小孫女。那老伯嘴裡答應著，手上的動作飛快。「欸，來了，小姐稍等，馬上就好。」心裡吃驚，這是哪家的小姐，長得跟仙女般好看。

餛飩很快送過來，清亮的湯裡漂著白胖的餛飩，沈薇低頭一聞，真香啊！頓時胃口大開，她舀起一個餛飩放在嘴邊吹了吹，小心地咬上一口，眼睛一下子就亮了。嗯，真好吃。

「桃花，好吃吧？小姐對妳好吧？」

桃花吃得滿嘴油光，不住地點頭表忠心。「嗯嗯，小姐最好了！我一定聽小姐的話，跟著小姐有肉吃。」

沈薇很滿意，卻聽身後傳出噗哧一聲，她向後看，是兩個青年，穿著儒衫，看樣子是讀書人，還是家境不錯的讀書人——如果她沒看錯的話，那個發笑的青年頭上束髮的簪子是羊脂玉的，一雙修長的眼睛，隆鼻薄唇，整個人卻顯得陰鬱。另一個卻是面容舒朗，一看就是開闊之人。

那兩人也不是有意偷聽，只是覺得很有意思，現在被人家小姐抓個正著，不免覺得有些唐突。那舒朗的青年誠懇地道歉。「真是對不起，我這位朋友不是故意的，還望小姐海涵，小姐這桌我們來付吧。」

若是沒有這最後一句，沈薇也就大方地不計較了，雖然她知道那人是誠意道歉，可心裡就是不舒服，以為誰缺這幾文錢似的。她把碗往桌上一頓。「梨花，結帳。」

就聽那陰鬱青年又是噗哧一聲，沈薇怒了，狠狠地瞪他一眼。笑什麼笑，笑死算了，梨花怎麼了？她就是喜歡滿院子的奼紫嫣紅，管得著嗎？真是流年不利，遇上個神經病。

「這小姑娘脾氣還挺大的。」望著沈薇一行人的背影，陰鬱青年挑了挑眉。小姑娘生氣時眼睛瞪得圓圓的，像極了他那隻貓。

「是江兄你太促狹了。」舒朗男子有些無奈地道：「小姑娘家家的，正是愛面子的時候，你這當面笑話人家，沒打你一頓都是好的。」沒看到人家帶著護衛嗎？

「我不過是看那丫頭有趣。」他才不承認呢。此人便是江辰，和他一起的是他的同窗好友趙鶴翔。

「今年的鄉試，江兄真的不準備參加了嗎？」趙鶴翔的語氣裡含著惋惜，他這位好友雖生在豪富之家，在讀書一途上卻極有毅力，功課不錯，考個舉人還是有幾分把握的，若是今次放棄就得再等三年，可惜、可惜啊！

江辰輕扯唇角，似笑非笑。「這有什麼可惜的？我還年輕，三年的時間等得起。」不過是三年而已，他不會讓他們得逞的！想到家中那些齷齪，江辰修長的黑眸中閃過一抹銳利。

總有一天，他會把他們全都踩在腳底下！

第六章

陽春二、三月，草與水色同。

天氣暖了，沈薇終於不再終日窩在屋子裡，她學會騎馬，每天都要帶著一群人揚鞭飛馬，引得莊子上的小子們個個眼饞，大家都說沈小姐真有千金貴女的風範。

綢緞鋪子也開起來了，鋪子還是那家鋪子，掌櫃的也還是李大勇，只是招牌換了，從李記換成沈記。一些明眼人都知道是怎麼回事，常老爺更是送了一份賀禮。

地也買好了，就在隔壁村，有八十多畝，都是上等好田。這些日子，雞頭山的黎伯帶著人在那邊建房子，準備住過去就近照看。

至於鏢局也張羅了，在離沈記不遠的地方，取了一個響亮的名字叫「揚威鏢局」。因是才起步，只是接一些類似現代快遞的活，由錢豹和姚通帶著一幫人坐鎮。

大家各司其職，努力賺錢，沈薇終於過上安穩的日子，每日上午跟著蘇大管家上課，因為學識淵博的夫子還沒尋到，所以就先由蘇遠之頂上。上了幾天課之後，雙方對彼此都很滿意，另尋夫子的事就此擱著了。

到了下午，她就跟著顧嬤嬤學針線。既然要在這個朝代裡生活下去，沈薇也沒打算要挑戰世俗，況且做針線活能讓她的心沈靜下來，利於思考。

這一天，沈薇要去東山寺給已逝的阮氏上香祈福。在境況稍好的時候，沈薇就在東山寺給阮氏點了長明燈。既然占了人家的身子，也應該為原主做些事情。

沈薇是坐車去的。雖然已是春天，仍然春寒料峭，前天她咳了兩聲，顧嬤嬤便大驚失色，怎麼也不許她騎馬了。

「小姐，離東山寺還遠著呢，您靠著歇會兒吧。」梨花抖開大氅輕輕蓋在沈薇身上，看著小姐那張沒有精神的臉，有幾分心疼。

沈薇掩著唇打了個呵欠，點點頭。「行吧，到了妳再喊我。」一轉頭看到桃花懨懨的小臉，她好心地說：「桃花，妳跟著張雄騎馬去吧。」

就見桃花的臉一下子就亮了，急不可待地拉開車門往下跳。「小姐，桃花去給您探路。」

聽著外頭桃花高興的笑聲，閉目養神的沈薇也笑了起來。

東山寺在東山上，是這方圓百十里唯一的寺廟，所以香火很盛。到山腳下時，馬車停下來。「小姐，到了。」張雄打馬過來。剩下的路要走上去了，車子無法通行。

梨花跳下馬車，然後躬身扶著沈薇出來，又從車裡拿了大氅披在她肩上，細心地緊了緊領口。

「走吧。」沈薇朝山上望了望，率先上了山路，走了大約兩盞茶的工夫就到了東山寺。

因為要在寺裡住上一晚，沈薇一行先去廂房安置。等眾人安置好也已經到中午了，便跟著僧人們一起用了齋飯。東山寺的齋飯遠近聞名，沈薇很喜歡，就是無肉不歡的桃花也吃了個碗底朝天。

歇過午覺，沈薇便去大殿上香，添了十兩的香油錢。跪在蒲團上，她心中異常虔誠，原主對阮氏的記憶已經不多了，沈薇聽顧嬤嬤說過，阮氏個性柔順，從沒和誰紅過臉，她不由想起了自己媽媽。

她是個溫柔天真的小女人，一生順遂，結婚有父母操心，結婚後聽老公的，哪怕離了婚也有堅強倔強的女兒撐著，她只要彈喜愛的鋼琴就好。現在自己穿越來了這裡，也不知道媽媽怎麼樣了？江仁叔叔會對她好吧……

從大殿出來，沈薇的心情有些低落，便想去後山走走。梨花摸摸她的手，不由驚呼。

「小姐的手怎麼這麼涼？您等著，奴婢去給您拿手爐。」

然後，沈薇帶著桃花朝後山走去。後山種了許多桃樹，花苞鼓鼓，估計過上幾天就會綻放了。

「小姐，我是不是真的很傻？」沈薇正抬頭看樹上的花苞，就聽到桃花悶悶不樂的聲音。

沈薇不由納悶。這丫頭向來缺根筋，怎麼會問出這問題呢？有人欺負她了？她的眼底閃過一抹凌厲。「誰說妳傻了？」桃花雖然沒有梨花幾人的聰明能幹，但她是不一樣的。她一睜開眼，身邊就是顧嬤嬤和桃花兩個人，所以桃花是她的家人，是如同妹妹一般的存在。

桃花搖搖頭。「沒有。」她的眉頭擰著，小臉皺著，很是困惑。「我聽到大娘她們聊天，她們說大家都喜歡梨花姊姊這樣的兒媳婦，長得好看，識文斷字，脾氣還好；還有月季姊姊，又聰明又有主見，荷花姊姊也好，小小年紀就能照顧弟妹。」

「妳梨花姊姊幾人是很好呀，可這和妳傻不傻有什麼關係？」沈薇不明白了。

這麼一問，桃花的臉色頓時垮下來。「可是我想著，我和她們一點也不一樣啊，我長得不好看，也不識字，除了練拳，別的都不會。嬤嬤老說我傻，天天數落我連規矩都學不會，我就覺得我好像真的挺傻的。」雖然小姐從沒嫌棄過她，還給她肉吃，但她真的很難過啊！

沈薇笑嘻嘻地看著心裡糾結的桃花，堅定地說：「誰說妳傻了？我們桃花才不傻呢！妳聰明著呢，那麼難學的功夫一學就會，梨花她們可都不會呢。桃花不需要和她們一樣，妳只要練好功夫保護小姐我就行，咱們倆才是一國的，妳可不能告訴別人小姐我會功夫喔。」沈薇對著桃花眨眨眼睛。

「不告訴，我誰都不告訴。」桃花的眼睛亮如天上的星辰，小臉興奮得發紅。「我肯定能練好功夫，保護小姐！」她大聲保證，心裡可高興了。自己才不傻呢，小姐都說她聰明呢！以後她一定要聽小姐的話，只聽小姐的話。

主僕兩人興致勃勃地在桃林中走著，突然沈薇神情一凜，一把拉住桃花，食指放在嘴邊做了個「噓」的動作。桃花立刻安靜下來，眼睛睜得大大的，滿身警戒。

沈薇慢慢朝前走兩步。她沒聽錯，真的是打鬥聲，就在前面的山坳，離她站的地方不到十公尺。

她站在高處，可以看清下面的情形，下面的人卻很難發現沈薇。

下面很明顯是兩批人，一批人多，有七、八個，另一批只有三人，其中一個一看就是主子，被另外兩人護在身後。這兩人雖然武藝高強，奈何寡不敵眾，又要護著一個不會武功的人，不一會兒就被逼得相形見絀。那個主子狼狽地躲閃著，胳膊被砍中兩次，卻愣是一聲不吭，沈薇不由欽佩他的忍耐力。

一眨眼的工夫，下面的形勢又是一變。就在那把刀要落到那個主子身上的時候，沈薇出手了，一枚銅錢盪開了刀鋒，救了那人一命。眾人還沒反應過來，沈薇抽出腰上的軟劍遞到桃花的手裡。「乖，湊合著先用用，回頭給妳弄件趁手的武器。去吧！」

桃花本來嫌棄這劍軟趴趴的，聽到小姐的許諾，立刻衝了出去。

有了桃花這個生力軍加入，大大緩解了那兩人的壓力。另一方先是吃了一驚，後見衝出來的是個孩子，頓時放鬆下來。可過沒一會兒，他們的神情又凝重起來，這小丫頭怎麼這麼邪門，力氣怎麼這麼大啊！

桃花到底是個孩子，缺少經驗，一開始很是吃點虧，好在有沈薇在上頭看著，沒受什麼傷。桃花是傻了些，但傻的人不知道害怕，刀砍過來都敢往前衝，她光是用頭撞就能把人撞斷兩根肋骨，何況她還時不時一把抄起人扔出去，因此很快形勢就是一片大好。

另一方人也反應過來，這個小丫頭已經很難對付了，上頭還藏著一個更厲害的呢，看來今天是無法成功了，互相打個眼色，竟齊齊撤退了。

也不知桃花說了什麼，就見主僕三人齊齊朝上看。

那個主子一愣。「是妳！」

沈薇眼睛一翻。「可不就是我嘛？嘖嘖嘖，你怎麼落到這地步？嘴壞是病，得改！」沈薇拉長聲音，很是幸災樂禍。

這主子就是上元節嘲笑她的陰鬱青年，剛才是她認出他頭上的玉簪，不然才不會救他呢！

江辰聞言，面皮抽了抽，憋了半晌才正色道：「在下江辰，救命之恩沒齒難忘，還望小姐留下芳名地址，容在下相報一二。」雖然江辰自己的心眼也不大，但這小姑娘到底救了自己，他不是那忘恩負義之人。

沈薇眼珠子一轉，手往前一伸。「一萬兩。」

「什麼？」江辰一愣。

她瞪了江辰一眼，沒好氣地說：「你不是要報答我嗎？我要一萬兩銀子，別跟我說你的命不值一萬兩啊！」她的目光大有深意地在他頭上轉了轉。

「行。」江辰一口就答應了，他的命何止只值一萬兩，十萬兩、百萬兩都抵不過自己這條命。「不過在下身上沒帶這麼多銀票，回去之後，在下一定如數奉上，不知送往何處？」

不知為何，江辰不討厭這個壞脾氣、小心眼的小姑娘。

沈薇又翻了個白眼。「我姓沈，我家護院在寺裡，你過去找他說吧，何況你身上的傷也需要好好處理一下，可別殘了。」說完，她帶著桃花轉身就走。

「少爺！」護衛大武、小武有些不忿。這誰家的姑娘，怎麼這樣沒口德？

江辰一個眼光過去，大武、小武立刻洩了氣。自家少爺就是這麼陰晴不定。

風裡還傳來沈薇主僕的對話。「……桃花啊，看，小姐我厲害吧？眨眼的工夫就掙了一萬兩銀子，回去妳想吃多少肉都行。」

「嗯嗯，小姐最厲害了。」

「是吧，是吧，跟著小姐好吧？」

「保護小姐，跟著小姐有肉吃。」

江辰一下子就笑了，陰鬱的雙眸染上點點暖意，整個人顯得無比俊朗，大武、小武都不禁看呆了。

且說江辰帶著一身傷地回到江家，頓時引得上下驚慌，可對著江辰那張陰冷得嗜血的臉，卻什麼話都不敢問。

江辰把自己關在書房，目光在手臂上流連，心裡很清楚那些人是誰派去的——除了大哥，還有誰恨不得他去死？何況那些人招招都是對著他的右手，這是想廢了自己的右手，斷了自己的仕途！

好！好得很！江辰笑了起來，他的好大哥居然還有這樣的算計！虧他還準備退一步，不參加今年的鄉試了。既然做了初一，就別怨他做十五，今年的鄉試他參加定了，不僅參加，還定會取得名次！

從小，他不明白，同樣是兒子，父親母親的態度怎麼差別那麼大？大哥七歲才挪到外院，他三歲就自己住一個院子了，大哥的衣裳都是母親親手做的，他的衣裳永遠都是針線房。小時候他也哭過鬧過，可只是換來喝斥和冷漠。

他曾經懷疑自己不是親生的，暗地裡查了好久，奶娘抱著他直抹眼淚，指天發誓他就是他們親生的，她親眼看著他落生。可隱約地，他知道奶娘知道原因，只是還沒等他問出來，奶娘就死了，整個人浸泡在井裡，渾身浮腫。他嚇得作了半個月的噩夢，從此再也不敢查了。

去了學堂之後，他想，只要努力唸書，學得比大哥好，爹娘肯定會喜歡自己。一開始的時候，爹娘是誇了他幾句，他為此興奮了好久，之後越發地上進了。

可是隨著他在學業上展露出來的天賦才智，娘看他的目光就變了，那毫不掩飾的憎惡讓他懷疑起自己；還有大哥的目光，也是同樣的憎惡。若不是偶然間，他聽到娘和大哥的對話，自己還被蒙在鼓裡呢……

那天，他請完安去學堂，想起落了東西，便又折返回來，聽到大哥正跟娘抱怨。「昨天夫子又誇了三弟，說我比三弟差之遠矣。」

然後是他娘心疼的聲音。「我兒無須擔心，他學得再好，江家也沒他的分兒，將來整個江家家業都是我兒的。」

「可是，同窗都笑話我。」大哥很不甘心。

娘連忙安撫。「好了、好了，回頭我讓丫頭給他送碗補湯，讓他在家休息十天半月。」

「嘻嘻，我就知道娘最疼兒子。」

相較於屋內的溫情，屋外的江辰如墜深淵。他不小了，都十一了，多少也明白些事。為了不讓他搶大哥的風頭，娘都能狠下心對他下藥……他是做了什麼傷天害理的事才讓爹娘如此厭惡？

江辰不知道自己是怎麼到學堂的，等他從學堂回來，看到娘的貼身大丫鬟送來補湯，他的心都麻木了。他僵硬地喝完補湯，當天夜裡就起了高燒，迷糊中，他只想：死了吧，死了吧，既然如此厭惡自己，就如了他們的願死了吧……可到底又不甘心，他做錯了什麼？憑什麼要這樣對他？

靠著這股不甘，江辰醒了過來，接著養了一個月才好起來，整個人瘦得風一吹就能颳倒。這一個月，爹娘都沒來看他一眼，若不是從小照顧他的丫鬟春雨忠心，指不定就真的死了。

恢復起來的江辰就變了，變得陰狠起來，下人稍做錯事，非打即罵，也不再討爹娘的歡心，功課卻一如既往的好。隨著年齡增長，隨著爹一次次抽打也沒能讓他變得「聽話」，隨著拚去半條命也要收拾欺負他的大哥的狠勁，爹娘看他的目光也變了，他大哥也越來越怵他了。

到了議親的年齡，大嫂是娘千打聽、萬打聽費了好大心思求來的高門貴女，雖然只是庶女，江家也是高攀了。輪到他，為了拿捏他，就要把舅舅家那個刁蠻任性又愚蠢的表妹定給他。憑什麼？他不同意，他那好大哥就給娘出了個主意：不娶表妹也行，那今年的鄉試就不要參加。

他心裡到底還念著那麼點親情，想著遲上三年也好，他乘機為自己掙點家業，畢竟以後要走仕途也少不了打點。他早看得清楚，祖父明面上看著公平，實則偏向大哥，指望家裡出錢給他打點，那是不可能的。

但如今，既然大哥都要毀了他，自己還講什麼親情血緣？前方的路再難走，自己也要踩出一條血路來——

「一百兩，二百兩，三百兩，四百兩，五百兩——」沈薇很歡悅地數著銀票，江辰才送來的一萬兩，全是一百兩面額的銀票，整整一百張呢，真是數錢數到手抽筋呀！

「這小子還挺守信用。」而且還很有錢，一萬兩可不是小數目，人家眼不眨就送來了，她有些後悔自己要少了。「富二代就是幸福呀……」哪像她，兩輩子都是操心的命。

「小姐可是說錯了。」一旁的蘇遠之開口道。

「嗯？還有什麼內幕不成？」

蘇遠之也不賣關子，道：「江家偏心老大，江辰不受待見……」說了江辰的許多境遇。

「沒弄錯吧？這江辰不是親生的吧？」沈薇不相信，都是自己的孩子，哪會有這麼奇葩的父母？

蘇遠之搖頭。「是親生的。」還是上次小姐在四海賭坊贏了一萬兩銀子，他順便注意了一下。說起來，小姐都弄了人家二萬兩了，江三公子若是知道，面上一定很好看。

「四海賭坊原來是他開的呀？真是大水沖了龍王廟，早知道就少贏點了。」沈薇臉上的表情絕對是幸災樂禍。「這小子命真不好，難怪性子那麼不討喜。」

她看著一大疊銀票傻樂。咱們又有錢了，趕緊買鋪子做生意，多多地掙錢吧！

第七章

鋪子好買，現在人手卻不夠了。

別看從雞頭山下來好幾十口人，沒有幾個做買賣的人才，恰在此時，沈紹武上門，紅著臉、支支吾吾說明了來意。原來是被發小（注）張柱子請託，想過來投靠。

沈薇自然要給這個面子，便把外頭的張柱子喊過來說了幾句話，嗯，是個心裡有成算的，她很爽快地答應了，也不用簽賣身契，寫個雇用契約便得了。

沈薇覺得自己很好，張柱子卻死活不同意，非要簽賣身契。她納悶了，這一個兩個的怎麼就那麼樂意做奴才呢？卻不明白張柱子心裡的主意——只有簽了賣身契才是自己人，主家才會放心地用，才會栽培。

雖然缺人，沈薇卻沒有把張柱子放到鋪子上，而是扔給蘇管家帶著，一是學學眉高眼低，二是培養歸屬心。她早就想過了，寧願鋪子少開幾個，也絕不能冒進，新來的人必須在沈宅接受半年以上的訓練，才能放到鋪子去，這樣忠誠才有保障。

但沈薇依然為缺人而發愁。鋪子會越開越多，她缺少一個統管鋪子的人，正愁著呢，就聽梨花進來稟報：「小姐，族長老太爺來了。」

注：發小，指父輩就互相認識，從小一起長大的玩伴，長大經常在一起的朋友。

沈薇站起來，匆匆往外走。到了外院，蘇先生正陪老太爺說話，她上前見禮。「見過伯祖父，伯祖父有事，讓杏兒來喊孫女一聲就行，怎能煩勞您老親自過來呢？」

族長對沈薇的表現非常滿意，本來就覺得這個丫頭是心有丘壑的，現在一看可不就是嗎？族長那張素來嚴肅的老臉親切了許多。「就兩步的事，不礙事。」

沈薇笑了一下。「伯祖母的身體怎麼樣了？前些日子我不小心著涼，不然非得過去看看她老人家才是。」

族長的表情更柔和了。「咳，不過是一場小風寒，鄉下人家沒那麼金貴，被子捂上一晚出出汗就好，人參這麼金貴的東西，妳留著自個兒補身子，破費什麼。」

沈薇雖然沒親自去看望，卻差顧嬤嬤去了，除了平常的禮物，還有一根拇指粗的人參，在這鄉下地方是很貴重的禮了。

「您和伯祖母年紀大了，可不能不當一回事，東西再金貴能金貴過人？您二老的身體好了，我們大家才放心。」

這話說得族長老太爺心中萬分妥貼，他捋了捋鬍子，道：「難為妳有心了。今兒來，是有件事想和妳商量商量。」

「有事您老直接吩咐就是了。」沈薇笑吟吟的。

「是這樣的，我看你們這護院天天早晨都操練，咱們沈家的小子們都想跟著一起練練，即便不能學上三招兩式，也能強健筋骨。」族長說出來意。這事，老三家的紹勇都和他說幾次了，一開始他沒放在心上，後來大孫子也找他說，他仔細一琢磨，還真給他琢磨出其中的好處來。

「行，當然可以。」沈薇非常爽快地答應了，話鋒一轉，又道：「不過俗話說得好，沒有規矩不成方圓，既然願意來跟著操練，就得聽張師傅的話。」目前每天早晨半個時辰的操練是由張雄帶領。

「那是、那是，誰若是不聽話，妳告訴伯祖父，看我老頭子不抽他？」

這下，演武場也可以建了。誰知消息一傳出來，就來了好幾十口人，不要工錢不說，還特別賣力。

演武場是靠著外院建的，堪比現代學校的操場。第一天操練就來了五十多人，不光是沈氏族人，還有其他張姓李姓的後生，不光有十五、六的，還有十歲左右的半大孩子，個個目光熱切、躍躍欲試。

沈薇一看，索性又點了一位師傅專門負責操練這群半大孩子。列隊、跑步、蹲馬步、打拳，呼喝聲打破寧靜的早晨，給這靜謐的山村增添了幾分生氣和活力。

自那天起，沈家莊掀起了一股尚武的風潮，人人都以能比劃兩招而自豪，沈家子弟的地位也空前高漲。

而這一切的幕後推手沈薇則帶著丫鬟們去縣城裡開眼界。

城門映入眼簾的時候，幾個丫頭都震驚了。

「好高啊！」

「快看、快看！城門的那小哥比張雄大哥還氣派。」幾個姑娘不由心潮澎湃起來。

交了錢進了城，沈薇一行人逛了胭脂鋪子、綢緞鋪子和老字號大小銀樓，沈薇大把撒錢地買了好多東西，每個人的手上都拿了好多，臉上滿是興奮。

從綢緞鋪子出來，已經是晌午，沈薇也餓了。上次在香滿樓用過飯之後，她就對樓裡的那道水晶肘子念念不忘，自然要去品嚐一番。

進了雅間，張雄要在門外守著，卻被她趕到樓下用餐去了。有桃花在，誰能把她怎麼樣？不過是吃頓飯，用不著興師動眾。

「小姐喝盞茶稍候，菜色馬上就上來。」夥計殷勤地陪著笑，躬身退了出去。

沈薇倒真有些口渴，抿了幾口茶就打量起來。

雅間佈置淡雅，牆上掛著幾幅字畫，上面畫著梅蘭竹菊，很是清雅。一頭擺著一人高的屏風，上面繡著仕女圖，一角的高几上擺著一盆蘭草，雖不是名品，卻也翠綠得讓人喜愛。

菜餚很快就上來了，擺了滿滿一大桌。「小姐請慢用，小的就在外頭候著，有什麼吩咐您叫喚一聲。」夥計輕輕退了出去。

「坐呀，都站著幹麼？」沈薇看著站著的四個丫頭道。

「奴婢伺候小姐用餐。」梨花挽起袖子，月季和荷花也有樣學樣。

沈薇嘴角不由一抽。她一個人用飯，身後跟著四個人服侍，這真是五星級的享受，可在四雙眼睛之下，她能吃得下去才怪！「這裡又沒外人，都坐下來吃吧，一會兒菜都要涼了。」

「小姐，規矩不可破，奴婢本就該服侍小姐的，等小姐用過，奴婢們再吃。」梨花等人不為所動。她們知道自己將來是要跟著小姐回京城的，但從顧嬤嬤口中得知小姐在侯府裡不受寵，她們不比府裡家生子，從小學規矩，所以更要嚴格要求自己，不能給小姐丟臉。

最後沒法，只好弄了個折衷辦法，沈薇由梨花伺候著用餐，荷花三人則端幾個菜在一旁的小几上用飯。

正吃著，就聽到外邊一陣喧譁聲傳來。

「辰表哥，你陪我去多寶齋好不好？多寶齋新出了幾種花樣，我想去訂副頭面。」這是一個嬌滴滴的聲音。

「沒空，讓雨杏陪妳去吧。」拒絕得乾脆。

「辰表哥，姑姑都說了讓你陪我出來，不行，你就要陪我去，不然我告訴姑姑去。」這個嬌滴滴的聲音刁蠻起來。

「那妳找她陪妳去吧。」絲毫不肯讓步，聲音裡還帶著幾分不耐煩。

沈薇一下子就笑出來。人生何處不相逢啊，吃個飯都能遇到江辰，就不知這次有沒有銀子可拿？

「桃花，去把人請進來。」沈薇吩咐，丫鬟之中也只有桃花和江辰照過面。

桃花剛出去，沈薇就聽到剛才嬌蠻的聲音陡然尖利起來。「好啊，怪不得不願意陪我，原來是到這裡私會狐狸精，我、我要告訴姑姑去！」嘴上說著，腳卻不動，伸頭朝裡面看。

江辰本是約了朋友，誰承想被表妹纏上來，只好示意朋友改天再聚，心中一肚子氣，偏表妹不識趣，加之又被小姑娘看了笑話，江辰一下子便怒了。「滾！雨杏，看好妳家小姐。」

最後一句帶著威脅，雨杏只覺得心頭發寒，挽著主子的胳膊低聲勸。「小姐，我們回去找姑太太作主。」先把這小祖宗勸走再說，辰少爺可不是好性子的主兒。

小表妹被丫鬟半哄半勸地拉走了，江辰深吸一口氣，進了雅間衝沈薇一拱手。「讓沈小姐看笑話了。」

圍著小几吃飯的丫頭們也都站起來，沈薇打量他一番，似笑非笑地說：「挺精神的，沒殘啊！」頓了下，下巴一抬，嘴角露出嘲諷的笑。「你江三少爺的笑話，本小姐看了也不止一回兩回了。」不能怪她沒有同情心，實在是這廝先得罪自己，她的心眼可是很小的，何況這廝看來皮糙肉厚的，也不需要她的同情。

江辰聞言，臉色立刻陰了下來。沈薇眼睛一瞇，臉上的諷刺更盛。「怎麼，要和本小姐翻臉？別忘了本小姐還救了你一命呢，你不會真以為一萬兩銀子就兩清了吧？」本來是打算兩清的，現在她又不打算兩清了。他若是敢跟她翻臉，她非得再訛他一頓不可。

江辰面上訕訕的，心裡的火氣倒是煙消雲散。真是個壞脾氣的丫頭！得了便宜還賣乖說的就是她吧？

「是是是，沈小姐的救命之恩，在下一輩子銘記。既然小姐到了縣城，那就讓在下盡一番地主之誼。」江辰倒也灑脫，拉下臉面對沈薇賠禮。對這麼一個漂亮的小姑娘也生不起氣，何況還是對自己有救命之恩的小姑娘，笑話就讓她笑話吧，反正背後笑話他的也不是一個兩個了。

沈薇哼了一聲。「那倒不必，本小姐不缺銀子。」斜了他一眼，又道：「你還沒吃吧？本小姐請你。梨花，出去說一聲，這桌撤了，再上一桌。」說完，梨花應聲出去安排了。

「如此，在下就多謝沈小姐了。」江辰一拱手便坐下來。

趁著上菜空隙，沈薇支著下巴跟江辰八卦。「剛才那個就是家裡給你找的嬌妻？」她之前從門縫瞅了一眼，長相倒是還行，就是品味不好，滿頭明晃晃的珠釵看得人頭暈。而且這姑娘刁蠻也就罷了，還缺心眼，明知道人家母子感情不睦，還硬拿姑姑來壓心上人，江辰會喜歡才有鬼呢！

給江辰訂了這麼一位姑娘，是想讓他後院不寧吧，他就是再有能力也走不了多遠。江家太太可真有意思，這哪是母子，根本是仇人啊！可憐！沈薇的眼裡染上了幾許幸災樂禍。

江辰很無奈。「小姑娘嘴巴太利，可不討人喜歡。」心中對這牙尖嘴利的小姑娘身分卻重新審視起來。他爹娘雖然不待見他，表面上卻是粉飾得太平，除了家中幾個長輩和親近的人，外頭還覺得他很風光呢。母親打算把表妹訂給他為妻的事，更是沒有傳出風聲，可這小姑娘卻知道……這小姑娘比他想的還有手段，難怪能駕馭一大群護衛；和她相比，自己一個七尺男兒竟活得如此憋屈。

想到這裡，江辰面上一陣發熱，索性豁了出去。「是呀，沈小姐可有什麼妙招能解在下的難題嗎？」

本是隨口一問，沒想到沈薇還真點頭。「成呀，本小姐今天心情好，就給你支個招。拖著吧！」沈薇得意地揚起粉臉，清亮的眸子如水。「先拖著，等你今秋中了舉人，想要怎樣還不是你說了算？」

官商之間有不可逾越的鴻溝，等江辰中了舉，自然有了更多籌碼，別的不說，江家祖父就不能眼看著他娶了這麼一個拖累。

「婚姻大事，父母之命、媒妁之言。」若是母親不管不顧地把婚事定下來怎麼辦？

沈薇鄙夷地斜了他一眼。「你不是挺有能耐的嗎？連這幾個月都拖不了？你不會找你祖父作主嗎？」女子不想嫁是難，男人不想娶還能沒有辦法？

江辰的眼睛頓時一亮。是呀，祖父雖然偏向大哥，但也一直盼望江家能改換門庭，若是自己保證有把握中舉，祖父一定不會讓爹娘打擾他的。

「大恩不言謝，今後沈小姐若有差遣，我江辰定萬死不辭。」江辰抱拳朗聲道。

沈薇擺擺手，一點都不放在心上。江辰看來是有天分、有手段，為人也不迂腐，能結個善緣就結個善緣吧，倒真沒指望他報答。

第八章

豔陽天，空氣中氤氳著花草的清香。這時節最適合出門遊覽了，沈薇還惦記著東山寺後山上的桃林，正是桃花盛開的時候，景色一定美極了。

起心動念，她便帶著丫鬟們遊覽春光去了，顧嬤嬤倒是沒說什麼，京中貴女們也常呼朋引伴出外遊玩，只是吩咐梨花等人要好生伺候著。

要去桃林，自然要先去東山寺，沈薇把親手抄的佛經供在阮氏的牌位前，跟住持大師告知一聲，帶人朝後山去了。遠遠就見天邊似有一片紅雲，走近了，那朵朵桃花挨挨擠擠地開滿枝頭，晶瑩剔透，散發出淡淡的清香。

沈薇邊走邊看，時而仰臉輕嗅枝頭的桃花，陽光灑在她瑩白粉嫩的臉上，真是人面桃花相映紅。荷花碰了碰梨花的手，輕聲說：「看，小姐真好看。」比她見過的任何一個人都要好看。

梨花沒有說話，只是抿著嘴笑。是呀，小姐最好看了，在她心裡舉世無雙。

沈薇的笑顏不僅落入荷花、梨花的眼裡，還落入另一夥人的眼裡。

三個富家公子帶著小廝從桃林的另一邊轉出，眼裡有著明顯的驚豔。「小姐好姿容啊！」打頭的這位穿了一身月白衣裳，腰間垂著一塊美玉，雙手故作瀟灑地背在身後。左邊那個身著絳紫衣裳，手裡搖了一把摺扇，右邊的這位則是小霸王常俊喜是也。他對上沈薇的目光，身子明顯地瑟縮了一下，有心想勸表哥離開，卻不知道怎麼開口。

沈薇斂眸，一想就明白這些人是從山另一邊上來的，若是從東山寺過來，住持大師一定會告知，既然大師沒說，就是連大師都不知道這些人在後山。

梨花幾人早就奔回沈薇身邊，警戒地擋在她身前。這些人一看就不是什麼好人，可不能讓他們衝撞了小姐，也暗暗後悔沒讓張雄帶人跟著。

梨花幾人雖然比不上沈薇，但也美得各有千秋，加之沈薇樂意打扮她們，一個個也清新得如雨後新荷，讓人眼睛一亮。

「張兄，難得這鄉下地方有如此好看的姑娘。」打頭的趙耀祖偏頭對左邊的人說，目光卻一直沒有離開沈薇的臉。美，真美，比他上個月才收的小妾還要美，心頭不由癢起來。「相逢即是有緣，小生陪小姐共賞桃花林可好？」

沈薇十三了，這幾個月營養充足又天天鍛鍊，個子便抽高了，面容也比以前精緻，眉目如畫，腰肢柔軟，看得他都移不開眼。

「男女授受不親，還望公子自重。」真晦氣！賞個桃花也能碰到這等俗物，真敗興！沈薇轉身就要離開。

一把摺扇攔在她身前。「本公子不重啊！」身著絳紫衣裳的張仲橋故作瀟灑地甩了甩頭髮，和趙耀祖一起哈哈大笑。「小姐還是答應為好，莫辜負了這大好春光，哈哈！」語含威脅，又是一陣大笑。

沈薇笑了，好似春花在眼前次第盛開，趙耀祖覺得呼吸緊促頭發暈，伸手推開擋在前面的梨花、荷花，就想把沈薇摟進懷裡。「美人，我的小美人，讓哥哥好好疼疼妳……」那猥瑣的樣子讓沈薇恨不得一腳把他踢開。

沈薇一個側身躲開了，眸中鋒芒閃過，面容冷峻。「呵，知道上一個這樣說的人在哪兒嗎？常二少爺，鞭子的滋味好受嗎？」

沈薇的笑容極美，落在常俊喜的眼中卻像看到了妖魔鬼怪。他焦急地拉住表哥張仲橋，指了指沈薇，飛快地說著什麼，心中埋怨表哥，自己來就罷了，怎麼還把這人帶來，這可是知府家的公子，他再不務正業也知道若是知府公子在這裡出了什麼事，常家肯定落不著好。

自從上次被爹抽個半死，他的膽子就變小了。

常俊喜的表哥，也就是常太太的親姪子張仲橋遲疑地看了看沈薇，終於在自家表弟的催促下攔住了趙耀祖。

哼，算你識相！沈薇瞪了常俊喜一眼，乘機離開了。

本來今天還要去放風箏、烤肉的，這下全泡湯了，沈薇也沒有了玩的心思，索性回去了。

「小姐剛才幹麼攔著我？」桃花不滿地問。那幾個壞人居然敢攔著小姐，小姐是他們能碰的嗎？

沈薇沈吟著沒有理她，收拾幾個人是容易，但地點不對，她若是在後山上把人打了，寺裡知道了，該怎樣看她？可就這麼放過，她心裡又十分憋悶。不行，不能就這麼算了。她沈薇從不記仇，有仇是當場就報。

「桃花，去把張雄喊來。」沈薇對桃花吩咐。

張雄來了，沈薇低聲吩咐了幾句，最後道：「記住了，我要他一條腿。」她的聲音冰冷。

張雄心中一震，鄭重地點頭。「是，屬下記住了。」

收拾東西打道回府，車廂裡，梨花幾人顯然都被嚇著了，一個個沈默著不說話。沈薇也沒有心思哄她們，靠在車廂壁上仔細聽外面的動靜。

張雄是在快到沈家莊時才跟上來的，他騎馬跟在車旁，低聲說了一句。「小姐，成了。」

沈薇嗯了一聲，整個人放鬆下來，嘴角高高揚起。

回家後，張雄詳細稟報。「照小姐吩咐的，我們裝成是劫道的土匪，屬下沒有露面，猛子和小六兩人就把他們全收拾了。」

沈薇的心情好了，但常老爺都快要急死了。

「大夫，趙公子這腿……」中午，他那陪著知府公子賞春的二兒子和妻姪狼狽而歸，知府公子則是被抬回來的，一路上抱著腿嗷嗷直叫。他驚得臉都白了，一邊讓人去請外傷聖手，一邊打發人到府城報信。

就見大夫搖頭。「裡面骨頭斷了，老朽只會治些尋常的外傷，常老爺還是另尋高明吧。」

常老爺的心都涼了，看著不停哀號的趙公子，跟大夫商量說：「再找大夫也得需要時間，你看你是不是先治著？怎麼著也得給他止止疼呀！」揮手又打發了一批人去府城告知情況，外加尋找名醫。

止疼倒是簡單，大夫點點頭吩咐熬藥。

常老爺焦急地走來走去。這可如何是好？人是在他的地界上出事的，三個人一起出去，自己兒子和妻姪都好好的，偏偏趙公子斷了腿，這怎麼跟趙知府交代？趙公子在家排行第二，卻是唯一的嫡子，若是趙公子的腿好不了了，不用趙知府，就是趙夫人都能撕了他。

「你再給我說說當時的情況。」常老爺頓住腳步，看向縮在一邊的兒子和妻姪，聽完後，眼睛閃了閃。「你是說你們遇到了沈小姐，還對她不敬？」

「兒子哪敢呀！」常俊喜立刻委屈地喊起來。那是個女魔頭，他躲還來不及呢。「是、是表哥和——」他的眼睛瞅了瞅慘叫的趙耀祖，聲音低了下來。

常老爺還不了解自己的兒子？自己的兒子可沒膽再去招惹沈小姐，一定是趙公子看人家長得好看，冒犯了人家。想到這裡，他不由遷怒起妻姪，怎麼把這個惹禍的祖宗帶來了，全然忘記自己之前對趙公子到來的歡迎和奉承。

「沈小姐沒說什麼就走了？」常老爺接著問兒子。

常俊喜歪頭想了想，搖頭道：「沒有，兒子和表哥攔了趙公子一下，沈小姐就走了。」一邊的張仲橋雖沒聽明白，卻也不住點頭。

常老爺摸著下巴，若有所思。他幾乎可以肯定趙公子的腿和沈小姐脫不了關係，光天化日之下，那地方哪來的劫匪？不過現在不是劫匪也只能是劫匪了，他不敢得罪趙知府，更不敢得罪沈小姐呀！他知道她手底下有一群護衛，個個五大三粗，跟軍營裡的悍兵一樣，聽說每天早晨都操練，若是惹了沈小姐，他全家被人悄無聲息地滅了口都沒人知道。

趨利避害是人的本性，常老爺一瞬間就打定了主意。他一咬牙，親自去衙門報案，趙知府的公子被劫匪所傷，這可是大案子呀！

沈薇根本不知自己收拾的是知府公子，可即使知道也照樣收拾不誤。她只關心了一下出面的兩人有沒有露出面容，會不會讓人認出，就把此事放開了。

沈薇不關心，蘇先生卻不能不管。身為一名優秀的管家，要做到把一切事情了然於胸，把一切隱患消滅在萌芽狀態，所以趙知府夫婦到臨安鎮的消息，他第一時間就知道了。

趙夫人盧氏得知兒子遇了劫匪，一路上心急如焚，下了轎就朝廂房撲去。「耀祖，娘的耀祖呀！」一眼看到兒子靠在床頭哀號，心裡疼呀。「兒呀，你這是怎麼了？腿傷著了？大夫、大夫呢？」她掏出帕子給兒子擦額頭上的汗。

「娘……娘，我的腿、我的腿斷了，疼、疼死我了，我不要當瘸子，不要當瘸子……」

趙耀祖好似找到了依靠，緊抓著盧氏的手不放。

盧氏的眼淚一下就落下來。「神醫，對，羅神醫快看看我兒的腿！」她向身後望去，眼裡充滿了希望。

後面，趙知府和一個揹著藥箱的中年人一起邁過門檻。趙知府步子雖穩，臉上卻也帶著焦急，他雙手一拱，道：「煩勞羅神醫了。」

「知府大人客氣了。」羅神醫回了一禮，回身檢查趙耀祖的傷勢。他的手剛碰到趙耀祖的腿，趙耀祖就慘叫起來。「別、別碰！疼啊！」從昨天一直喊到今天，他的嗓子都啞了。

「公子忍著些，老朽儘量輕點。」羅神醫不為所動，雙手毫不客氣地按向趙耀祖的傷腿，在他的鬼哭狼嚎中，眉頭慢慢皺了起來。

盧氏心疼地直抹淚。「兒呀，忍著點，讓羅神醫好好給你治治，治好就不疼了。」她生了四個女兒才得了這個兒子，也因為得了這個兒子，她在趙家才站穩腳跟，因此對這個兒子十分寵愛。

趙知府的心也提了起來。「羅神醫，犬子的腿……」他的臉上全是擔憂。他雖然有四個兒子，嫡子卻只有這麼一個，嫁到恭王府的大女兒也最疼這個胞弟。

羅神醫收了手，直起腰對趙知府搖搖頭。「令公子的腿骨斷了，依老朽判斷，應該是受過銳器的擊打。」

慘叫的趙耀祖忙不迭地點頭。「對、對，那個劫匪就是用鐵棍砸了兒子的腿！」

趙知府的眉頭緊緊皺起來，他即便不懂醫術也知道常識，骨頭斷了可是大事。「羅神醫可有良策？」羅神醫的祖父曾是宮中太醫，在外傷方面極有造詣，羅神醫青出於藍，是府城最好的外傷大夫，這次能隨自己來臨安鎮，算是賣了自己老大一個人情了。

羅神醫沈吟一下，才道：「接骨老朽倒是可以勉力一試，難的是後面的休養。」

盧氏一聽兒子的腿有救了，頓時鬆了一口氣。她就這麼一個嫡子，趙家的一切都是她兒子的，若兒子的腿好不了，那趙家豈不是便宜了那幾個孽種？

想到家裡那幾個庶子，盧氏恨得牙癢癢。若不是她前四胎生的全是閨女，能讓那幾個庶子出生？現在好了，兒子的腿有救了，趙家還是屬於兒子的，真是謝謝佛祖保佑。盧氏在心裡直唸阿彌陀佛。

同樣鬆了一口氣的還有常老爺夫婦。能接上就好，這下常家算是保住了，真是謝謝諸天神佛了。常老爺擦了擦一腦門子的汗，腰身不覺也直起了一些。

趙知府卻不那麼樂觀，向羅神醫詢問道：「這後期的休養有何要注意的？」他沒有忽略羅神醫臉上的憂色。「需要什麼，羅神醫但請直說，趙府沒有的，本官還可以去求求恭王爺，務必要治好犬子的腿。」

羅神醫的臉色緩和了一下。「那倒不是，俗話說得好，傷筋動骨一百天，令公子的腿接上之後需要保持不動，不然骨頭一旦錯位，就再難長好了。」

「這有何難？丫鬟小廝一大堆還能伺候不好？羅神醫，你就趕緊接上吧。」盧氏本來還以為多難呢，沒想到不過就是養著不動，別說一百天，就是一年都成。

羅神醫看了看連趙知府都一副不以為然的樣子，張了張嘴，終是沒再說什麼。反正該提醒的都提醒了，說多了，人家還以為他故弄玄虛呢！

兒子的腿有救了，趙知府夫婦才有暇過問劫匪的事。

「這些天殺的土匪怎麼這麼猖獗，吳縣令是幹什麼吃的？抓到人沒有？」盧氏一改剛才的柔弱，變得咄咄逼人。

在下首恭立的吳縣令不由腿一軟，趕忙出來請罪。「是下官無能，還望夫人恕罪。接到消息，李捕頭就帶人去雞頭山剿匪，相信很快就會把匪人抓獲。」

盧氏哼了一聲，非常不滿。「還沒抓到人？你若是不行，我家大人親自派兵。」她拍著桌子無比囂張。

「這？這？」吳縣令腦門冒汗了。若是真讓知府大人派兵，那他這個縣令也做到頭了。

趙知府給盧氏使了個眼色，假意喝斥。「妳個婦道人家懂什麼？不許胡說！」又和顏悅色地對吳縣令道：「夫人心憂犬子，還請吳縣令莫怪。」

「不怪，不怪，是下官辦事不力。」吳縣令連聲應著，心中暗暗決定，回去後他親自帶人上雞頭山。以前不把他們當一回事，現在居然不長眼惹到知府大人頭上，這不是找死嗎？只要把這事辦好了，知府大人肯定會記他一功。這麼一想，吳縣令都要心花怒放了。

吳縣令退下之後，趙知府便喊了常俊喜和張仲橋過來細細問話。常俊喜本就膽小，磕磕巴巴地把事情如實說了一遍。當趙知府聽見兒子遇到沈薇那一段，根本沒有在意，以為兒子不過是調戲個漂亮姑娘，再漂亮，這窮鄉僻壤的能漂亮到哪裡去？

趙夫人盧氏呢，則認為是人家姑娘勾引她引以為傲的兒子，不然以她兒子的眼光能看上一個鄉下丫頭？

所以趙知府也是把兒子的斷腿歸咎於土匪，至於一行幾人只有兒子一人受傷，他也想不明白，只能歸結為兒子倒楣唄。

本以為很快就能抓到人，可三天過去了，連個人影都沒見到。趙知府怒了，親自點兵上山抓人，把整個雞頭山翻遍了也沒抓到一個人。難不成這夥土匪能飛天遁地不成？氣得趙知府把吳縣令罵了一頓。

此時的吳縣令也早沒有了立功露臉的心思，只求能夠保住烏紗帽就阿彌陀佛。面對著趙知府的一日三催，他壓力甚大，內心深處對趙知府的不滿也日漸加深。不過是有個女兒入了恭王爺的眼才加官進爵，不然還不是和他一樣？於是剿匪更不用心了，七、八天之後，隨便找幾個替死鬼交差了事。

第九章

剛接好腿的趙耀祖，又打起沈薇的主意。他本就好色，十四歲就把房裡的丫頭嘗了個遍，現在要他躺在床上老實養傷，他胡鬧慣了，哪受得了？嘗慣女人滋味的趙耀祖心裡難受得不行，脾氣也一天天壞起來，叫罵、扔東西、摔藥碗，弄得伺候他的小廝苦不堪言。

若只是拿下人出氣還罷了，趙耀祖脾氣上來不願意喝藥，就讓盧氏無法忽視了。她急匆匆地趕到兒子房裡，看到地上的碎瓷片和藥湯，揮手讓小斯再去煎藥，自己則坐到兒子的床頭，耐心勸著。「他們伺候得不好，娘再給你換人，可不能作踐自己的身體。」

趙耀祖氣呼呼地把臉一轉。「換掉，全都換掉！一個個手那麼重，兒子要娘身邊的巧蓮姊姊來伺候。」一說到巧蓮，趙耀祖眼前就浮現出巧蓮那撩人的身姿，身體的某個地方緊得發疼。「娘，您就疼疼兒子，把巧蓮姊姊給兒子吧，兒子保證好好喝藥好好養傷。」趙耀祖撒嬌哀求，一雙眼睛不時瞅向巧蓮。

蹲在地上收拾的巧蓮如芒在背，手停了一下又飛快動作起來，然後悄悄退出門去才鬆了一口氣。

盧氏沒有如往常一樣地鬆口。「耀祖啊，若是在平時，不說巧蓮了，就是你要娘身邊的巧月，娘也捨得給你。可現如今你的腿傷了，羅神醫的吩咐你不是沒有聽到，可不許胡來。」

巧月是盧氏身邊最得力的大丫鬟，長得沒有巧蓮好看，但勝在沈穩忠心又能幹，若不是盧氏倚重，早把她放到兒子房裡了。

見兒子快快不樂，盧氏又有些心疼，便哄勸道：「耀祖啊，你也不小了，也該學著長進些了。因為這次的事情，你爹發了好大的脾氣，你可不能再惹他生氣了。你大姊費了大心思弄到的國子監名額，也便宜了你二叔家的耀明了。」盧氏倒是沒有多生氣，便宜耀明也比便宜家裡那個孽種強，頂多心裡有些不舒服罷了。

「你好好養傷，乖乖聽話，你大姊說了，只要你能考個功名，她一定給你找個有助力的岳家。你不是喜歡長得好的嗎？到時讓你大姊給你挑個顏色好的。」盧氏對兒子許諾。

趙耀祖眼睛一亮。「真的？大姊真這麼說？」趙耀祖非常驚喜，完全忽略了盧氏話中的前提。讀書有什麼好的？女人的身體才是天底下最快樂的享受呢。他眼珠一轉，對盧氏說：「成，兒子聽娘的話，好好喝藥好好養傷，但娘也要答應兒子一件事。」

盧氏大喜。「什麼事？」現在她只求兒子能安心養傷，就是要天上的月亮，她也要想辦法摘下來。

「兒子這次出遊遇到一位姑娘，實在喜歡，求娘幫兒子把人找來好不好？」趙耀祖說出了目的。

盧氏一開始不答應，耐不過兒子的苦苦哀求，只好點頭了。罷罷罷，不過是個鄉下丫頭，兒子既然喜歡，那就讓她過來伺候吧，到時給個通房丫頭的名分也是她的造化了。

盧氏一打聽，本以為的鄉下丫頭居然是侯府小姐，芳齡才十二、三歲，還是半大孩子。盧氏這下惱了。「耀祖這孩子越來越荒唐了！」跟大丫鬟巧月抱怨了一番，自然不再理會兒子的請求。

趙耀祖不依了，眼睛一眨便想出了一個主意。「娘，大姊不是在張羅我的婚事嗎？我看也不用找了，沈小姐就很適合，長得好看，身分還高貴。娘，兒子就要沈小姐。」一想到那張巴掌大的絕塵小臉，趙耀祖就覺得喉嚨發乾，整個人都不好了。

聽兒子這麼一說，盧氏也有了幾分意動。身分倒是和兒子般配，就是這年齡……盧氏遲疑了。「那沈小姐才十三，也太小了吧？」沈小姐才十三歲，她何年何月才能抱上孫子呀？

「這有什麼，不過兩年就及笄了，兒子乘機好好讀兩年書，也好考個功名。娘，只要您答應給兒子娶沈小姐，兒子什麼都聽您的。」趙耀祖又是撒嬌又是發誓，好話不要錢地往外砸。

「行，娘就答應你，你可得記住要好好上進呀！」盧氏還是心疼兒子，一咬牙答應了。

誰知把這事和夫君一說，趙知府勃然大怒。「妳怎麼敢想呢？妳也不看看妳兒子那樣！」女人就是頭髮長見識短，人家是侯府小姐，哪是他趙家可以妄想的？何況耀祖還是白身，連個秀才都不是。

盧氏先是有些懵，隨即也怒了。「我兒子怎麼了？我兒一表人才，心思純良，可不是那些表面一套背後一套內裡藏奸的。老爺您也是堂堂一府之主，我兒怎麼就配不上了？」在盧氏心裡，自個兒的兒子千好萬好，至於貪愛美色，那根本不是缺點。這世上哪個男人不愛美色？就說自家老爺吧，後院也是萬紫千紅。

那沈小姐說得好聽是侯府千金，等侯府分了家，還不是要淪為旁支？她還嫌棄沈小姐配不上兒子呢！

「住口，以後這事休要再提！」趙知府厲色說道，見夫人似被自己嚇住，想起到底是結髮夫妻，面色不由緩和了一些，解釋道：「忠武侯簡在帝心，就是恭王府也要給幾分面子。這位沈小姐才十三，妳貿然提這事，不是結親是結仇呢！妳可不要亂來，蕊兒在恭王府本就不易，可別給她招禍。」說到最後，警告意味十足。

盧氏雖不明白和沈家聯姻怎麼就是結仇了，但對夫君的話還是很信服的，加之夫君又提到了蕊兒，自己最疼愛這個大女兒了，可不能給她招禍。

可趙耀祖不死心，每天吵著鬧著，盧氏這次卻不再縱容他了。

趙耀祖的親隨趙虎見主子悶悶不樂，便出了個主意。「少爺，明兒咱們就啟程回府城了，您若實在喜歡那沈小姐，奴才認識一些江湖上的朋友，等到了晚上把她偷出來一同上路，到時生米煮成熟飯，侯府再不情願還不是得認您這個女婿？」

趙虎是管家之子，從小跟在趙耀祖身邊，對趙耀祖的心思摸得一清二楚，所以很受寵信，可以說趙耀祖做過的壞事有九成都是他出的主意。

「對呀，我怎麼就沒想到呢？」趙耀祖激動地一拍大腿，疼得齜牙咧嘴也顧不上了。「還是你小子機靈，只要你把這事給少爺我辦好了，少不了你的好處。喏，這兒有十兩銀子，你先拿去花。」他伸手解下銀袋，扔給了趙虎。

趙虎笑容諂媚。「奴才謝少爺賞。您就瞧好吧，奴才一準把事情辦漂亮。」

可惜事與願違，趙虎帶著幾個潑皮無賴剛翻進沈宅院牆，就被巡夜的張雄帶人抓了，刺刀一亮，趙虎就嚇得兩股戰戰，如倒豆子一般把事情全都交代了。

張雄一聽，差點沒氣歪。腿都斷了還賊心不死，看來還是收拾得輕了。

事情報到蘇管家那裡，他摸了摸下巴，吩咐道：「天太晚了，就不用打擾小姐。綁上，扔柴房裡，明日請小姐發落。」

第二日清晨，沈薇得知昨晚的事情，微微一愣。什麼？居然有人要綁架她？找死的吧？隨即又想到這不是她叱吒風雲的現代，不由摸了摸鼻子，心中直嘆氣。她想做個嬌滴滴的軟妹子，可這一個、兩個不長眼的是什麼意思？不是逼她發飆嗎？不是越逼著她往女魔頭的路上走嗎？

「小姐的意思是？」蘇管家詢問。

「殺了。」沈薇的眼都沒抬，語氣淡淡。

「嗯？」蘇管家不淡定了，還以為自己聽錯了。

「不殺了還留著管飯？」沈薇沒好氣地反問。

這下輪到蘇管家亂了。他一直知道這位小主子不是尋常女子，不過十來歲的毛丫頭怎麼就把殺人說得如殺雞呢？

殺了就殺了吧，能幹出夜闖民宅綁架的事也不是什麼好鳥，指不定身上還背著人命官司呢。「成，我吩咐張雄全宰了。」

沈薇點點頭，露出滿意的笑容，忽然又站起來。「集合人手，跟我出去一趟。」總不能白被噁心一回吧，她得找趙知府說道說道，怎麼也得弄點精神損害賠償費回來。

自從出了臨安鎮，趙耀祖就開始心神不寧。盧氏還以為他的腿又疼了，把伺候的小廝訓斥一頓，還問起趙虎哪兒去了，卻被趙耀祖支吾過去。

還沒有上官道，路途有些崎嶇，車隊走得很慢。忽然，官道兩邊湧出一群人，幾口棺材堆在路中，阻了去路。

前頭的侍衛大驚，生生勒住馬匹，後面卻不知前面的情況，差點沒撞上去。趙知府皺著眉頭掀開車簾，一張臉不怒自威。「怎麼回事？」身側跟著的親隨立刻前去查看。

前面的路上，除了中間的幾口棺材，還多了一輛馬車，華麗的樣式在這荒涼的野外顯得格格不入，更加詭異。馬車旁站著二十多個大漢，清一色的皂色衣裳，手裡握著各樣武器，個個孔武有力。打頭的卻是一個身穿青色儒衫的中年人，頭髮用一根木簪束起，兩道長眉斜飛入鬢，一雙眼睛如古井沈靜無波，沈澱著歲月的痕跡和包容。他束手立於馬車旁，彰顯出從屬關係。

「讓開，爾等好大的膽子，驚擾了知府大人的儀仗該當何罪？」護衛首領打馬上前喝道。

回答他的是沈默和雪亮的兵器。中年儒生朗聲道：「請知府大人說話。」

「大膽，知府大人是爾等想見就見的？還不快速速退去！」護衛首領色厲內荏地喊道。

中年儒生一點也不生氣。「請知府大人說話。」

親隨忍著心中的詫異，飛快返回馬車旁，低聲回稟。趙知府想了一下便下車，隨親隨一起來到前面，看到眼前的陣仗，眼中鋒芒一閃，語氣倒是客氣。「這位壯士尋本官，可是有何冤情？」他以為這些人是找他告狀的，不由放下了一半的心。

「在下蘇遠之，乃臨安鎮沈家莊沈小姐的管家。」蘇遠之拱手，溫和說道。

趙知府詫異。這人氣質平和，神采斐然，居然只是管家。

沈？他朝那輛華麗的馬車看了一眼，裡頭的是沈小姐？那個妻子口中的侯府千金沈小姐？她找自己是何事？

心中這樣想著，就聽到蘇遠之溫和的聲音。「棺材中這位，趙大人不看看？聽說是大人府上的家奴。」

話音剛落，排在最前頭的那口棺材就被張雄一腳踢至趙知府跟前，順帶還殷勤地把蓋子掀開。

「大膽！你——」護衛首領勃然怒喝，拔刀就要上前，張雄卻是一腳把他踹出老遠。

趙知府猝不及防，正對上棺材裡的死人臉，嚇得後退兩步，噁心在喉間翻滾，心中卻是憤怒至極，一個小小的管家竟敢如此辱他！

但就這一眼，足夠趙知府認出棺材裡的人，那具血跡斑斑的屍體正是他嫡子身邊的親隨趙虎。他怎麼會死在沈小姐的手裡？稍微一想，他就明白此事應該和自己的兒子脫不了干係。

「看來大人確實認識此人了。」蘇遠之似笑非笑。

趙知府心中把趙耀祖罵了個狗血淋頭，面上卻從容。「喔，此人的確是本官府中家奴，只是前些日子偷盜財物，潛逃在外，怎麼落到沈小姐手中，莫不是也偷了沈小姐的東西？」面上帶著關心，話裡卻不懷好意。

蘇遠之好似沒聽出話中的機鋒，語氣依然溫和。「哦？倒是在下錯怪了大人。」表情誠懇得連趙知府都看不出作偽，可他的下一句話又把趙知府的心提了起來。「不過，此人對在下卻不是這樣說的，他交代是受貴府的公子指使來沈宅偷盜財物，在下這兒還有他的證詞，大人要不要看看？」他從袖子裡掏出一張紙揚了揚。

趙知府一聽，差點沒把肺氣炸。雖知道蘇遠之說謊，可看著那張紙上黑色的字和鮮紅的手印，他能說不是嗎？

人已經死了，若是把這份證詞搶過來是不是就死無對證了？他們雖然人多，自己這邊人也不少呀，兩方對上了，鹿死誰手還不一定呢。趙知府腦中飛快地轉過各種念頭。

「趙大人，你看我這祖父給我的兵比起你的府兵如何呀？」趙知府幾乎要發號施令了，耳邊卻聽到一個漫不經心的聲音，猶如一盆涼水迎頭潑來，他一下子清醒過來。

是呀，自己的府兵哪裡比得上真正上過戰場見過血的兵？就這樣隨便一站，人家的氣勢就勝自己許多。都說沈侯爺用兵如神，看來果然名不虛傳。而且沈侯爺能安排兵士保護這個孫女，可見對這個孫女的寵愛不是一般。這一點是他最顧忌的，不得不說沈薇對趙知府心思把握之準，他又哪裡知道沈薇不過是扯著虎皮作大旗，矇他的呢？

趙知府也是能屈能伸，哈哈一笑道：「誤會，肯定是誤會，一定是趙虎這逆僕心懷怨恨故意陷害，沈小姐可不要被他騙了呀！」趙知府把事情全推到趙虎身上，反正死無對證，只要他咬準了不鬆口，能奈他何？

沈薇才不和他扯。「這趙虎總是你府裡的家奴吧，他翻了我家的牆頭，砸壞我家幾盆花，你把我家的花賠了，這事咱們就兩清。至於趙虎被誰指使也好，心懷怨恨故意陷害也罷，跟本小姐沒有一文錢的關係，趙知府可懂？」

懂，必須要懂，不就是要賠償嗎？何至於搞這麼大的陣勢？幾盆花的事，自己難道是那小氣的人？小姑娘家家的，就是喜歡故弄玄虛。這一會兒，趙知府的心情大起大落。「成，本官府上倒有幾盆花，回頭給沈小姐拉兩車送來。」

沈薇哪是幾盆花就打發得了的，只聽她懶洋洋地繼續道：「砸壞的花其中有一盆十八學士，是上個月本小姐才花三千兩銀子買的；還有一盆蘭花，是難得的金嘴墨蘭，亦是我祖父的心頭好，年前才送到我手上。」沈薇說起謊來是連草稿都不用打。

這不是明晃晃的敲詐嗎？十八學士和金嘴墨蘭既然那麼珍貴，誰家會隨隨便便扔在牆根下？趙知府憋屈呀，憋得面容發紫。「沈小姐的意思是？」他看出來了，這沈小姐就是個渾不吝的，他是瓷器，可不能去和瓦礫硬碰硬，能用銀子解決的事，一般都不算是個事。

蘇遠之伸了一根手指頭晃了晃，趙知府驚了。「一萬兩？」肯定不是一千兩，沒聽人家說那十八學士就值三千兩。「沈小姐不覺得太多了點嗎？」府裡一年的開支也用不了一萬兩，他家的銀子也不是大風颳來的，這樣就想要一萬兩，她怎麼不去搶錢莊？

「多嗎？這一萬兩還是看在恭王府蕊夫人的面子上，若不然，怎麼也得翻一番呀！」沈薇輕描淡寫地說。「趙大人也可以不給呀，本小姐有的是時間，也不嫌麻煩，就帶著這棺材和證詞去恭王府找王爺和王妃主持公道。」

給，必須得給！趙知府朝親隨看去，親隨面有難色，道：「大人，來得匆忙，屬下這兒只有五千兩。」就這五千兩也是為了預防萬一才帶的。

「沈小姐，妳也聽到了，本官身邊只有五千兩。」

「那就先給五千兩，剩下的五千兩回頭再給，趙大人不會賴帳吧？」沈薇突然問上這麼一句。

蘇遠之接過銀票，回了一句。「小姐放心，不過區區五千兩，比起帽兒胡同可差遠了。」說完還別有深意地衝趙知府笑了笑。

這下，趙知府任何一點小心思都沒有了，心中直發寒。帽兒胡同……他們居然連帽兒胡同都知道，那自己的那些事……趙知府不敢往下想。「不會、不會，回去一準給您送來。」態度比起剛才截然不同，歸根究柢，他就是個貪生怕死的小人，拿捏住軟肋便好對付。

「那行。蘇管家、張師傅，咱們回吧。」沈薇吩咐道。

嘩啦啦的一群人迅速調轉方向，片刻便走得無影無蹤，如同來時一樣，只留幾口棺材擺在路中間。

「大人，這……」護衛首領指著棺材問。

趙知府眼一厲。「怎麼做，還需要大人我教你嗎？」說完，背著手回馬車了。

「看什麼看，還不快把棺材弄開！」護衛首領對著手下喝道。

不一會兒，道路清了出來，車隊很快走遠了。若不是溝裡的棺材，根本看不出剛才發生了一場對峙。

而在不遠處的小樹林裡，佇立兩個老者，其中一個文士打扮的對另一個老者戲謔地說：「屬下追隨侯爺幾十年，尚不知侯爺還有品蘭這等雅好。」頓了一下，又道：「侯爺的這位晚輩倒是有侯爺的風範，就不知是哪房的小姐？」真是青出於藍而勝於藍，那股無賴勁兒倒是和侯爺一脈相承。

他的眼裡充滿興味，對這趟京城之行充滿了期待。

第十章

當晚，沈宅又來了不速之客，沈薇趕來的時候，就見雙方正對峙，地上還躺著一地人，全是自家的護院。沈薇有些驚訝，她對自家護院的功力還是很清楚的，能把自家護院打得無還手之力……沈薇不由朝被圍著的人看去，又更驚訝了。

只見被圍在中間的是兩位老者，一個文士打扮，讓沈薇注意的卻是那個穿靛藍衣裳的老者，髮鬚皆花白，一雙眼睛如鷹般銳利，似乎能看入人心。他雙手背在身後，有一股嶽峙淵渟的氣勢，一看就是久居上位之人。

沈薇眼睛一閃，手一揮，讓張雄等人退開，斂目上前行禮。「小女這廂有禮了，不知兩位深夜光臨有何貴幹？還是走錯了地方？」也不知是不是自己的錯覺，她好似看到那老者眼中一閃而過的讚賞。

「妳是哪房的丫頭？」老者也在暗暗打量沈薇，這丫頭頂多十二、三歲，和自己哪個兒子都不像，倒是生了一雙和他一樣的鳳眼，心裡就先滿意了三分。尤其是這份難得的沈穩，他長年在軍中，就連他的幾個兒子見了都是大氣不敢出，眼前這丫頭卻從容不迫，沒有一絲忐忑和侷促不安，便又滿意了幾分，眼中的鋒芒也慢慢褪去。

沈薇聞言，眼底又是一閃。這是熟人？腦中飛快地想著，一個答案就要呼之欲出，便聽見福伯激動的聲音。「侯爺！侯爺您來了啊！」福伯雙目含淚，撲通一聲就跪在地上磕頭。「屬下沒想到還能見到侯爺呀！」

原來是祖父到了，沈薇當機立斷也跪地磕頭。「孫女沈薇拜見祖父。」頓了頓，又補充道：「孫女父親排行居三，母親阮氏。」

沈侯爺點點頭。原來是老三的閨女，阮氏？是那個早逝的三兒媳？看向沈薇的目光便多了幾分意味。這個丫頭還真是聰明呀！

沈薇坦然面對祖父的審視，臉上是滿滿的孺慕之情，饒是沈侯爺也不由面皮一抽，一下子想起之前這丫頭訛了趙知府一萬兩銀子的行徑。

既然是沈宅的當家主人到了，自然該請進上房，洗漱之後上了香茶，沈侯爺打量屋子的佈置。他剛聽沈福說了，這宅子還是薇姊兒來了才有變化，還建了個演武場。沈福的語氣是無比自豪，眉開眼笑。

沈薇也得知跟在祖父身邊的那人姓龐，是祖父的幕僚，跟在祖父身邊幾十年了，很受看重。

「薇姊兒很缺銀子嗎？」沈侯爺垂著眼，以杯蓋輕輕地撇了撇茶葉沫。

沈薇一愣。「祖父是何意？」難不成祖父要給她送銀子？想到這個可能，沈薇熱切地望向祖父。

看到孫女那雙發亮的眼睛，沈侯爺整個人都不好了。一旁的龐先生好心地提醒道：「今天上午，老朽和侯爺剛入臨安鎮就看了場好戲。」

沈薇心裡翻了個好大的白眼。原來是自己向趙知府討要賠償，被祖父看了個正著呀！她絲毫沒有被拆穿的窘迫，反而正了正面容，微笑道：「孫女來沈家莊時，繼母給了十兩銀子，自去年十月至今，孫女未見府裡一文銀錢。至於孫女為何在沈家莊，據說是孫女自幼體弱多病，繼母體恤，不嫌麻煩地安排孫女千里迢迢回到這個山清水秀、鳥語花香的沈家莊養病。至於事實麼，祖父您領兵多年，多謀善斷，相信您肯定明白，就不用孫女細說了吧？」

想了一下，她又補充道：「出來時，孫女是昏迷著的，一路上醒著的時候也不多，不過這沈家莊真是個養病的好地方，不過一個月孫女的病就全好了，能吃能睡還長高了，所以孫女就覺得，要在這沈家莊住下去、不回京城也挺好。」

沈薇一本正經地揚著小臉，說著無比諷刺的話，沈侯爺卻憋屈得要吐兩升血了。多少年沒人敢在他面前這樣冷嘲熱諷地說話了，聽聽這丫頭都說了什麼？還山清水秀、鳥語花香，沈家莊沒被稱為窮山惡水就好了。打量著誰聽不出她話裡的嘲諷？不就是跟他訴苦，不就是繼母苛待她嗎？這若是個小子，他非得抽一頓不可，可是個丫頭，還是個長得嬌弱、受了委屈的丫頭，沈侯爺只好自個兒憋屈。

他不怒反笑。「妳的膽子倒是不小。」這也正是自己最欣賞的一點，帶著二十多人就敢攔了知府大人的儀仗，真不知該罵她膽大包天，還是讚她初生牛犢不怕虎？而且還真被她敲詐成功，是那個知府太笨，還是她手段厲害？

說真的，當時聽著這孫女一句緊接一句，他的內心不是不自豪。是他沈家的種，像他！不然，他一個孤兒何以掙來這潑天的富貴？府裡的幾個兒子反倒缺了這份血性。

沈薇平靜地和祖父對視，不閃躲不後退，認真地說：「怕有用嗎？從鬼門關走了一遭之後，孫女就想明白了，要不你就弄死我，不然誰讓我一時不好過，我就讓他一世都不痛快！」沈薇也不想藏著掖著，只有獲得祖父這個當家人的認可，她的日子才會更好過。

沈薇的話在這個時代算是大逆不道了，但沈侯爺是何許人也？他領兵征戰多年，手頭的人命以萬計，也不是迂腐的人。只見沈侯爺一怔，隨即感到欣慰。幾個兒子不行，總算有個對脾氣的孫女，這讓他對府裡的孫子也期待起來……等等，這丫頭好像還有個胞弟，嗯，等回府了要好好看看。

沈薇看到祖父臉上的表情便知自己賭對了，嘴角不由翹了翹，眼睛一閃，說道：「祖父剛才問孫女是否缺銀子，孫女缺啊，好缺呀，祖父是不是賞孫女一點？」領兵的將領是最富有的，沈薇相信祖父的手指縫漏一點都夠她花用好幾年了。

沈侯爺猛然聽到孫女問自己要銀子，不由得錯愕，龐先生則毫不客氣地大笑出聲。「侯爺啊，薇小姐問您要銀子買花戴呢，您是不是表示表示？」他對著沈侯爺擠擠眼睛。跟在這老友身邊幾十年了，鮮少見他這副吃癟的樣子，又是一陣大笑。

「憑什麼？」沈侯爺沒好氣地道。這丫頭打劫打上癮了，都打到自己祖父頭上。

就聽沈薇脆生生地道：「子不教，父之過。」言外之意就是您兒子識人不明，任由親閨女被繼室搓磨，歸根究柢是您沒把兒子教好，所以後果還得您承著。

這下連龐先生都笑不出來了，仔細品品，這話還真對，心裡對沈薇另眼相看起來。

「行，妳要多少？」沈侯爺倒也爽快。誠如沈薇想的那樣，哪個領兵的將領手裡能沒錢財？何況這錢財也沒落到外人手裡，是給自個兒的小孫女。

沈薇的眼睛頓時亮閃閃的。「祖父您看著賞唄。」最好能多給點，三千、五千的都不嫌多。

看著賞？這個孫女可是個愛財的，他若是給少了，她都能跟他爭。沈侯爺從懷裡掏出厚厚一疊銀票。「哪，一萬兩，拿去花吧。」故意在「一萬兩」三字上加重，但想了想，又解下身上繫著的玉珮遞過去。「見面禮。」

龐先生詫異的眼神閃了一下。這塊玉珮……侯爺戴了二十多年，連府裡的世子都沒給，現下卻給了薇小姐，可見對薇小姐的看重。

沈薇笑得如春花燦爛，上前行了大禮。「孫女謝祖父賞賜，唉呀，這也太讓祖父破費了。」嘴上說著，小手卻把銀票和玉珮攥得緊緊的。哈哈，又是一萬兩入帳，這玉珮入手冰潤，恐怕價值比這疊銀票還高，哈哈，真是賺到了，話說她怎麼這麼能幹呢？

「給妳就拿著。」沈侯爺淡淡地瞥了沈薇一眼。他能不破財嗎？幾盆破花，她都能從知府大人那裡弄回一萬兩銀子，他這個當祖父的給少了行嗎？

想到這兒，沈侯爺忽然想起一事，看向沈薇問道：「那趙知府不是還少妳五千兩，需不需要祖父幫忙？」

「不用，孫女自有辦法。」沈薇滿是自信。她早就派人在帽兒胡同盯著呢，趙知府收賄的錢都藏在那裡，就算把那裡的錢都轉走，她也知道。

沈侯爺沈吟了一會兒，道：「我給妳留張名刺。」

「謝謝祖父。」沈薇滿心歡喜，有了祖父的名刺到底省事許多。一高興，她把宅子裡的事都說了。「祖父啊，孫女給您說實話吧，我這些護院全是雞頭山的土匪，您不知道，孫女見到他們時……」把底全都洩了。她早打好了算盤，反正也瞞不過，還不如主動交代，給祖父留個好印象。

果然，沈侯爺捋了捋鬍鬚，點頭道：「他們如今歸附了妳，妳要好生約束他們，也算做了一件好事。妳身邊那位管家是何許人？看著氣度倒是不凡，很不簡單。」

「祖父說蘇先生？孫女也是這麼認為，不過請祖父放心，孫女既然敢用他，自然有制住他的法子。」沈薇眼底帶著狡黠，話鋒一轉，又道：「況且孫女不過是個閨閣小姐，和家國大事還扯不上關係，於侯府、於祖父您都不妨礙。」

「妳明白就好。」沈侯爺滿意地點頭，兩人相視而笑。

龐先生好似看到了兩隻狐狸，一隻老狐狸，一隻小狐狸。

第二日一早，沈薇起來時，沈侯爺早就離開，宅子裡也下了封口令，任何人不得洩漏侯爺曾回來過的消息。

心情大好的沈薇去了演武場。演武場內正練得熱鬧，呼喝聲此起彼伏，沈家莊的這群後生練得像模像樣，連那些半大孩子也都十分認真。

四月初的天，人人頂著一腦門子的汗珠。沈薇滿意地點點頭，也沒驚動他們就離開了，心裡有個模糊的念頭漸漸成形。

這個念頭在半個月後見到一隊從西疆奉命而來的兵士時，更加堅定了。這一隊七人，騎著快馬、風塵僕僕，領頭的是個右臉有道猙獰長疤的男子，二十出頭的模樣，氣質如一把出鞘的匕首，被福伯領著進來。「小姐，這是侯爺派來保護您的，他叫歐陽奈，這一隊人都歸他管。」看得出福伯對此人很欣賞，眼裡全是讚許。

「歐陽奈奉侯爺之命前來保護小姐，見過小姐。」歐陽奈的聲音和他的人一樣冷硬。雖然他不明白侯爺為何派他來保護一位小姐，但只要是侯爺的命令，他都會嚴格執行，他的一切都是侯爺給的，哪怕侯爺要自己的命，他眼都不眨一下。

沈薇倒是大方道：「既然是祖父派來的，那就安心在這兒住著吧。福伯，你帶他們去安置一下，先歇息兩天再安排差事。」

跟著福伯到了外院，其他幾人就圍過來。「大哥，沈小姐長得可真好看，俺從來沒見過這麼好看的人，跟畫上的仙女似的。」一個子最矮的那個急不可耐地道，一下子就忘了來時的不滿。

長著一張娃娃臉的人推他一把。「去，你才見過幾個人？上次你還說你們村長家閨女好看呢。咱這是侯府小姐，是咱們侯爺的孫女，自然好看了。」他洋洋得意，一副多有見識的樣子。

「那侯府小姐咋還住在鄉下呢？」矮個子的不服氣地提出疑問。

「這、這……」娃娃臉答不上來。他一個當兵的咋會知道人家侯府小姐的事？若不是跟著大哥過來，他哪能見到侯府小姐的面？卻又不甘心，梗著脖子道：「你管這麼多幹啥?!」

眼看兩人就要吵起來，歐陽奈淡淡地說了一句。「行了，既然來了就好好做事，莫要負了侯爺的信任。」

兩人頓時偃旗息鼓，齊齊應道：「是。」聲音有氣無力，看樣子不以為然。歐陽奈也明白他們是在為自己抱不平，在軍隊有大好的前程，卻被派來保護一位閨閣小姐，他的心底也不情願。不過想到剛才那位小姐，他心中閃過詫異，自己臉上的疤痕瞧著可怕，那位小姐卻沒一絲驚色，就像沒看到一樣，膽子可真大。

此刻，沈薇正和蘇遠之在書房聊天。「祖父派了人手給我，領隊的叫歐陽奈，臉上有道很長的疤，看上去有幾分能耐。」

「在下恭喜小姐。」蘇遠之搖著扇子淡淡地笑。

「我這不是怕他們不聽差遣，才來找先生討個良策嗎？」沈薇坐在椅子上動了動，找了個最舒服的姿勢靠著。那幾人眼裡是明晃晃的不滿，在軍隊憑著自己努力，早晚能升上去，跟在一個小姑娘身邊能有什麼前途？換作是她也會有情緒。

「不聽差遣那是不可能，頂多也就怠工。」蘇遠之似乎很欣賞小姑娘臉上的糾結。「相信以小姐的能耐會解決這個問題的。」

這話聽著怎麼有股幸災樂禍呢？沈薇瞅了瞅蘇遠之，眼睛一眨，笑了。「祖父跟我說先生氣度斐然，是個有能耐的人呢。」

蘇遠之一窒，差點沒被口水嗆著。「在下是什麼有能耐的人？不過是不得志的書生罷了。」上次沈侯爺沒看到自己吧？他皺著眉回想。

沈薇心中得意。哼，讓你看我的笑話！「祖父還擔心我壓服不住先生，我跟他說了，我既然敢用先生，就有制先生的法子。」

蘇遠之頓時凌亂了，小心翼翼地問道：「是何法子呢？」

就見沈薇詭異地一笑，拔下頭上的簪子，揚手一揮。蘇遠之順著看去，只見一隻壁虎被簪子釘在房梁上。「以本小姐的能耐，滅了先生還不跟殺隻雞似的？」沈薇揚眉，好整以暇。

還真是！蘇遠之嘴角一抽，恭敬地道：「還請小姐放心，在下對小姐的忠誠天地可鑑啊！」能不忠誠嗎？這都要滅口了。「姑娘家家的，還是不要把打啊殺的放在嘴邊的好。」他善意勸道。

沈薇無辜地眨眨眼。「這不是沒外人嗎？我也就在先生跟前說說罷了。」停了一下，又道：「師者，所以傳道授業解惑也，先生身為小女子的夫子，還是好好幫學生想個萬全的法子吧。」她笑著揚長而去，留下蘇遠之哭笑不得。這小祖宗！

他的選擇是對的，他越來越喜歡這個小姑娘了。

說歇息兩天，就是兩天。兩天後的早晨，歐陽奈被告知前去演武場，他帶著幾個兄弟淡定地去了。一走進去，就見許多人整齊地列隊站在那裡，看向自己的眼神充滿了熱切和崇拜，自己要保護的那位小姐坐在正中的椅子上。

這是什麼意思？歐陽奈目不斜視地走到沈薇跟前。「歐陽奈見過小姐，請問小姐相招，所為何事？」

沈薇嘴角一勾。果然沒多少尊敬啊！不過她不介意，越是有本事的人越是佩服強者，相信假以時日一定能收服歐陽奈，而她，最喜歡的就是有本事的人。

「歐陽奈，你們是祖父派給我的人，看身手應該不錯，這些都是我的護院。」她對著張雄等人抬了抬下巴，接著道：「他們又以張雄師傅為首，他們聽說你們來自軍中，就想討教幾招，你意下如何？」

歐陽奈點頭。明白了，這是下馬威，他也熟悉，軍中常用來招待新兵。「但憑小姐吩咐。」話音剛落，就見那個娃娃臉站出來。「大哥我先來。」

教。」

歐陽奈卻攔住他。「不用。」他穩步走到場地中間，對著張雄一抱拳，道：「請指

張雄也是一抱拳，兩人就這麼戰起來，長拳、飛腿、側踢，一時間你來我往地好不熱鬧，看得在場的眾人熱血沸騰齊聲叫好。

其實在沈薇看來，張雄一開始就被歐陽奈壓制，歐陽奈幾乎能猜出張雄的每一次出招，然後完美地化解，等到他把張雄的路子摸得差不多了，也就是張雄要輸的時候了。

果然，不過二十幾招，張雄就被側摔出去。「得罪了，下一個誰來？」歐陽奈從容地站在那兒，挺拔得如一棵白楊。

眾人面面相覷。張雄是他們之中武功最好的，當初他排行三當家是因為年齡，可不是因為武功，他沒在歐陽奈的手底下走上三十招，哪有人還敢應戰？

「看來大家對歐陽師傅的功夫都很佩服。」沈薇緩緩站起身來。「以後沈宅的護院以歐陽奈為首，張雄，你服不服？」沈薇看向張雄。

張雄也不是笨人，心悅誠服地大聲道：「服！」

沈薇滿意地點點頭，抬眼看向眾護院。「你們服不服？」

「服！」眾護院對視一眼，齊聲說道。必須得服，連張雄師傅都服了，他們還能不服？

「大聲點，聽不見，大聲說三遍。」沈薇聲音一揚。

「服──服──服！」這回不僅是護院，連沈家莊的後生們都大聲吼起來，洪亮的聲

音在空氣中迴盪，久久不絕。

沈薇這才滿意地笑了，扭頭看向歐陽奈，笑得嬌軟。「歐陽奈，以後沈宅的安全就勞你費心了。」

「歐陽奈遵命。」歐陽奈眼光一閃。敢情是自己想錯了，這不是下馬威而是讓他立威？又看了看站在沈薇身旁的張雄，頓時明白了，這位小姐可真有幾分意思。

就如歐陽奈想的那樣，沈薇弄了這麼一場比試，一來是為了給歐陽奈立威，他是祖父派給自己的人，自然要委以重任，而他展示了實力，下面的才會信服。二來也是為了張雄的面子，若是沒有這麼一場比試，自己直接把歐陽奈的位置提到張雄之前，不說張雄心裡不舒服，就是下面的人也會有想法。現在好了，張雄技不如人那就坦然認輸，以後此章揭過，誰也不提。

沈薇看向眾人又揚聲道：「以後又多了歐陽師傅帶大家訓練，大家都知道歐陽師傅他們來自軍中，受過正規的訓練，只要大家認真學、好好練，一定能給自己奔出個好前程。」

眾人頓時譁然。這是沈侯爺的意思？對，肯定是沈侯爺的意思！一想到自己也有機會出人頭地，個個激動得滿臉通紅，看向歐陽奈幾人的目光更加熱切了。

第十一章

沈家莊的後生們練武的目的發生了變化，由原來的強身健體、學個三招兩式變成找個好前程。沈小姐都說了，擇優推薦去軍中效力，說不準就能搏個小官當當；即使去不了軍中，沈小姐也給大家謀了另一條路，揚威鏢局還缺著人呢，工錢給的可高了，只要好好幹，全家都能過得很滋潤。

沈氏一族的族長老太爺從沈宅出來，一副神情恍惚的樣子，不時小心地摸摸懷裡的那封書信，雙目中隱含著各種情緒，激動，興奮，驚喜，還有不敢置信。

狗子，狗子回來過了！還給他留了信，讓他幫著照看薇丫頭，好好督促族裡子弟上進，狗子終於願意提攜族裡了呀！蒼天有眼，終於讓他等到這一天，沈氏一族終於在他手裡要崛起了，他對得起沈氏的列祖列宗了！

老太爺仰頭望天，長長地出了這口壓了一輩子的鬱氣，幾乎都要老淚縱橫了，回家的路上步子愈加輕快起來。

當天族長老太爺就喝得酩酊大醉，一會兒哭一會兒笑，嘴裡嘟囔著讓大孫子好生讀書上進。一家人都不知老爺子這是怎麼了，只知道他從東頭回來就這樣，還以為是受了什麼刺激。

老爺子呼呼大睡，一覺睡到黃昏時分，他一個激靈爬起來，第一時間就朝懷裡摸去。還好，書信尚在，他放下心來，臉上露出舒心的笑。

院子裡，張氏正在訓斥兒子。「練練練，天天在這兒蹦來跳去，有什麼用？勁兒多沒地方使，挑水去！沒見你老娘我都累得直不起腰來了。」她手裡拿著燒火棍對著兒子揮了揮，地裡的活兒一大堆，往日當個壯勞力使喚的兒子不務正業起來，讓她十分不滿。

沈紹勇左躲右閃，不服氣地嚷道：「娘，我做正經事呢，妳不懂就別攔著我上進，妳沒聽莊上的人說？等兒子練好武藝也弄個將軍當當，到時妳就是將軍的娘，不比現在神氣？」沈紹勇一臉的憧憬。他都十四了，別看他不是讀書的材料，腦子可不笨，只要和薇妹妹處好了，請她在侯爺跟前提上一句，再憑他的機靈，一定能混個一官半職的。

所以一有空他就朝東頭湊，幫著做些事情，給薇妹妹留個好印象，才不像他娘和妹妹那麼短視，淨想著占點小便宜。

這話讓張氏火冒三丈。「將軍？你當將軍是地裡的蘿蔔隨便拔呀！也不看看你老沈家的祖墳冒沒冒那青煙，人家隨口說說你就當真，你脖子上長那玩意兒是為了好看？」

沈紹勇蹦跳著反駁。「誰說我就不行？薇妹妹她祖父還封了侯爺呢，王侯將相寧有種乎。」一著急還憋了句文詞。

張氏才不管這些，反正她沒見過那位侯爺，自她嫁過來，沈家就是老老實實地種地。

「你跟人家能比嗎？你有那個命嗎？你咋不上天呢？你能幫著你爹把地種好就不錯了，不要成天想那些不實際的。」

「不，我就不，我就要練武！」沈紹勇也來了性子。「娘妳就是打死我，我也要練武。」

這番鬧騰驚動了各屋的人，紛紛出來勸阻，下地幹活的沈老大和沈老三也回來了，紛紛加入勸說的行列。

「不要吵了，都給我進來。」

老太爺出現在門口，面色嚴肅地發話。眾人立刻噤聲，一個個乖乖地進了屋。

老太爺看了看一大家子人，最後把目光落到兩個兒子的臉上，從懷裡掏出那封被捂得溫熱的信，小心地放在桌上。「你們平淵叔給我來了封信，說了咱們沈氏一族子弟的出路。」說到這兒，他停下來，看到大家臉上的驚訝，嘴角微揚。「你們平淵叔很關心族裡的子弟，問起了族學的情況。我的意思和你們平淵叔一樣，只有族裡更多的子弟有出息走出去，咱們沈氏一族才能強大。」

老太爺的臉色更加嚴肅了，大家才明白他是為了這事喝醉酒的。不過這是喜事，眾人忍不住激動起來。

「爹，您說怎辦就怎辦，兒子都聽您的。」沈老大激動地搓著手，腦子裡亂糟糟的，想到自己兒子紹俊書讀得不錯，只要今秋能中舉，那今後的前程就不用愁了。

「紹俊讀書有天分，明兒起就啥事都不用管，好好用功，努力能過了今秋的鄉試。你薇妹妹說了，她外祖和青山書院的山長是至交，會幫著要封推薦信。」老太爺看著大孫子說。他對這個大孫子最滿意，一來這是長孫，而且這個孫子自小就聽話懂事還會讀書，三個兒子不行，就把希望放在這個大孫子身上。

「祖父，是真的嗎？」沈紹俊的手不由得握成了拳頭。天哪！是青山書院，是全國最好的書院呀！每次科舉，青山書院的學子就占了七成名額，他、他也有機會進青山書院嗎？這驚喜來得太快，不是作夢吧？

沈老大夫婦和兒媳李氏也是驚喜萬分，在看到老太爺點頭時，王氏和李氏都忍不住落下了淚。

此時，張氏的聲音卻響了起來。「爹，我們紹勇呢？我們紹勇怎麼辦？」她瞪了自己男人一眼。紹勇可不像紹俊那麼會唸書，他跟著瞎高興個什麼勁？好處都老大家占去了，自己家還得累死累活地供紹俊讀書，憑什麼呀？張氏心裡頓時不滿起來。

心裡這樣想著，臉上便帶了出來。老太太不樂意了，瞪了她一眼，訓道：「妳吵個什麼？紹勇不一樣是我們孫子？還能不管了？」老太太很看不上這個兒媳，目光如豆，只看到眼前巴掌大一片地。

張氏吶吶地不敢說話，臉上卻仍不服，心中念叨著公公婆婆偏心。

老太爺看了老三夫婦一眼，道：「你們還沒有紹勇這個孩子看得明白，紹勇的前程不是都擺在那兒了嗎？紹勇讀書不行，那就從武的路子，你們平淵叔的人脈都在軍中，還怕紹勇出不了頭？」他哼了一聲，見老三夫婦老實下來又道：「明兒我去跟薇丫頭說說，看能不能讓那軍中來的歐陽師傅給紹武加加小灶，不過——」他臉一沈。「紹勇你可不能偷懶，若是讓我知道了，看我不抽你！」

「謝謝祖父，我肯定不會偷懶，肯定會好好學！」沈紹勇大聲保證。

沈老三也道：「爹就放心吧，兒子看著他，肯定不會讓他偷懶。」

就是張氏也道：「是呀爹，兒媳也會看著他的。」全然忘記了之前她還阻攔兒子練武。

於是，沈紹俊去複習功課，沈紹勇去院子裡打拳，老太太帶著兒媳、孫媳去廚房做飯，沈老大和沈老三則陪著父親說話，每個人的臉上都帶著笑容。

其實沈薇願意賣族長老太爺一個人情，還是為了自己方便，她要用莊子上的後生，總不好繞過他吧，過了明路才是上策。至於給出的好處，不是還有祖父在後頭撐著嗎？這個時代看重族人的力量，一枝獨秀不成林，萬木蔥蘢才是春，忠武侯府雖昌盛，到底獨木難支，沈氏一族也到了該培養人才的時候。

歐陽奈帶著六個兄弟走馬上任，他把人手重新分配一番，又在宅子裡設了明崗暗哨，保證沈宅全天十二個時辰都在自己的監控中，全然沒有因為處在鄉下地方而有所放鬆。他這種謹慎認真的做事態度贏得了沈薇的認同，看了幾天之後，沈薇就放手任歐陽奈折騰去了。

到目前為止，歐陽奈對沈薇這位小姐還是滿意的，她沒有一般小姐的嬌氣，也不會指手畫腳地讓他做這做那，對他提出的要求和建議也都配合，是個很省心的主子。但很快地，他就明白侯爺為何派自己來保護這位小姐，實在是這位小姐太會惹事了——

半月後的一天夜裡，沈薇被叫醒，一看到梨花那張慘白的臉，她立刻明白出事了。她一掀被子穿衣下床。「出什麼事了？」

「小姐，是鏢局，鏢局出事了！大丁、大丁渾身是血……」梨花語無倫次，嘴唇哆嗦，想起大丁血淋淋地衝回來就渾身發冷，忍不住打了個寒噤。「小姐，快救救錢叔吧！對，歐陽師傅，歐陽師傅那麼厲害，肯定能救出錢叔的！」

錢豹出事了？他前天不是才押著一批鏢去了南邊嗎？還跟自己表功說接了宗大買賣，這才走了兩、三天就出事了？

「別慌，妳慢慢說。」沈薇安撫梨花，見她還是一副又害怕又激動的樣子，估計也說不清楚，就說：「算了，我過去看看吧。大丁在哪兒？」抬腳就朝外走。

外院燈火通明，沈薇一出現，大丁就撲倒在地。「小姐，是屬下們無能，不僅失了鏢，錢大哥等一眾兄弟也陷了進去。屬下拚死逃了出來，實在沒臉見小姐！」這麼個七尺漢子居然哽咽起來。

沈薇被大丁嚇了一跳。他一臉一身都是血，就像從血池中爬出來一般，難怪梨花要害怕了。

「好，我知道了，你放心，我肯定會救出兄弟們的。你受了傷，先包紮一下，換身衣服，回頭我們細說。」沈薇柔聲勸道，大丁現在太激動，就是說也說不完全。

大丁卻不願意，一臉焦急。「小姐，我沒受什麼傷，都是些皮肉傷，這血都是別人的，看著嚇人罷了，回頭養上幾天就好了。錢大哥傷得才重呢，右肋這麼長一道口子。」他用手比劃著。「小姐，我們還是快些去吧，屬下怕去晚了，錢大哥他們連命都沒了。」

「不急，你先去處理一下。」沈薇示意下人扶著大丁出去，自個兒坐在椅子上沈思起來。

不一會兒，蘇遠之、張雄和歐陽奈都過來了，大丁換了乾淨的衣服，傷口也簡單地處理過了。「大丁，你把情況說一下。」

「小姐，情況是這樣的。前天鏢局接了一樁生意，押送一批貨去南邊的宣明府。十幾口大箱子封得好好的，挺沈的，裝了三大馬車，也不知道裝的是啥。道上有規矩，我們也不好多問，人家鏢資給得也高，走這一趟能掙一百多兩，這是咱們揚威鏢局自開張以來接的最大一筆買賣，大家都很高興。為了穩妥，錢大哥決定親自押這趟鏢，還點了鏢局裡的幾個好手跟著，誰想到才走了兩天多就出事了。」

說到這兒，他嚥了嚥口水。「今天晌午，我們走到一處叫飛鸞嶺的地方，這上頭有一窩土匪，錢大哥以前和他們打過交道，和他們的三當家有幾分香火情。錢大哥就帶著我攜重禮親自去拜山，那三當家見到錢大哥還很高興，聽說要從這兒借道，滿口答應。可過沒一會兒，他們大當家來了，說看中了我們這批鏢，我和錢大哥自然不能同意，還請三當家幫我們說情，誰知三當家反過來勸我們破財消災，還說他們大當家已經連人帶貨都給劫上來了。錢大哥頓時急了，扯著三當家就要絕交，只是嚷嚷也沒動手，後來錢大哥忽然指著一個小嘍囉問你怎麼在這裡，然後就打了起來。我們不是人家的對手，還是錢大哥拚著被刺上一劍，護著我逃出來，現在也不知道他們都怎麼樣了？」說著說著，他的情緒又激動起來。

「飛鸞嶺在哪裡？」沈薇拿出地圖鋪在桌上。為了弄到這份地圖，她可是費了老勁，誰能想到地圖在這時空卻是某些高官才能擁有，不然就是重罪。

歐陽奈看到地圖，眼睛閃過驚訝，但仍盡職地指了上面的一處，道：「在這裡。」

沈薇看向他手指的地方，點點頭，耳邊聽到蘇遠之的詳細解說。「飛鸞嶺在新暮縣和平陽縣的交界處，離這兒大約有兩百里，快馬加鞭估計得半天時間。飛鸞嶺說是嶺，其實就是座山，比雞頭山大了不止一倍，三面環山，一面是峭壁，常人根本無法攀爬。因為地處交界處，平陽和新暮都不怎麼管，也沒人派兵剿匪，所以飛鸞嶺的土匪很猖獗。」

一個管家能知道這麼清楚？歐陽奈忍不住看了蘇遠之一眼。

沈薇又點點頭表示明白，問大丁。「飛鸞嶺上有多少土匪？」

「兩、三百吧？」大丁遲疑了一下才答。

「確定？」沈薇問。

大丁搖頭。「不確定，錢大哥跟屬下說的兩、三百還是七、八年前的，現在估計更多。」

沈薇的手指無意識地敲著桌子，眉頭輕輕蹙著，抬頭問歐陽奈。「宅子裡有多少人手？」

歐陽奈飛快回答。「加上我們七人是二十四。」

「鎮上鏢局裡還有十三。」大丁飛快地補充道。

「加在一起也不到四十人，太少。」蘇遠之臉上的表情頗為凝重。他知道小姐是打定主意要去救人，可怎樣才能保證小姐安全還能救出人呢？「歐陽師傅可有把握？」他把目光投向歐陽奈。

歐陽奈搖搖頭，道：「沒有。」四十人對上兩、三百人乃至更多，他沒有必勝的把握。不過若是需要，他願意一戰。

「那只能出其不意，擒賊先擒王。」沈薇果斷地定下策略，開始吩咐。「梨花，通知廚房立即生火做飯，不用講究，能填飽肚子就行。張雄，你去鎮上鏢局召集人手，就在那兒等著。歐陽奈，你去召集宅子裡的護院，讓他們速速準備好行裝武器。蘇先生去吩咐小廝把馬匹準備好，一定要餵飽了。大丁，你的傷若沒事就再跟我們走一趟，我們需要你帶路。」

「沒事、沒事，小姐，屬下一點事都沒有！」大丁連忙拍著胸脯保證，他一定要去救錢大哥。

「那好，現在各司其職，兩刻鐘後準時出發。誰誤了時辰，棍棒伺候。」沈薇的話清晰有力，透著股殺伐決斷的氣勢。這哪是個十多歲的少女，分明是個睿智的女將軍，連歐陽奈都不由自主地聽令而去。

兩刻鐘後，沈薇一身黑衣、做男兒打扮，她身邊跟著同樣小子打扮的桃花，手裡還提著一根和她同高的鐵棍，兩人快步走來。歐陽奈的嘴角抽搐了一下。不是吧，這位小姐也跟著去？剛才在書房裡她是表現得可圈可點，但那只限於嘴上說說，紙上談兵到底不是實戰，刀劍不長眼，到時他還得分心照顧。

「小姐，屬下們去就行了。」還有半句沒有說出口：您就在家好好待著不用去扯後腿了。

沈薇斜了他一眼，逕自躍上一匹快馬，馬鞭一揚。「出發！」率先飛馳出去。

她扯後腿？哼，到時還不知是誰扯後腿呢？這不是他們不行嗎？她呀，就是個勞碌命！

歐陽奈只好翻身上馬，緊緊跟了上去，心想著：小姐馬兒騎得如此嫻熟，應該能照顧好自己吧？

第十二章

飛馳在夜色中的沈薇腦子飛快地思考著。必須在黎明之前摸上飛鸞嶺，他們知道大丁逃了出來，但絕對想不到自己能在這麼短的時間內趕回來，今晚他們是不會防備的，她就要趁此機會打他們一個措手不及。

夜更深了，因為馬蹄都包了布，暗夜中只見一團團黑影飛快地向前疾馳而去，卻幾乎聽不到一點聲響。

「小姐，這就是飛鸞嶺了。」一行人勒住韁繩，大丁輕聲對沈薇說。「小姐，這一面是峭壁，不易攀爬，白天錢大哥是帶屬下從東面上去的。」

沈薇點點頭，揚手招來歐陽奈和張雄，說道：「按我們路上說的，你、張雄、大丁三人各帶人手從另外三面上去。注意隱匿行蹤，把下山的路給我守死了，以煙花為號，看到信號你們就朝上衝，不可放過任何漏網之魚。」沈薇邊說邊朝峭壁走去。

歐陽奈微怔。難道小姐不和他們一起，那怎麼行呢？「小姐還是跟在屬下身邊吧。」侯爺派他來就是為了保護小姐，跟在自己身邊，他還是能護住她的。

「不用，我和桃花從這邊上去。」沈薇頭也不回地擺手，從腰間摸出繩索繫在自己腰上，另一頭扔給桃花。「抓緊了，我帶著妳上去。」

歐陽奈都不知道說什麼好了。這峭壁他都沒把握上得去，小姐這位柔弱姑娘不僅要自己上去，還要帶著一個人，這不是開玩笑嗎？

可下一刻，他就說不出話來了，只見那個纖細的身形一晃就攀了上去，眨眼間就上了三丈多高，而另一道身影則緊緊地跟在她的身後。

「好厲害的身手！」有人低聲驚呼。

歐陽奈臉上不顯，心中卻驚濤駭浪。這一身詭異莫測的功夫，難怪侯爺如此重視。

「走吧。」張雄輕道，看了歐陽奈一眼，心中無比自豪。「小姐的能耐，這還是略施小技呢。歐陽師傅，走吧，來日方長。」

不提歐陽奈等人的震驚，沈薇這邊也遇到了難題。攀爬了一刻鐘，她頭上就冒汗了，手上火辣辣地疼。不行，得加快速度，果然安逸日子令人頹廢，她現在的程度還不到巔峰時的三分之一，在從前，哪怕是攀爬九十度垂直的絕壁，她也沒傷過手，都是嬌慣的呀！

沈薇暗暗給自己打氣。堅持，堅持！過了這一關，好日子就來了，鎮住了歐陽奈，她會省心不少！憑著這股勁，速度還真快了起來，加上匕首、飛索配合著，她帶著桃花迅速朝上爬去。

直到登至山頂，她才鬆了一口氣，頓了兩秒鐘，把桃花也拉上來，在黑暗中辨認方向，悄無聲息地朝土匪窩靠近。因為有打劫雞頭山的經驗，沈薇很輕易地找到了土匪寨子。那黑黝黝一大片建築物，可比雞頭山氣派多了。

「妳先找個地方躲著，我進去摸摸情況，只要有人往外跑妳就使勁砸，專往腿上砸。」沈薇對著桃花交代。

因為這一面峭壁，土匪沒有設崗哨，沈薇輕易就摸進了寨子裡，從最外邊開始一間間進行暗殺。暗殺是項技術活，也只有她這樣技術嫻熟的才幹得來。

開門、進屋，匕首的寒光閃過，人還在睡夢中就沒了性命，沈薇還順手把房門帶上。她心中暗暗數著，腳下動作飛快。飛鸞嶺上有幾百名土匪，她得要多幹掉一些，這樣歐陽奈等人才能輕鬆一點，因此血濺到臉上，她也顧不上了。

暗夜中，她的眼睛亮如天上的星子，如一隻詭異的山貓，一雙靈動的手瞬間就收割了七十多條性命。

就在沈薇的匕首揮落間，一道驚恐的聲音在寂靜的夜裡炸開。「來人啊、快來人啊，死人了，官兵攻上山了！」

沈薇心中一動，粗著聲音也跟著一起喊：「快跑呀，官兵攻山了，都死了一百多兄弟了，抓緊跑呀！慢了就沒命啦！快逃呀！」手一揚，把信號放了出去。

一時間火光大作，呼聲喊聲連成一片，任頭目們怎麼喊都止不住，沈薇趁亂又放倒了十多人，心中暗樂。

她悄悄地摸到桃花藏身的地方，就見這丫頭一根鐵棍舞得虎虎生風，腳邊倒滿一地的人，有無聲無息的，也有呻吟哀號的。

桃花看到沈薇過來，眼睛一亮，一棍把最後一人砸了出去。「小姐，這棍子還真好使。」她攥著手裡的鐵棍跟寶貝似的，臉上全是歡喜，全然沒有害怕，天賦異稟啊！

「行了，跟我走吧，那邊人多。」沈薇的聲音非常溫柔。桃花在她眼裡就是個寶。

桃花高興地應著，手一揚，給地上又補了幾棍子，還不忘對沈薇解釋。「腿沒斷。」

沈薇嘴角一抽，都不知道說啥好了。

到人多的地方更是桃花的場子，不要小看桃花手裡這根鐵棍，這是沈薇特意給她打造的，看桃花使得輕鬆，其實有五、六十斤重，一人高的鐵棍掄起來，沾上的人非死即殘，偶有漏網之魚，也倒在沈薇的軟劍底下。

缺了一隻眼的大當家拚命喊著來人，可來的人卻不多。之前被沈薇暗殺了近百人，周邊的土匪還沒弄清情況就先膽寒了，以為官兵真的攻上山來，全都紛紛朝山下逃去，那兒還有歐陽奈三路人等著呢！所以現在山上真沒有多少人。

大當家急得眼都紅了，抓著雙錘就朝沈薇和桃花撲來。

沈薇的軟劍非常吃虧，正想著若是有一把長槍就好了，正好歐陽奈帶人衝上來，一把長槍架住了雙錘。沈薇大喜。「交給你了，我先歇歇。」

歐陽奈看著倒在腳下一地的土匪，再看看殺得正歡的桃花，心裡都已經麻木了。這還是個嬌弱少女嗎？這是殺人不眨眼的女魔頭啊！

到底來自軍中，歐陽奈一把長槍大開大合，再加上弟兄們配合，不過二十多個回合就把獨眼大當家給挑了個透心涼，這下土匪們更不敢戀戰了。「不好啦！大當家被殺死了，給大當家報仇啊！」

嘴上喊得響亮，可誰敢上前呀？大當家都被人殺了，自己就是上去也白忙，還是逃吧！於是紛紛朝山下而去，卻被上來的張雄、大丁迎了個正著，兩面夾擊之下，簡直就是單方面的屠殺。

半個時辰後，戰鬥結束了，天也亮起來，歐陽奈帶人清點戰場，死的扔一堆，活著的綁了雙手雙腳扔一堆，半死不活的也扔一堆。

歐陽奈看著從房間中抬出來的一具具屍體，內心無比震撼。一刀封喉，臉上的表情都沒變，還是熟睡的。

「大哥，沒有掙扎的痕跡，全是一刀斃命。」歐陽奈最好的兄弟郭旭輕聲說，臉上有著同樣的震撼。本以為是場硬仗，沒想到他們只是收了個尾，飛鸞嶺一半的土匪都是死傷在小姐和那個小丫鬟手裡，他震驚的同時還很憋屈，自己這群老爺們還比不上兩個女子……

歐陽奈對好友的心思感同身受，拍了拍他的肩膀，說：「這不是好事嗎？」主子有本事，對做屬下的是一大幸事。他抬眼看向站在大廳中央的那道纖細身影，敬畏又心折。

「小姐，錢大哥救出來了。」大丁扶著錢豹走過來，他身上的傷包紮過了，身後還跟著被關押的弟兄們。

沈薇走過來。「沒事吧？老錢，大家都沒事吧？」

錢豹的情緒十分激動。「小姐呀，是老錢沒能耐，上了他們的當，還煩勞小姐過來救我，老錢沒臉啊！唉唷——」扯動了傷口，錢豹疼得咬牙切齒。「他娘的，還真疼！許三呢？這個忘恩負義的東西，不行，我老錢得報這一刀之仇，唉唷！唉唷！」他揮開大丁的手，還沒走一步就疼得直叫。

「快，快把老錢扶到椅子上坐著。」沈薇吩咐。「報仇的事不急，人都給你綁著呢，現在先說說是怎麼回事？」她想弄明白本來三當家都同意借道了，為何後來又反悔了？三當家和錢豹有交情，為何會向他下手？

不提這事還好，一提這事，錢豹又激動起來。「小姐，妳猜我在這飛鸞嶺上看到誰了？這批鏢主人身邊的小廝！當時獨眼龍正送客人離開，那小廝就跟在客人身邊，雖然他換了身衣裳，但我一眼就認出來。當下我就覺得不對勁，質問他為什麼在這裡，他支吾著說不出來，反說我認錯人，我去拉他，獨眼龍攔我，接著就動起手了。」想了一下他又說：「小姐，我想來想去都覺得不對勁，這裡頭恐怕有事。」

沈薇沈思。這裡頭不是恐怕有事，是肯定有事。正巧歐陽奈等人進來，她說：「除了大當家，不是還抓了二當家、三當家幾個嗎？審一審怎麼回事，這事歐陽奈你熟，你帶人去問問。」

歐陽奈還沒站穩就又退了出去，沈薇眼睛一閃，招來張雄，對他輕聲耳語了幾句，張雄點點頭，帶人出去了。

歐陽奈頗有能耐，不過兩刻鐘就把事情弄清楚了。原來這託鏢的客人和飛鸞嶺的土匪素有勾結，這頭託了鏢，那頭就劫鏢，如此就能獲得幾倍的賠償，不費吹灰之力便掙了大筆銀錢，兩家合作愉快，倒楣的就是鏢局了。不過這次是他們倒楣，惹到了女魔頭，老窩都被掀了。

「小姐，這些人如何處置？」歐陽奈這聲小姐喊得格外誠懇，眾人也都齊齊朝沈薇看來。

「幾個當家的全殺了，剩下的，罪大惡極、手裡有人命的殺了，沒傷人性命的就放他們下山，不願意走的就收編，鏢局和黎伯那兒都缺人手。」沈薇道。

難處理的是那些被搶上山的女人，她們個個眼神或驚恐或呆滯，站在那裡，渾身抖得如暴風雨中的蘆葦。沈薇耐著性子詢問，表示可以送她們歸家，她們先是眼睛一亮，隨即整張臉黯淡下來，居然沒有一個人願意回家。她們被土匪搶上山，早就失去清白，怎麼有臉見家人，面對眾人的指指點點？她們哪裡還有家呀……

沈薇心裡不舒服，卻無力改變這種現狀。她們是受害者，和這些罪大惡極的土匪不同，把她們扔下不管，心下不忍不說，在這世道，她們也沒活路呀，不是被拐子拐了就是淪落青樓，救了她們還有什麼意義？算了算了，還是自己收留她們吧，到時找些輕省的活兒給她們做，當作做善事積德了。

好在之後張雄帶來的消息讓沈薇有了安慰。之前吩咐張雄去找庫房，因為對於打劫土匪庫房，她一直念念不忘，這一次怎麼也得滿載而歸！

看著裝得滿滿的庫房，沈薇笑得眼睛彎成了兩輪月牙，手一揮，搬走、搬走，全都搬走！尤其是其中還有十幾箱黃金，這一下她可以少奮鬥幾十年。

飛鸞嶺這窩土匪盤踞了有十多年，積攢了大批財物，除了金銀珠寶還有糧食和食鹽，林林總總加在一起，都夠養一萬精兵了。

這麼多的物資要運回沈家莊也是個問題，就是運回去了，往哪兒擱呀？明晃晃地擺在宅子裡，不是招賊嗎？

高興過後，沈薇漸漸冷靜下來，想得頭都大了。若是蘇遠之在就好了，這些費腦子的事情就可以扔給他，他不在，她只好絞盡腦汁想辦法。

最後定下決策，沈薇留在飛鸞嶺上坐鎮，張雄先帶人運十車回去，大丁和錢豹也隨車回去養傷，再把這裡的情況和蘇遠之說說，他自然知道怎麼辦。

歐陽奈呢？眼下還有一件事情，就是這次押送的貨物。沈薇讓人打開看了，全是雪白的鹽，敢情這人不僅通匪還販賣私鹽呀！在這個鹽由官府統一販售的社會，這可是殺頭的大罪。沈薇決定繼續押運這批貨去宣明府，看能不能釣出幕後之人，這事辦好了也是件功勞，雖落不到她頭上，但祖父總不會虧待她吧？

所以押鏢的人選非歐陽奈不可，當然沈薇也給祖父寫了封信，說了飛鸞嶺的事情，最後還假意提出分一半的財物給祖父養兵。即便祖父不要，也顯得她懂事又孝心呀！當然祖父若是不要，那就更好了。

歐陽奈和張雄離開之後，沈薇也沒有閒著，她找了一處隱蔽的地方，把庫房裡的金銀轉移一半出來。這也是她支開歐陽奈的最大原因，她不想把底牌都攤在祖父面前，也算是給自己留條後路。

張雄和姚通分為兩隊，來來回回運了十趟才運完，都已經是半個月後了。

終於可以打道回府了，沈薇心情雀躍無比。

第十三章

來時快馬加鞭，回時走得卻慢，足足走了兩天，趁著夜色，車隊駛入了沈家莊。

沈薇一下馬車就被顧嬤嬤拉了過去。「瘦了，黑了。」

她正想撒撒嬌，顧嬤嬤的下一句話卻讓她面皮一抽。「小姐這是受了多大的罪呀！」似乎沈薇是出去做苦力一樣。

顧嬤嬤心疼，這半個月她吃不好睡不好，半夜常常驚醒，就怕小姐在外頭受苦。

沈薇趕緊挽起顧嬤嬤的胳膊。「哪有受什麼罪呀，嬤嬤還不知道我？最懶散最愛享受的了！」她一邊和顧嬤嬤朝院子裡走，一邊嘰嘰喳喳地說著話。

顧嬤嬤卻不同意了。「小姐哪裡懶散了？小姐最乖巧了，字寫得好，書唸得好，針線活做得也好。」在顧嬤嬤眼裡，她的小姐是天底下最好的孩子，就連宮裡的公主都比不上。

「小姐啊，下次可不能這樣嚇嬤嬤了。外頭的事情都交給歐陽奈他們做，您年紀漸漸大了，姑娘家拋頭露面多了可不好。」顧嬤嬤苦口婆心地勸著，得知小姐忽然半夜出門辦事，這半個月，她可是擔足了心。

「嬤嬤，妳知道我們這次弄回多少東西嗎？」沈薇湊近顧嬤嬤跟前，神秘地說：「光珠寶就二十箱，金銀更是無數。」

「啊？這麼多！」顧嬤嬤嚇了一大跳。我的老天爺欸，這得是多少銀子？

「是呀，妳不是總擔心劉氏不會給我嫁妝嗎？這下全都有了，而且連弟弟讀書娶媳婦的錢都出來了。」沈薇表情認真。「這麼多的銀子，我能不親自去鎮著嗎？現在這些財寶全在咱們密室裡，嬤嬤可不要往外說喔。」

「不說、不說，就是要嬤嬤的命也不能往外說。」顧嬤嬤一想到還在府裡的少爺，眼眶就紅了。「好、好，這樣嬤嬤就放心了。」可憐的小姐呀！誰也指望不上，只能自個兒要強，到六月才滿十三，這年紀卻要操這麼多的心……顧嬤嬤的心就跟針扎一般疼。

兩人正說著，梨花進來了。「小姐，蘇先生求見。」之前大家都喊蘇管家的，後來蘇遠之兼了沈薇的夫子，大家便改口喊蘇先生了。

沈薇自然知道蘇先生找她何事，不過此時她卻不想見人。「不見、不見，小姐我都要累死了，我要吃飯洗澡睡覺，讓他明天再來。」

梨花退了出去，顧嬤嬤立刻一臉心疼。「都是老奴的錯，光顧著拉小姐說話，卻忘了小姐車馬勞累。月季、荷花，趕緊去廚房看看飯弄好了沒有，再抬熱水來，嬤嬤伺候小姐洗澡。」最後一句話是對沈薇說的。

最終，沈薇也沒讓顧嬤嬤伺候洗澡，改成梨花，可顧嬤嬤也閒不住，就去收拾沈薇帶來的東西。

沈薇整個人沈入氤氳熱氣的水裡，舒服地喟嘆出聲。「還是家裡舒服呀！」

洗過澡，整個人都神清氣爽了，從裡間出來就看到桃花也在，沈薇一下子就笑了，吩咐道：「給桃花拿副碗筷，今兒她陪我用餐。」

大家都知道桃花是立了大功，就連顧嬤嬤都沒有說什麼，反而笑著把那盤紅燒肉擺在桃花面前。「多吃點力氣才能大，好好保護小姐。」

「嗯嗯！」桃花眼不離肉，忙不迭地點頭，跟八輩子沒見過肉似的。顧嬤嬤看了好氣又好笑。說實話，除了剛來的那個月，這丫頭還真沒缺了肉。這丫頭一看到肉就雙眼發光、挪不開腳，也就是小姐這樣善心的主子才容得下光吃不幹活的。

顧嬤嬤又看了桃花一眼，見她把臉都埋進了碗裡，連說教的心思都沒了。吃肉就吃肉吧，好在這丫頭好處是力氣大，關鍵時刻還能幫小姐的忙，這麼一想，顧嬤嬤看桃花也順眼幾分了。

沈薇近來偏愛素食，紅燒肉就嚐了一口，倒是把那盤素炒青菜吃了一大半，這一頓吃了兩個奶香饅頭，喝了兩小碗湯。吃飽喝足的沈薇懶洋洋地靠在床頭，覺得人生都圓滿了。

「嬤嬤，我好像撐著了。」沈薇瞇著眼睛，嬌軟地跟顧嬤嬤撒嬌。

正指派活兒的顧嬤嬤頓時啥也不管了，三步併作兩步走過來。「咋了？吃撐了呀，嬤嬤揉揉。」顧嬤嬤坐在床頭，攬過小姐讓她靠在自己懷裡，右手在她的肚子上輕輕揉著。

沈薇如一隻被順毛的貓咪，小臉在顧嬤嬤懷裡輕輕蹭了蹭，吸了一鼻子皂角的清香，神情無比享受。

第二日一早，沈薇睜開眼睛，看著熟悉的床帳才意識到自己回家了。她把臉埋在枕頭上蹭了蹭，想起從飛鸞嶺弄回來的東西，就覺得生活太美好了。

用完早飯，沈薇就去書房見蘇遠之了。

蘇遠之打量眼前的少女，僅僅半月未見，小姐好似和以前不一樣了，也不是說容貌變了，而是氣質不同，總覺得小姐身上多了些什麼。如果說以前的小姐是一塊璞玉，那麼現在這塊璞玉展露出光芒，如一把出鞘的刀，鋒芒四射。

「蘇先生辛苦了。」沈薇誠懇說道。她要坐鎮飛鸞嶺，家裡這一攤事都交給了蘇先生，尤其是挖密室，不僅要選好地方，還得瞞過外人的耳目。

「小姐這是要論功行賞嗎？」蘇遠之露出儒雅的笑。

「有何不可？先生辛苦了，本小姐給先生記首功。說吧，是要什麼？宅子？鋪子？還是銀子，抑或是美女？」沈薇一副很大方的樣子。

蘇遠之的嘴角抽了一下，一抹笑意自眸中閃過。「小姐，請吧！」他掀起地上的一塊石板，一個一公尺見方的洞口就露出來，沈薇伸頭往裡面看，黑乎乎的，只有洞口處有些亮光，一架木梯架在那裡。

這就是密室了，居然挖在書房下面。

沈薇踩著梯子往下爬，蘇遠之緊跟其後。走到底下，沈薇打量這間密室，大約兩公尺高，有一間屋子那麼大，大箱子靠牆，整齊地擺著，占了一大半的空間。

「都在這裡了嗎？」數量不對呀。
蘇遠之微微一笑。「哪能？小姐沒聽過狡兔三窟嗎？」
沈薇嘴一撇，道：「請問先生另外的兩窟在哪裡？」
蘇遠之答得乾脆。「在後院。」
等沈薇看到另外兩窟的確切地點，對蘇遠之的佩服又上了一個臺階。一窟的入口在沈薇院子西牆跟下，旁邊種著花木，一點都不起眼；另一窟更隱蔽了，入口居然在一口枯井裡。
回到書房，沈薇不由沈思。「先生，這些東西……」之前光顧著高興了，現在一查看又發現了問題。運回來的這些贓物很雜，除了金銀珠寶糧食之外，還有布疋藥材毛皮等物，金銀糧食好說，放著就是，但其他東西怎麼處理？藥材布疋都不能久放，換成銀子攥在自己手裡才安心。
說到銷贓，問題就來了，藥材布疋皮子沒標記還好處理，可那些珠寶首飾怎麼辦？流到外面，若是被人認出來了？沈薇雖然喜歡銀子，卻也討厭麻煩，但若讓她把到手的東西扔掉，她又十分不捨。
蘇遠之很明白沈薇的心思，老神在在地道：「要是小姐信得過屬下，此事就交給屬下辦吧。」連後來的歐陽奈都露過臉了，自己總不能一直窩在宅子裡，也該活動活動手腳。
「先生有門路？」沈薇頓時來了精神，眼中精光閃過。她就知道她家先生不是這麼簡單的，看看，連銷贓這活兒都能做。

蘇遠之但笑不語。「小姐等著數銀子就是了。」

沈薇做出恍然大悟的樣子，輕捂小嘴。「是學生不懂規矩了。」那狡黠的樣子讓蘇遠之不禁笑出聲來，隨即又黯然下來。自己那小閨女若是還在，應該也是這般吧……

沈薇去了一塊心病，便操持起論功行賞的事。對於這次圍剿救人行動，她十分滿意，準備獎賞他們，讓他們明白跟著自己才有「錢」途。

她的獎賞非常土豪，當她打開箱蓋，露出一錠錠雪白銀子時，底下站著的護院們眼睛都瞪圓了。這麼多銀子！全都是給他們的！頓時個個如打了雞血般亢奮，你碰我一下、我搗你一下，眼底的笑意怎麼也藏不住。

可訓話是少不了的，這活兒是交給張雄。「兄弟們，咱們跟著小姐做事，小姐自然不會虧待咱們，看見了吧？上好的雪花銀子，你們以前見過嗎？想想咱們以前過的日子，再看看現在你們的日子，你們現在過得好不好？」

「好！」眾人的聲音洪亮。

「做人要有良心，是小姐給了咱們這麼好的日子，咱們要記住小姐的恩德，好好為小姐做事。行了，別的就不多說，發銀子！」張雄手一揮，跳下了高臺。

先是每人發了二十兩，然後再論功行賞，一顆人頭獎賞五兩銀子，小頭目的翻倍，大頭目的翻三倍，像幾個當家這樣的匪首則直接翻了十倍——五十兩。那兩個逮住二當家、三當家的護院一下子就懵了，懷裡抱著好幾錠銀子都笑傻了，跟作夢似的走回來。這哪裡是銀子呀？這是宅子，是媳婦，是家呀！

同樣是做事，想想在雞頭山上吃不飽穿不暖的日子，再對比現在，不打不罵，每季兩套衣裳，每頓兩素一葷還能吃飽，天冷時值夜還有滾燙的骨頭湯喝，每月還發二兩銀子，而且小姐說了，以後還會給他們說上一房媳婦，這待遇上哪兒找去？

張雄大哥說得對，做人要有良心，他們不過是粗通拳腳的普通莊家漢子，小姐憑什麼對他們這麼好？他們只有更努力地做事才能回報小姐的恩情。

「謝小姐賞賜！」這群淳樸的漢子齊刷刷地單膝跪地，奉上自己的感激，還有忠誠。

宅子裡的丫鬟和婆子們也領到了賞賜，每人多發一月月錢、一套衣裳、兩斤豬肉和五斤白麵。大家非常高興，進進出出人人臉上都帶著笑，做事也更加賣力了。

沈薇又過上了幸福的日子，吃藥膳喝養生湯泡藥浴，看看書下下棋做做針線，煩了就和桃花一起出去跑馬，悶了就叫幾個丫鬟輪流講笑話，日子過得跟神仙一樣逍遙自在。

但一閒下來，她又想起趙知府那裡還有五千兩銀子沒要呢，雖然現在不缺銀子，但誰會嫌錢多呀？錢豹和大丁還在養傷，這事還得張雄跑一趟。

話說趙知府回府城後，就對盧氏發了一頓很大的火，埋怨她把兒子寵得不像話。

盧氏也不是省油的燈，有兒子和大女兒撐腰，腰板挺得直直的。「我自己的親生兒子不寵去寵那幾個孽庶？老爺這是在外頭受了氣，一身邪火沒處發，找我們娘兒倆出氣來了？」

趙知府氣得手都抖了。「不可理喻！」口口聲聲孽庶，那也是自己的兒子呀！再一想到嫡子幹的事，更是火大，若不是趙耀祖腿斷了，他都能把兒子的腿打斷。

心底的火氣出不來，趙知府摔了一套盧氏最喜愛的茶杯就去了心愛小妾的院子，氣得盧氏把另一套茶杯也摔了，下人們嚇得大氣不敢出。

趙耀祖呢，一開頭被他爹嚇得老實了幾天，可守著一屋子如花似玉的姑娘，又能老實幾天？加之他爹窩在姨娘的院子裡，他娘忙著跟他爹嘔氣，都顧不上管他，漸漸地，他的膽子越發大了，又拉著丫鬟胡天胡地起來。

做那事哪能一動不動，激烈時動作還很大，趙耀祖的腿傷自然就養不好。短短十天裡，羅神醫就來了三回，嚴重告誡他若再這麼折騰，腿就沒救了，氣得趙知府又和盧氏吵了一架。

張雄上門時，正趕上趙知府心情不好。「什麼？不見！」每天來他府上奉承的人多了去，全都想從他身上撈好處，心情好時偶爾會見，現下他都快煩死了，哪還有什麼心思。

「知府大人好大的規矩呀！」張雄在外頭揚聲道。

趙知府一驚。「你是何人？」狠狠地瞪了左右一眼。幹什麼吃的？都讓人闖進府了，若進來的是刺客，那他還有命在？

「趙知府不會這麼健忘吧？」張雄闊步走進來，一拱手微微一笑。「在下奉小姐之命前來取銀兩，還望大人不要令在下為難。」

趙知府也認出了張雄，正因為認出了張雄，他眼神閃爍起來。上次是措手不及，現在到了自己的地盤上，還不是自己說了算？

「大人這是想不認帳了？」張雄好似看出了趙知府的心思，鎮定自若。

趙知府反倒猶豫起來。此人敢單槍匹馬闖進來，還能沒點後手？他遲疑了。

張雄倒也沒賣關子，一張名刺朝前一展。「大人還是不要為難在下的好，不然侯爺那裡不好交代呀。」他嘴角揚起意味深長的笑，卻讓趙知府不由打了個寒噤。怎麼就把這尊鎮山太歲給忘了呢？

算了，就當花錢買平安了。他哈哈一笑，態度如春風拂面。「原來是張壯士呀，來人，看茶。」

張雄卻沒動。「心領了，我家小姐吩咐，辦了事速速歸來。」言下之意就是喝茶就免了，你還是趕緊掏銀子吧。

趙知府有些尷尬，面皮抽了抽，深吸一口氣壓下心底的濁氣。「既然如此，管家趕緊帶張壯士去帳上取銀子。」眼不見為淨，趕緊把這煞神打發走吧。

張雄一抱拳。「謝謝大人成全。」索利地轉身向外。

趙知府的一張臉紫了青、青了紫，煞是好看。上次就不說了，這次卻讓人追到家裡打臉，若是一開始順當給他，不就沒了後面的自取其辱？趙知府悔得腸子都青了。

第十四章

第二天，張雄就把一疊銀票交給沈薇，並奉上趙知府府上八卦若干。

張雄真是越來越能幹了，辦完了事還不忘尋門房花匠聊聊天。「小姐，依屬下看，那趙耀祖的腿是好不了了。」就是能好，也被他折騰得瘸了。

「那是他活該。」沈薇早把這事給忘了，反正氣出了，銀子也到手，趙耀祖的腿瘸不瘸，反正罪他是受了。當然，他的腿瘸了就更好。對惹到自己的人，她向來心眼不大。

一抬眼，看見端著茶過來的月季，沈薇打趣道：「張雄啊，你和月季的婚事——」

剛提了開頭就被月季嬌嗔著打斷。「小姐！」她臉上緋紅一片，惹得梨花和荷花都捂嘴偷笑，只有桃花不明所以，還問：「小姐，張雄大哥和月季姊姊咋了？」

沈薇忍著笑。「自然是妳張雄大哥娶妳月季姊姊當媳婦的事。」

「小姐您別說了。」月季的臉更紅了，像天邊燦爛的雲霞，連張雄都覺得臉有些發燙，拱手求饒。「小姐莫要再打趣了。」

沈薇卻不以為然。「這有什麼好羞的？男大當婚女大當嫁，這是天經地義的事。月季，趁現在張雄在，妳和家裡有什麼條件趕緊提，有小姐給妳作主。至於嫁妝，也不用愁，妳伺候我一場，我自然不會虧待妳。」

「小姐您還說——」月季實在羞得很，一跺腳，身子一扭，捂著臉跑出去了。張雄頗為難，想去追，卻又不好直接離開。

沈薇笑吟吟的，忽然臉色一正。「張雄啊，月季雖然伺候我時日不長，到底也是我身邊的人，她是個好姑娘，若是讓我知道你虧待了她——」

剩下的話，沈薇沒說，張雄也明白，內心深處很為月季能得小姐看重而高興。他誠懇說道：「小姐請放心，屬下一定會好好待她。」

沈薇的臉色便緩和一些。「記住你今天說的話，婚期你們自己商量去，定了日子別忘了告訴我，我讓蘇先生給你們操辦。」

張雄大喜。「屬下謝小姐恩典。」能讓蘇先生操辦婚事，這是小姐賞的臉面，張雄心中一片火熱，就朝月季家走去。

沈薇看著張雄退了出去，一轉身就見梨花和荷花已經在商議給月季送什麼添妝，不由一笑。「妳倆也不用羨慕月季，小姐我對妳們一視同仁，妳倆要是有了意中人，小姐我也一樣為妳們作主，嫁妝比照月季，一百兩的壓箱底銀子。」

荷花倒是還能等，梨花和月季差不多大，月季都要嫁人，梨花這還沒有著落，沈薇不免要操心一些。

雖然在她看來，十六、七歲還不大，只是個高中生，但在這個普遍十五歲嫁人、十六歲當娘的古代，十八歲的未婚少女都被稱為老姑娘了。沈薇不介意，但她不想讓梨花面對眾人異樣的目光。

梨花和荷花先是害羞，聽到小姐說一百兩的壓箱銀子都吃驚起來。「不行不行，這也太多了！」

這都趕上一般富戶人家姑娘的嫁妝了，前兒莊南的翠丫才得十兩的壓箱銀子，都被大家豔羨半天，小姐居然給她們一百兩，這還沒算上衣裳家具等等，這若是加在一起，還不趕上地主老爺家的姑娘？不行不行，可不能讓小姐這麼破費。

沈薇擺手，一副不在意的樣子。「傻子，嫁妝多底氣才足，男方那邊才不敢任意欺負。給妳們的就老實拿著，捏在自個兒手裡，別傻傻地都交出去，小姐我現在就是錢多，嫁幾個丫鬟還嫁得起！」

荷花還有些懵懂，梨花卻懂，就因為懂，心裡才感激。「那也不需要這麼多，有個二、三十兩，奴婢就心滿意足了。何況我們都是小姐身邊出去的，誰敢欺負？」梨花忍著羞意正色道。

「就是、就是。」荷花跟著附和。

看著這兩個丫頭認真的樣子，沈薇好無力呀，還有銀子送不出去的？「好了、好了，這事以後再說。」到時給她們塞在箱子裡，她們還能送回來？

「欺負就打死。」一旁的桃花忽然開口。

沈薇一怔，隨即滿口稱讚。「對，桃花說得對，誰欺負咱就打，打到他不敢欺負為止。」桃花這麼小就這麼有女性意識，難怪她看著最順眼呢。

「小姐！」梨花的眼裡都是無奈。「桃花那是不懂事，小姐您怎麼也跟著胡鬧？」出嫁從夫，哪能動不動就打呀殺的，這成什麼樣子了？

「這怎麼是胡鬧呢？難不成被欺負了也不能還手？這麼憋屈還不如不嫁人。」沈薇反駁，見梨花還要再說，連忙擺擺手。「行了、行了，知道了，女子以嫻靜為美。我帶桃花去院子裡轉轉。」

沈薇住的院子命名為群芳院，由來自然是她身邊的丫鬟，桃花、梨花、月季、荷花，這四個是大丫鬟，此外還有茉莉、梅花、薔薇、水仙四個二等丫鬟，不過這四人之中其實只有兩個人，茉莉和薔薇只是名字取好，名額還空著。

這一日，沈薇正在屋裡練字，梨花進來稟報說西頭的紹俊少爺來了，她擱下筆，去了外院書房。

「薇妹妹。」正背對著房門看牆上字畫的沈紹俊一聽到腳步聲，趕忙轉身。

「紹俊哥來了呀，有事耽擱了一會兒，還望哥哥莫怪。」沈薇緩聲道。

沈紹俊自然是不怪的，他本身就是個溫潤的人，加之是長孫，向來友愛弟妹，何況這個妹妹對他的幫助那麼大。

「為兄來是為了感謝妹妹的，妹妹送的那套題錦對為兄幫助甚大，為兄多謝妹妹了。」

他站起身，對沈薇深深作了個揖。

沈薇連忙避開。「使不得，都是一家人，說感謝就太見外了。不過一套卷子，哪值得紹俊大哥特意過來。」

前些日子，沈薇和蘇遠之談到今年的鄉試，感嘆了一番科舉之難。她在現代見慣各類考前複習試卷，便說要是有這麼一套考前複習卷子就好了，蘇遠之沈吟一下，便說倒是可以弄到歷年來的鄉試卷子和考官的點評。

卷子弄來之後，沈薇抄了兩份，一份送給要參加今年鄉試的紹俊哥，一份給了紹武哥。他雖然連童生也不是，但書也讀得不差，之前被家裡耽誤，現在情況好了，他重新回到族學，先生們都說明年他肯定能考上秀才。

昨天，紹武哥和拄著枴杖的忠大伯已經來謝過了，還給她帶了一籃子鹹鴨蛋，今兒紹俊哥就上門。其實沈薇真沒覺得這是大事，卻忘了這是連書本都靠手抄的古代，歷年鄉試的試卷可不是用錢就能弄到的，何況還有考官的點評。她不明白，沈紹俊和沈紹武卻清楚，他們看到這份被稱作題錦的試卷簡直欣喜若狂，洗了手換了衣裳才小心翼翼地翻開，對沈薇的感激就更不用提了。

送走了沈紹俊，沈薇就去尋蘇遠之了，蘇遠之給她講解了一番書籍的珍貴，沈薇總算明白自己不放在眼裡的題錦的價值，想了想，吩咐人又抄了一份給江辰那廝送去。那可憐的傢伙今年也參加鄉試，也不知有沒有擺脫他那個表妹。

上午題錦才送走，下午，江辰身邊的大武就跟著一起回來了。大武鄭重其事地給沈薇磕了一個頭。「奴才給沈小姐請安，少爺說沈小姐的恩情，他都記在心底。」

大武是江辰的伴當，自小一起長大，雖是學了武藝，但跟在少爺身邊也粗通文墨，自然明白那套題錦的價值，至少他家少爺可弄不到那寶貝。有了這套題錦，少爺中舉的把握又多了幾分，他不由慶幸多虧少爺遇到了刺殺，不然哪能結識沈小姐？

「你家少爺還好吧？」沈薇問

大武垂首立在下方，恭敬答道：「少爺挺好的，整天忙著讀書。沈小姐送的那套題錦，少爺可高興啦，說是鄉試的把握又多了幾分。」遲疑了一下，大武還是按少爺交代的答話。來時，少爺就交代他了，若是沈小姐不問便罷，若是問起他，就說一切都好。

想到這兒，大武就不由忿忿。少爺哪裡是都好？一點都不好才對。那表小姐也不知是受了誰的指點，天天到少爺院子裡來，把他們這些奴才支使得團團轉，擾得少爺無法安心讀書。躲到外書房，她也能找去，他們這些做奴才的都看不下去了，真沒見過這麼不要臉的姑娘家，後來少爺躲去學裡才安生。

沈薇撇撇嘴，明顯不相信。就江辰那偏心的爹娘、極品的大哥表妹，他能好了才怪。不過既然人家都說很好，她也不能上趕著管閒事不是？問了幾句就抬手把大武打發回去了，鄉下特產分了不少給他，連紹武哥家送的那籃鹹鴨蛋也分出一半。

日子如流水一般，轉眼就到了五月下旬，算一算，歐陽奈等人也走了一個多月，應該能到宣明府了，就不知道此行順不順利，能不能釣出幕後之人？

其實歐陽奈一行剛出發，沈薇就後悔了。當時光想著把歐陽奈支出去，可那三車私鹽可值不少銀子，幹麼費事去釣什麼幕後之人？管他是誰，直接把私鹽扣在自己手裡得了，銀子拿在手裡才是實惠。

所以她也沒指望歐陽奈這一行怎樣，能把三車私鹽保住，人好好地回來就行了。再不成，私鹽丟了就丟了，反正她現在對銀子的渴望不是那麼強烈了，人能安全回來比什麼都重要……

沈薇不由想起了自己的上一世。她有個最疼自己的外公，外公是個睿智老人，辛苦一輩子掙下了偌大的家業，只有一個女兒，就是沈薇的媽媽，而沈薇的媽媽也只有沈薇一個女兒，所以外公把她當成繼承人來培養。

外公是在她十四歲時去世的，十六歲時，爸爸和媽媽離婚了，單純柔弱的媽媽只知道哭，連自己都照顧不好，哪裡還能照顧她？自此，她就再也沒過過生日了。

想起爸媽，沈薇的心底就像被一隻手扯了扯，還是疼了。

十六歲之前的沈薇是幸福的，有個幸福美滿的家。爸爸沈一民英俊瀟灑，年紀輕輕便成為一家上市公司的老總，媽媽溫柔漂亮，是著名的鋼琴家，所以她自小便是多才多藝，尤其一手鋼琴彈得大有青出於藍而勝於藍的架勢，走到哪裡都是耀眼的公主。

然而這一切，在她十六歲那年打破了。爸爸在外頭有了別的女人，且那女人懷了孩子，她爸想要個兒子，要和她媽離婚。媽媽是個溫柔到沒有一點主見的人，單純地活在音樂的世界裡，對此除了哭，還是哭。

沈一民是個很強勢的男人，便把婚離了，卻又是個極大方的男人，贍養費給得很豐厚，還把從前岳家的生意也一併撥到前妻的名下。

大家都以為沈薇會鬧，可她沒有。她很冷靜，從小三挺著肚子上門到離婚結束，她一直很冷靜，爸爸問她選擇跟誰的時候，她選擇了媽媽。

面對爸爸受傷的眼神，她笑了。這是那些日子以來，她第一次笑，眼底沒有一絲溫度。她說：「爸爸，人在做天在看，老天是有眼睛的，是公平的。爸爸，你公司那麼大，能有今天的成就，離不開外公的幫助吧？你忘了你答應過外公要照顧媽媽一輩子嗎？你明明知道媽媽是怎樣的女人，可你還是選擇捨棄了她。你能這樣做，可我不能。既然你沒有照顧她到最後，那麼就讓我來吧，這輩子，我來護著媽媽。大人之間的事情我管不著，也不想管，只是從今以後，我沒有爸爸了。」

從那以後，沈薇就再沒回過那個家，她一夕之間長大了。

十六歲，沈薇不僅要做個學生，還接手了媽媽名下的公司，學習打理生意。那些日子，她每天睡不過三、四個小時，有時睡夢中也會突然驚醒，滿腦子的資料和報表。

這般煉獄的日子都咬牙堅持下來，十年過去了，她長成了玲瓏女子，有著漂亮的容貌，高超的商業手段，外公留下來的產業被她經營得很好，她走到哪裡都能吸引大片的目光，依然是耀眼的公主。

這些年，沈薇陪伴媽媽一起生活。媽媽是個柔弱的小女人，以前依靠丈夫，現在依靠女兒，她彈著自己熱愛的鋼琴，逐漸走出離婚的陰影，並在三年前遇到了自己的第二春。

但沒有人知道，優雅美麗的沈薇還有另外一個身分。當初外公給她找的武術師傅曾是傭兵界的翹楚，為了排解壓力，偶爾她會接些任務，漸漸地便在業界闖出了名頭。

最後一次任務，是要暗殺一個敗類官員，她尾隨他到了酒店十樓，本可以得手的，卻因為避開一個突然出現的小女孩而愣了一下，被那人的保鏢打了個措手不及，直直墜下樓去。

下墜的一瞬間，她突然覺得好輕鬆。那個女孩臉上的笑容，多像從前的她呀！所以下意識地，她不想傷到那個小女孩……只可惜遺憾的是不能去看媽媽了，媽媽懷了孕，好像快生了吧……

第十五章

歐陽奈一直沒有消息。某天夜裡，沈薇作了個噩夢，夢到歐陽奈幾人一身是血，對著她喊救命。驚醒後，她怎麼也睡不著了，算一算歐陽奈都走了快兩個月，怎麼一點音訊都沒有捎回來？難不成是真的出事了？

下床翻出地圖看了許久，沈薇便決定去接歐陽奈幾人。

本來她準備只帶著桃花出門，但顧嬤嬤不放心，讓她把梨花、荷花、月季都帶上，此外再點了一半的護院跟著。

沈薇連連擺手，不過是接人，哪需要這般大的陣仗？最後只同意再多帶上張雄和月季。顧嬤嬤拗不過她，只好妥協。

沈薇換上男裝，卻老實地坐了馬車，由張雄趕車，桃花和月季在馬車裡陪她。馬車早就換過了，不再華麗，這輛馬車除了大些，外觀看起來十分普通，裡面卻弄得十分舒適，沈薇甚至放了一張軟榻。但這都不是重點，沈薇最滿意的是，這輛馬車的車廂壁和頂棚用的是烏木，中間夾了一層精鋼，可謂是刀槍不入，安全性極高。

這個時空是沒有精鋼的，沈薇找鐵匠搗鼓了好久才弄出這麼一點，全用在這輛馬車上了。

「小姐，我們這是到哪兒了？」月季掀開車簾，瞇眼看了看外面的太陽。「小姐，這都要晌午了。」荒郊野外的也沒有吃飯的地方，總吃乾糧，小姐怎麼受得住？從前天中午到現在，小姐就沒吃上一口熱飯，昨天晚上也是在馬車裡應付的，也不知道這什麼鬼地方，走了兩天也沒遇到一個村子。

「妳餓了嗎？包袱裡有點心，妳吃點。」沈薇倒是不餓，就是在車裡坐久了，覺得骨頭都僵硬了。

「奴婢倒是還不餓，小姐都兩天沒吃點熱的了，奴婢就是想著怎麼給小姐弄口熱湯喝。」月季非常後悔沒帶一口鍋來，若是有鍋，馬車上有小爐子，就能給小姐煮碗熱湯。

「出門在外哪那麼講究。」沈薇嘴上這樣說，心裡也後悔自己準備不充足。

兩人正懊悔著，就聽張雄說：「小姐，前面有個村子。」

「哪裡？」月季猛地起身，頭撞了一下也顧不得，掀開車簾就朝前看。「真的欸，小姐，奴婢都看到房屋了。」聲音裡透著歡喜。

沈薇也是精神一振，伸頭朝月季手指的方向看去，隱約可以看到前方不遠處的房屋，還有幾處炊煙裊裊，隨著馬車的前進更加清晰。

「大雄哥，快點，咱們正趕上飯時呢！」月季心急地催促。

「好嘞！」張雄應著揚起鞭子甩了出去。

進了村口，張雄就下了馬車。

楚。

「你們有沒有聽到小孩的哭聲？」沈薇好似聽到了小孩的哭聲，隱隱約約的，不是很清楚。

「沒有呀，哪有小孩的哭聲？」月季側著耳朵仔細聽了聽，卻什麼也沒聽到。桃花也說沒聽到，沈薇便以為是自己聽錯了。

又過了一會兒，沈薇還是覺得自己聽到了小孩哭聲。「月季，妳真沒聽到嗎？真的是孩子哭聲，從那邊傳來的。」她抬手指了一個方向。

「小姐，屬下也聽到了，還真是孩子在哭，似乎哭了挺久，嗓子都啞了。」走在外頭的張雄突然說道。

循著哭聲找過去，馬車在一座小院前停下，木頭院門鎖著，院牆是泥土壘成，哭聲是從院內傳出的。

「請問這位大嫂，這家的大人呢？他家的孩子哭成這樣，怎麼不找大人回來？」沈薇客氣地詢問樹底下的一位婦人。

那婦人沒有答話，眼神閃爍地走開了。沈薇眉頭蹙了下，又問了一位扛著農具的中年漢子，那漢子也是神色慌張，張了張嘴，卻終什麼也沒說。

沈薇納悶，看村民閉口不言的樣子，難不成這戶人家有什麼忌諱？

「小姐，有些古怪。」張雄也看出其中的不尋常。「小姐，咱們還是走吧。」人生地不熟的，他也怕惹了麻煩。

沈薇想了想，剛要點頭，就見一個鬍子花白的老伯走過來，和善地對她說：「少年人，這是李秀才的家，他十天前就出發去府城參加今年的鄉試了。」

「那他家其他人呢？」沈薇問。聽哭聲，這孩子可不大，身邊哪裡離得了人？

「他家除了一個秀才娘子，也沒有別的人了。」老伯嘆了一口氣，道了一聲作孽。「秀才娘子昨兒被官差抓走了。」

沈薇眼角一挑。抓走了？難不成這孩子從昨天哭到現在？

就聽老伯繼續道：「李秀才本就是外來戶，他爹娘去世後就再沒有別的親人。李秀才是個好人哪！脾氣好，待人也熱情，學問也好，就是運道不怎麼好，他十五、六上頭就中了秀才，因為守孝才沒能接著考，不然現在早就是舉人老爺嘍……」老伯一臉的唏噓。

「官差為何要抓秀才娘子呀？」沈薇繼續問，一個婦道人家能犯什麼大罪值得官差進村抓人？她怎麼想都覺得其中有貓膩。

就見老伯的臉上滿是尷尬，似乎還閃過羞憤，半晌才低聲說：「說是……說是私通！造孽啊！」

私通？沈薇十分詫異，還沒細想，就見旁邊的院門砰地一下打開了，一個濃眉大眼的姑娘衝出來，義憤填膺地說：「什麼私通？湘眉嫂子才不是那種人！還不是那狗官看上了湘眉嫂子，趁李家大哥出門把人給搶了，三爺爺您可不能敗壞湘眉嫂子的名聲啊！」

「我哪有敗壞秀才娘子的名聲？那是官爺們說的，官家的事可不是咱們這些小民能多嘴的，二妮妳也少說幾句吧。」老伯邊說邊嘆氣，背著手走開了。

「二妮，妳個死丫頭還不快回來，就妳話多！」院裡傳來一道嚴厲的女聲。

被稱作二妮的姑娘約莫十四、五歲，回頭應了一聲卻沒有回去，而是期期艾艾地看著沈薇。「這位少爺，一看您就是大好人，二妮求您一件事。湘眉嫂子被帶走了，小妞妞被她鎖在屋裡，都哭了兩天，怪可憐的，我娘怕事，攔著不讓我出來，你們不是咱們村的人，求您把小妞妞抱出來吧。」

沈薇眉頭一挑。是個挺善良的姑娘，心裡已經願意，面上卻絲毫不露。「抱出來，妳家能養著嗎？」

「我家……」二妮頓時洩了氣。她是想養，可她哪裡作得了爹娘的主？別說她家，就是全村誰家敢攬這事？「少爺，您就把小妞妞帶走吧，就是做個丫頭也比丟了命好，少爺您就行行好吧！」

她哀求地望著沈薇，一步一回頭地朝院門走去。「少爺，小妞妞她爹叫李致遠，娘叫薛湘眉，少爺可要告訴小妞妞。」一邊抹淚一邊說，最後一咬牙，把院門關上了，門裡還傳來喝斥聲。「跟妳說了不能管，就妳能是吧？這可是要命的事啊！」

「小姐，怎麼辦？」張雄問。

「小姐，孩子挺可憐的。」月季一臉同情。「要不，咱們就把她抱出來吧？」要是不管這孩子，肯定沒命了。

沈薇點頭。「張雄，開門吧。」沒遇上就算了，既然遇上了就救一救吧。

張雄砸開院門，從屋裡把孩子抱出來，沈薇一看，這娃兒頂多兩歲，穿著一身水紅衣裳，已經尿濕了，小手在空中抓呀抓的，嗓子早就哭啞了。

「小姐，她肯定是餓了。」月季看著她張著的小嘴說。「估計是從昨天就沒吃上東西了。」她把孩子抱在懷裡，愛憐地給她擦眼淚，輕聲哄著。「好了好了，不哭了喔，乖啊！」

「還是先給她換件衣服吧。」沈薇開口道。雖然是六月的天氣，可也不能穿著濕衣裳。

月季應了一聲，抱著孩子又回了屋，不久就出來了，孩子身上換了件蔥綠的衣裳，手裡還拿著幾件小衣裳。張雄關上院門，一行人趕著馬車匆匆離去。

一到馬車上，月季就用開水泡了點心餵給小妞妞，小妞妞是真的餓了，狼吞虎嚥，連哭都顧不上了。「慢點吃，還多著呢，慢點、慢點。」月季臉上的表情十分溫柔，散發著母性，桃花則好奇地瞪著這個小不點。

小妞妞吃飽就睡著了，月季把她攬在懷裡輕輕拍著。「小姐，妳看這小妞妞長得還挺俊。」她輕聲說。

沈薇湊過去一看，洗乾淨的小妞妞十分白皙，嘴巴小小地翹著，鼻子很秀氣，就是睡得不怎麼安穩，估計是被嚇著了。

走了半個多時辰才來到一個叫寧平的縣城，張雄在城門口就跟人打聽好了，直接去了一家同福客棧，包了個安靜的小院。

「小姐梳洗一下吧。」月季指揮著小二把熱水抬進來，挽起袖子就要上前伺候，被沈薇揮手攔住了。「不用，妳去看看小妞妞吧。」

月季遲疑一下，還是出去了。她也真的放心不下小妞妞，雖然有桃花看著，但桃花能頂什麼用？也不知為何，她一眼就喜歡上這個小丫頭，許是她太可憐了吧？

洗了個熱水澡，整個人都舒服多了，沈薇喊來張雄吩咐幾句，就躺在床上休息。本來不是很睏的，沒想到一躺下居然不知不覺睡著了，直到月季喊她才醒來。「什麼時辰了？」屋裡的光線都暗下來。

「酉時了，小姐想吃什麼？奴婢讓小二送上來。」月季把桌上的燭檯點亮，一邊挽起帳子服侍沈薇穿衣裳。

「送幾樣清淡的。」沈薇轉了轉脖子，問：「小妞妞醒了嗎？」

「早醒了，哭著要娘，哄了半天才好，現在桃花正看著她呢。」月季的動作特別麻利，一會兒就把沈薇收拾索利了。「小姐您稍等，奴婢去給您打熱水。」

「行，妳去吧，記得把張雄叫過來。」沈薇揮手。

張雄一下就到了。「小姐，屬下打聽到了。」稍微思索之後，他繼續說：「寧平縣的縣令叫吳世仁，為官平平，就是貪杯好色，尤好婦人之色。」

他臉上閃過一絲不自在。這些話，私底下和弟兄們說說沒什麼，可對著妙齡的小姐說起，總覺得難以啟齒，可看著小姐認真傾聽的樣子，他只好繼續說下去。「被他糟蹋過的婦人不知多少，因他是縣令，許多被糟蹋過的婦人選擇了忍氣吞聲，也有那性烈的，回家就尋死，所以大家私底下都說他不是人。」

張雄嚥了口唾沫又說：「那秀才娘子的事倒是真的，屬下使了銀錢買通縣衙的一個捕快，據他說上元節的時候，他們縣太爺看中了一個小娘子，一查訪，這小娘子的相公還是個秀才。是師爺給出了個主意，這不，等秀才一出門官差就上門，定了個私通的罪名，誰都不敢管，也不敢沾。現在，那秀才娘子就關在縣衙大牢裡，說是磨磨性子。」

沈薇點頭便讓張雄下去，只當沒看到他臉上欲說還休的神色。

當晚，三更的梆子響過，沈薇一身夜行衣，翻上屋脊，落地無聲，身子如貓一般輕巧，幾番奔馳就來到縣衙。

縣衙裡一片漆黑，大門上的燈在夜風的吹拂下輕輕蕩著。沈薇貼在屋脊上等待著，等衙役巡了一圈才朝大牢摸去。大牢裡一片鼾聲，無論是囚犯還是看管的衙役都睡得正香。

沈薇拔下釵子，撥弄幾下就打開了牢門銅鎖，清脆的響聲在寂靜的夜裡十分清晰，她心中咯噔一下，身子已經飛快地朝一旁閃去，等了一會兒發現沒有動靜，才輕輕推開牢門進去。

牢房牆上的油燈照出微弱的光，牢中昏暗一片，沈薇找到女牢的位置，輕步往裡走。薛湘眉會在哪裡？

「薛湘眉！」她輕喊，但四下一片寂靜，無人應答。她又喊了一聲，已經做了再沒人應也只好驚動眾人的準備。

「誰？誰喊我？」右前方一間牢裡出現一個黑影。「是誰？是來救我的嗎？」那個黑影撲到牢門上，驚疑中帶著幾分期待。

「妳是薛湘眉？妳相公叫李致遠？有個女兒叫妞妞？」沈薇朝前走了幾步，輕聲問道。

黑影激動起來，點頭如搗蒜。「是、是，我是薛湘眉，我相公叫李致遠，有個兩歲的女兒叫妞妞……妞妞，我的妞妞還鎖在家裡！」她先是驚喜，隨即想起女兒還被自己鎖在家裡，都兩天了，一想到這裡，她整個人如墜深淵。「我的妞妞啊！」

「噓！」沈薇飛快地朝左右看了看。「閉嘴，妳女兒好著呢。妳等著，我馬上把妳弄出來。」沈薇說完便低頭開鎖。

「真的嗎？是妳救了我的妞妞？」薛湘眉驚喜交加。謝天謝地，只要妞妞沒事就好，她受此屈辱早就存了死志，含辱偷生就是因為放心不下妞妞，若是妞妞有個什麼好歹，她就是死了也無顏面對相公呀！

「嗯，妞妞好著呢，妳快跟我走。」沈薇一邊低聲說，一邊打開牢門。

剛才情緒激動，加之牢裡昏暗，此時薛湘眉才發現這個來救她的大俠好瘦弱，能把自己救出去嗎？

她也來不及細想了，因為不知絆到了一個什麼東西，發出很大的聲響，衙役的喝聲立刻響起。「什麼聲音？誰在那裡？啊，不好啦，有人劫獄啦！都快起來呀！」

糟糕！沈薇暗罵一聲，幾個提大刀的衙役已經吆喝著圍過來了。「哪裡的小賊竟敢私闖縣衙大牢，不要命了，快拿下！」

「大俠，怎麼辦？」看著滿臉橫肉的衙役，薛湘眉整個人都在發抖。她一個秀才妻子是比一般村婦多幾分見識，但哪見過這場面？早就嚇得腿軟。「大俠還是別管我了，自己走吧，只要妞妞能好好活著，我就放心了。」

「閉嘴。」沈薇不耐煩地低斥。「跟緊我，若是害怕就閉上眼。」沈薇一手持著軟劍，一手拉著薛湘眉往前，一腿踹開一個，軟劍了結了一個，還站著的三人便膽怯地朝後退，虛張聲勢地把沈薇圍在中間。

沈薇急中生智，拔下釵子朝油燈擲去，油燈落在桌上，一團大火應聲而起。

「不好啦！起火了，快救火呀！」衙役和犯人都大聲呼喊起來，衙役分身乏術，沈薇逼開前面一人，拉著薛湘眉趁亂就衝了出去。

剛出大門，迎頭就碰到一隊人。「哪裡？哪兒失火了？」

沈薇也機靈，粗著嗓子道：「裡面火可大了，還有劫獄的，我先去稟報大人，兄弟們快去幫把手。」就這樣居然混了過去。

沈薇幾乎是半推半拉才把薛湘眉從牆裡弄到牆外，剛要鬆一口氣，身子頓時一凜。

「誰？」

「小姐，是我。」正要動手，她聽到是張雄的聲音才把軟劍按下，詫異道：「你怎麼來了？」

「屬下猜的。」張雄的聲音裡透著得意。「小姐，咱們快走吧！」他看了看火光，督促著。驚魂未定的薛湘眉才知道救她的是位姑娘。

有了張雄帶路省事多了，他們很快回到了客棧的跨院，此時桃花正揉著眼睛。「小姐怎麼起來了？」這個傻妞只看到了小姐，壓根兒不關心房間裡怎麼多了一個人。

「桃花，去把妳月季姊姊喊來，把小妞妞也抱來。」沈薇吩咐桃花。雖然現在是深更半夜，但薛湘眉沒見到小妞妞估計也睡不著，與其看她坐立不安，還不如把小妞妞抱來。

果然，自桃花出去，薛湘眉就一臉焦急地望著門外，聽到腳步聲立刻站起來。「妞妞！」

正要進來的月季嚇了一跳，抱著孩子後退一步，警戒地望著這個狼狽卻又一臉激動的女人。

「她是小妞妞的娘，月季，妳把孩子給她吧。」沈薇的聲音響起，月季才放下心來，隨即又是一驚。「小姐您——」她的目光一觸到小姐身上的夜行衣，頓時明白了。「小姐您沒事吧？」她撲過去上下左右地看著，心裡把張雄埋怨開了，怎能讓小姐去做這麼危險的事情？

沈薇嘴角一抽。「我沒事。」轉身換衣裳去了，等她出來，薛湘眉抱著孩子跪在她面前。

薛湘眉無法用言語形容內心的感激，但沈薇抬手攔住她的話，直接問：「妳今後怎麼打算？」

在燈下看清了薛湘眉的長相，櫻唇杏腮，眉如遠山，肌膚勝雪，一雙水眸彷彿一泓清泉。還有她的身材，凸凹有致，雖是狼狽不堪，卻更顯得楚楚可憐，讓人忍不住心生愛憐，難怪那「不是人」費了老勁也要把她弄到手。

薛湘眉一下子茫然了，自己現在應該算是逃犯吧？回村子肯定是不行了，去府城找相公？府城那麼大，要去哪裡找？她一個弱女子帶著個孩子，還身無分文，怎麼去府城？之前她以為女俠是受了相公的懇求來救自己，剛才這個叫月季的姑娘告訴她，她們只是路過村子，聽到妞妞的哭聲，於心不忍才救了孩子，繼而救了自己，無親無故也不能要求人家小姐送自己母女到府城吧？

想著想著，一時悲從心來，眼淚不覺流出來，滴在妞妞粉嫩的小臉上。「還求小姐收留我們母女，小婦人識字，還能做點繡活，只求小姐能賞口飯吃。」

薛湘眉自己也覺得慚愧，可除了求這位小姐收留，還有什麼辦法？為了妞妞，她就是受再多的苦也願意，至於相公，便不敢去奢想了，能把妞妞拉拔長大也不枉他們結髮一場了。

沈薇眸光閃了閃，說：「這樣吧，我們要去南邊的宣明府，會路經府城，到時幫妳打聽一下妳相公的下落，能打聽到便罷，若是打聽不到——」

話還沒說完就被薛湘眉搶了過去。「小姐願意幫忙小婦人就感激不盡了，打聽不到，那是小婦人和相公緣分不夠，和小姐無干。」

嗯，是個通情達理的。薛湘眉的話讓沈薇的臉色輕快了幾分。升米恩斗米仇，她最怕救了個麻煩。

第十六章

縣衙裡的吳縣令此刻正暴跳如雷。「什麼？人不見了?!」他被人從小妾的被窩裡喊起來，正一肚子火呢，現在聽說那個漂亮的小婦人不見，更是火上加火。

「沒找到？」吳縣令胸中的那把火能把房屋點著了。「沒找到就再去找！」縣衙大牢戒備森嚴，李家小娘子一個嬌弱女子還能飛天遁地不成？指不定在哪個暗處躲著呢！一想到那小娘子撩人的身姿，吳縣令覺得身體裡的那把火燒得更旺了。見衙役還站在下頭不動，才下去一些的火氣騰地又湧上來。「還杵在那兒幹麼？你是死人啊！」

聽了那衙役苦著臉、支支吾吾的稟報，吳縣令整個人都不好了。

「劫獄？縣衙大牢起火？起火了，你還不快去救？站這兒幹麼？等著老爺管飯？」吳縣令把茶杯都扔出去。「師爺？師爺呢？還有王捕頭呢？趕緊帶人救火！」

吳縣令雖然好色，卻也是有些見識的，知道若是大牢失火燒死犯人，自己也落不著好，弄不好，這身官衣都保不住。

吳縣令焦急萬分地催促手下救火，等火撲滅了清點人數，只有兩個離火近的犯人被燒傷了手，其餘的沒有波及。可那個撩人的李家小娘子卻不見了蹤影，活不見人，死不見屍。吳縣令的心疼得很，惦記了好幾個月，他還沒上手呢，到嘴的鴨子飛走了，他哪裡能甘心？

「搜，給我挨家挨戶地搜，我就不信她能上天！」他氣急敗壞地吩咐。

「大人不可！」師爺連忙攔住他，在吳縣令不滿的目光中，湊過來低聲說：「大人，屬下前天接到京中好友書信，說皇上派了欽差巡查江南一帶，算算日子，這幾天欽差大人正經過咱們這一帶，若是——」未說完的話，兩人都明白。

若是他們大張旗鼓地搜人被欽差大人撞個正著，那不是往刀口上撞嗎？

「消息可靠嗎？」吳縣令還是覺得可惜，以他閱人無數的眼光看來，那李家小娘子可是個極品，一想到那銷魂滋味，他的半個身子都要酥了。

「千真萬確。」師爺哪裡不明白吳縣令心中所想，小眼睛一轉，諂媚道：「屬下家中有個姪女叫雪蓮，雙十年華，新寡，長得頗有幾分顏色，大人若是能瞧中，雪蓮願侍奉大人左右。」

吳縣令眼睛一亮。「當真？」

他的喜好和別人不一樣，別人都愛尋那雛兒，他不，偏喜歡嫁過人的婦人。

師爺點頭。「自然，今晚屬下家中設宴，還望大人賞臉光臨。」

此話何意，吳縣令一聽就明白。

「一定、一定！」他哈哈笑，看向師爺的目光透著讚賞。「還是師爺能幹！」

賊眉鼠眼似的師爺笑得更諂媚了。「給大人分憂是屬下分內之事。不過，那李家小娘子——」說到這兒，他小心地窺了窺縣令的臉色。

吳縣令想著晚上又能抱到美婦人了，便忍痛揮手，道：「算了、算了，李家小娘子也是個命薄的，指不定死在哪裡了呢，不用找了，把人手都撤回來。」

師爺的小眼睛又是一閃。「大人，屬下說的是李家小娘子那個相公。」

「李秀才？他怎麼了？」吳縣令皺眉，十分不解。

師爺笑著提醒道：「大人可別忘了，那李秀才可是為了鄉試才離家的，到時要真讓他考了功名，他回家知道娘子被官差抓走，還不得找大人要人？到時他鬧起來可不好收拾啊！」

「嗯……」吳縣令一想還真是，贊同地點頭。

李秀才若只是平頭百姓，他自然不怕，可李秀才要是成了舉人呢？這無疑是給自己樹了一個死敵呀！

「師爺有何高見啊？」吳縣令把目光轉到師爺身上。

「大人，屬下想過了，與其到時手忙腳亂，倒不如現在就——」師爺伸出二指在脖子處比劃了一下，眼中厲色閃過。「一勞永逸。大人以為如何？」

吳縣令斜睨了師爺一眼，低頭沈思一會兒，緩緩點頭。「行，就按你說的辦。辦得索利點，這事你親自去辦。」

「屬下會讓大人再無後顧之憂。」

兩人對視一眼，齊齊大笑，一切盡在不言中。

第二日一大早，沈薇一行順利出了城門。直到行了老遠，薛湘眉才放下心來，月季也是滿臉的不敢置信。「小姐，咱們這就出來了？」

早上聽大雄哥提了，才知道昨晚的動靜鬧得挺大，剛才她可是緊張死了，就怕被守城門的兵差攔下來，誰想到兵差連問都沒問就放行了。

沈薇也有些許詫異。「不是人」沒有派人搜查，也沒有派人把守城門，是他甘心認栽，還是出了什麼變故？但她想了一下就放開了，反正他們都出來了。

又朝南走了十天才到宣明府，望著高大的城門樓，沈薇瞇起眼睛。隨著進城隊伍往前移，她心中總有種說不上來的感覺。這盤查得是不是太嚴格了？連賣菜的擔子都要翻檢，之前可從未遇過呀！

「少爺，這好像有些不對勁。」張雄自動換了稱呼，有些不安。

他們此行的目的地就是宣明府，現在宣明府戒備如此森嚴，他心底升起一股不好的感覺。

在上一個縣城，沈薇就換了馬匹，而在寧平縣府城沒有打聽到李秀才的消息，薛湘眉母女只好跟著沈薇繼續南行。

此刻，沈薇騎在馬上，面無表情。「按我們之前說好的行事。」

張雄點頭，看著自家小姐鎮定的樣子，覺得心裡安定不少。

很快就輪到他們了。

「站住，幹什麼的？」守城的士兵長槍一伸，攔在馬車前。

張雄趕忙上去搭話。「兩位差爺好，草民等是寧平縣人士，這是我家少爺，車裡坐著的是我們家姑奶奶，來宣明府是為了尋人。我們家姑爺兩年前來南方做買賣，一去便杳無音信，三月的時候，有鄉人回去說在宣明府見著了我們姑爺，我們姑奶奶非要帶著孩子來尋人，我們老爺太太不放心，就讓少爺陪著過來了，還望差爺能行了方便，等找到我們姑爺定會重謝。」一邊點頭哈腰地陪著笑，一邊把兩塊二兩重的碎銀子遞過去。「兵爺辛苦了，些許心意給兵爺打酒喝。」

兩個士兵掂了掂手裡的銀子，臉上和緩了許多。「寧平縣？離這兒可不近啊！」其中一人開口，目光在緊閉的馬車上打轉。

張雄頗會來事，一邊不著痕跡地把車簾掀了掀，一邊抱怨似的答道：「可不是嘛，足足走了半個月，大人還好，就是孩子跟著受罪，我們小小姐都瘦了一大圈，回去老爺太太還不定怎麼心疼呢。」他一番唱唸做打十分逼真，挑不出一絲破綻。

守城兵看到車裡坐著的確實是女眷，算算行程也對得上，再加上之前的碎銀子，臉上的表情又和緩了幾分。「行了，你們進去吧。」揮手放行了。

馬車剛走沒兩步，就聽見桃花歡喜的聲音。「吳二哥！」

沈薇轉頭一瞧，就見桃花正掀著車簾對著一個男子招手。「吳二哥，你怎麼在這兒？」聲音之高亢讓沈薇恨不得能把她那顆腦袋塞回去，眼瞅著那兩個守城的士兵就要走過來，張雄整個人都懵住了。

沈薇心思一動，驚喜地喊道：「吳二哥你怎麼也在宣明府？你不是去慶州了嗎？你有沒有見過我姊夫？你這都三年沒回了吧？你娘想你都想病了，你爹去年春上摔斷了腿，全家就指著二嫂子一個人，你還是快回吧！」暗暗對著神色有些慌張的吳二使眼色。

吳二也有些急才，幾步奔過來，焦急地詢問。「沈少爺，我爹娘沒事吧？我爹的腿怎麼摔的？現在怎樣了？」一副急不可耐的樣子。

沈薇道：「吳二哥別急，吳家大娘倒是沒什麼事，她那是心病，就是想你想的。倒是吳大伯，好是好了，就是再也幹不了重活。」

「那就好、那就好，人沒事就好。」吳二拍著胸脯，一副萬幸的模樣。

那邊守城的見他們只是同鄉，表情也不像作偽，便轉開了目光。

張雄悄悄抹了一把額頭上的汗，馬車才又啟動起來。吳二坐在車轅另一邊，和張雄對視一眼就飛快移開，明白此時不是說話的時機。

宣明府到底是大城，比之前路過的城池繁華多了，街道全是青磚鋪成，十分寬闊，能容四匹馬並排走著還有剩。

馬車在吳二的指引下，七拐八拐地朝城西駛去，大約半個時辰，才在一座破舊的小院前停下。吳二跳下車轅。「就是這裡了。」警戒地朝左右看了看才伸手拍門。

門很快地從裡面打開。「吳二哥你回——」還沒出口的話戛然而止，眼睛圓瞪地指著張雄。

吳二一把捂住他的嘴。「小八快讓開，是咱們小姐和張雄大哥來了。」

馬車進了院子。進到裡頭，才發現這院子比在外面看著還要破舊逼仄，一輛馬車和一匹馬就占去院子一大半的空間，三個房間一目了然。

聽到外面的動靜，從房間裡出來了好幾個人，沈薇的臉色頓時不好看了。除了吳二，包括那個剛才來開門的小八，所有人身上都帶著傷，吊胳膊的吊胳膊，拄枴杖的拄枴杖，身上的衣裳跟叫花子似的。

「歐陽奈呢？」在這些人中沒有看到歐陽奈，沈薇的心不由得往下沈。

這些人倒是認識張雄、月季、桃花，可那個錦衣少年和那個抱孩子的婦人是誰？再一聽聲音，這不是小姐嗎？揉揉眼睛仔細看，啊，這錦衣少年不就是他們小姐嗎？一個個不由紅了眼睛，想到歐陽大哥此刻還生死未卜，紛紛垂下頭，沈默不語。

沈薇知道是出事了，那三車私鹽十有八九也是丟了。

「歐陽奈呢？」她火氣頓時上來了。「啞巴了？」她真是氣不打一處來，她不氣他們丟了私鹽，也不氣他們受傷，她是氣他們一個個垂頭喪氣，失了鬥志。

丟了，搶回來就是！傷了，好了再去報仇就得了！一個個混得這麼落魄，她要是沒來，他們是不是要去做乞丐了？還做出這副死樣子給誰看？

「小姐，先進屋再說吧。」吳二窺著小姐的臉色，小心說道。平日見慣了小姐和善的模樣，現在小姐一發火，他心頭發怵。

沈薇的唇抿得緊緊的，抬腳邁進了屋。

「小姐。」床上還躺著一個，正掙扎著要起來。

沈薇快步過去按住他。「行了，你躺著吧。」隨手拉過屋內唯一的一把椅子坐下。

「小姐，您先息怒。此次是屬下們失職，讓小姐失望了，等救出歐陽大哥，屬下們任小姐處置。」床上的郭旭在同伴的幫助下坐起身，靠在床頭。

「歐陽奈在哪兒？被誰抓去哪兒了？」沈薇剛才已經預料到歐陽奈出事，此時倒沒有多吃驚。

就見郭旭搖頭，其餘的人也都搖頭。「不知道。」

說完更是慚愧，是他們大意了。自從滅了飛鸞嶺的土匪，他們就飄飄然起來，大剌剌地押著鏢找上門去，這不，栽了吧，若不是歐陽大哥拚死相救，他們這些人全都要賠進去。

「不知道？」沈薇氣得笑了。

「小姐，屬下們也不知道歐陽大哥被抓到哪裡，連他是死是活也不知道。」小八插嘴說道。

「歐陽奈什麼時候被抓的？」她深吸一口氣。

「有一個月了。」

「是因為那批貨？」沈薇問。

郭旭點點頭，隨即又搖搖頭。「屬下們在來的路上遇到山體滑坡阻了路，繞路耽擱了許多時日，屬下們是一個月前到宣明府——」

「這麼說，你們剛到宣明府就找上門去了？也沒查探打聽？歐陽奈居然也同意你們這麼幹？他就那麼蠢？」沈薇都要被這群人給蠢得哭了。難道是她錯看了歐陽奈？就是個勇武的莽夫？

「歐陽大哥不同意來著，是屬下們——」郭旭在小姐的目光中聲音越來越低，頭也越來越低。

「是你們覺得自己武藝高強、神通廣大，連土匪都能連窩滅了，走到哪裡都無敵，非要這麼幹是吧？」沈薇替他把話說完，冷冷笑著，臉上全是譏誚。「你們那脖子上長的是什麼？土匪是你們殺的嗎？怎麼就不想想，若不是小姐我帶著桃花先殺了一半，又傷了剩下的一半，就你們幾十人對上人家幾百？連盤點心都不算！」

沈薇的聲音透著股肅殺，敲打在每個人的心上。是呀，可不就是小姐說的那樣，是他們的驕傲自滿害了自己，更害了歐陽大哥。

沈薇生了會兒氣，也明白現在生氣於事無補，便道：「這些先不說，郭旭你把事情的經過說說。」心裡慶幸自己心血來潮，要是不來這一趟，這十個人肯定是回不去了。

隨著郭旭的交代，她知道了事情的經過。一個月前，歐陽奈一行就到了宣明府，找了家客棧安頓下來，第二天就押著三車私鹽去了指定地點。原本歐陽奈是不同意這麼快就上門的，他是個謹慎的性子，便想著先摸清情況再打算。

怎奈大家都不願意再等，這路上就走了一個月，大家只想趕緊把這事給了結好快些回家，再加上之前才滅了一窩土匪，哪裡會把小小的私鹽販子放在眼裡？

歐陽奈拗不過眾人，此事就這麼定下來。

他們來到交貨的地點一看，居然是一家棺材鋪子，一個小夥計正忙著，見鋪子前來了好多肚大腰圓的大漢還詫異了一下。

歐陽奈說明來意，小夥計當下就說弄錯了，他們東家從沒交代過這事。可契約上明明寫了是這裡呀，最後，小夥計把掌櫃喊出來。

掌櫃約莫四十出頭，看上去很和善，聽了小夥計的訴說，很客氣地請他們進去喝茶，說這正是他們東家託的鏢，很爽快地付了銀子，還多給了十兩算作辛苦費。

歐陽奈哪會如此輕易就把貨交出去，提出要當著東家的面交貨，掌櫃卻說東家出門了，要明天才回來。

歐陽奈等人一合計，覺得不過就多等一天，便說明天再來交貨。那掌櫃也不惱，還誇他們鏢局做生意講信用負責任，直把他們送出了老遠。

他們想釣出幕後東家，孰不知人家也正盤算著他們。

當晚，歐陽奈等人包下的小院就進了二十多個蒙面黑衣人，多虧了歐陽奈不放心，起來查看貨物撞見，不然他們在睡夢中被滅口都不知道。

對方人多，全是武藝高強的好手，很快地歐陽奈等人就落了下風，身上受了傷。歐陽奈一看不好便要大家趕緊逃，可是已經晚了，黑衣人本就是奉命來滅口，怎能讓他們逃了？

二十多個黑衣人把他們圍在中間，除了歐陽奈，其他人都漸漸不支，歐陽奈急得眼都紅了，硬是用長槍給弟兄們殺開了一道口。

「我們就這樣逃了出來，歐陽大哥卻被他們抓走了，東西都落在客棧也不敢回去拿，大家身上的銀子也有限，湊在一起才勉強租了這個院子。除了吳二哥，大家身上都有傷，抓藥治傷都要銀子，也不敢出去找大夫。好在大家身子骨壯實，在軍中也經常受傷，自己也能處理一二，就是郭旭哥的傷太重了，昏迷好幾天才醒。都怪我，郭旭哥是為了救我才受傷的，都怪我平日練武不用心，扯了大哥們的後腿……」小個子的小八說著，低頭抹起了眼淚。

「後來我們也曾出去打探，那家棺材鋪子關著門，我們不敢上前，更不敢亂打聽。那家客棧倒是還開著，似乎沒受到任何影響。街上雖看不出什麼變化，但我們發現巡查的人似乎多了，就更不敢有什麼動作。這些日子以來，吳二每天都出去轉悠，就是想著能打聽到歐陽大哥的下落。我們也想往回遞消息，一來沒管道，二來手頭也沒銀子。五天前，我們身上的銀子就花得差不多了，連吃飯都成問題，哪有銀子抓藥，今天吳二就是看看能不能混出城去挖點草藥。」郭旭補充道。

沈薇點頭，沈吟了片刻，吩咐道：「張雄，一會兒你出去一趟，看能不能再租一座院落，不要太大，夠住就行，最主要是乾淨和僻靜，最好能不被人注意。」這院子太小太破，住不下不說，還很惹眼。「吳二也跟著去，順便張羅些吃的穿的，再買些傷藥。注意了，要分開抓。」

張雄和吳二應聲而去，沈薇把目光轉向屋內其他人，見大家的精神比剛才好了一些，便說：「咱們人太多，住在一起太惹眼，你們就還在這兒住著。至於郭旭，我得帶走，他的傷太重，必須找個大夫瞧瞧。小八也跟過去，由你來照顧郭旭。」

見小八不住地點頭，沈薇繼續說：「當務之急是你們要快些養好傷。我把吳二給你們留下，無事都不要出門，有什麼事讓吳二來找張雄。至於歐陽師傅，你們就放心吧，我會設法打聽的。」

當晚，沈薇就帶著幾人轉到了城東新租的小院。

第十七章

第二日巳時，城南一家關門的棺材鋪子前跑來一個十二、三歲的少年，濃眉大眼，膚色黝黑，一腦門子都是汗，身上穿一件袖口帶補丁的褐色短打。他時而跺腳，時而左右張望，焦急萬分的樣子。

大家都很好奇，隔壁鋪子的夥計出來問話。「這位小哥有什麼事？」

少年好似見了救星。「大叔啊，這家棺材鋪子怎麼關門了？俺爹今早去了，算命的先生說了，俺爹的八字太硬，必須得在午時前下葬才行，不然對俺娘、俺哥和俺都有妨礙，說是叫什麼家宅不寧。俺娘就趕緊打發俺出來買副棺材，這棺材鋪子咋就關門呢？上個月俺打這兒經過還開著，大叔，你知道這東家哪兒去了不？這都快午時了，俺可咋辦呀？」

夥計也一臉同情。「這鋪子都關門一個月了，說是東家家裡有事。小哥你還是去別家吧，喏，從這兒往前走，一直走，啥時看到兩棵大槐樹就朝右拐，再朝裡走就有一家棺材鋪子。」

少年頓時大喜。「真是太謝謝大叔了。」說罷，拔腿就跑，生怕趕不上似的。

然後，街角處轉出兩個人，不遠不近地跟在少年身後，直至看到少年進了那家棺材鋪才若無其事地回身。

棺材鋪對面的茶樓二樓雅間，窗前的張雄把一切都看在眼底，對自家小姐可佩服了。明明是個姑娘家，那麼一搗飾就成了一個傻乎乎的小子，尤其是一口宣明府口音，模仿得唯妙唯肖。

小院中，大家看著那口黑黝黝的棺材，十分不解。月季問：「小姐，您弄口棺材回來做什麼？」平白無故地在屋裡擺口棺材，怪嚇人的。

沈薇已經換回女裝，雖然沒打聽到什麼有用的消息，至少確定了棺材鋪子確實有人監視。

沈薇弄這口棺材回來純粹是順勢而為。她也是謹慎，拖著棺材從棺材鋪前經過，蹲在牆根的那兩個人連眼皮子都懶得抬。

「弄都弄回來了，先擱著吧，那兒不是還有間閒屋嗎？」

是什麼人抓走了歐陽奈？這批私鹽背後的東家又是誰？宣明府內有多少勢力？對於宣明府，沈薇可謂是兩眼一抹黑，這種束手無策的感覺讓她極不舒服。

她可不像歐陽奈那幾個笨蛋，從進城的嚴查到今天的所見，她覺得私鹽販子在宣明府的勢力極大，不然怎能支使得動官差？弄不好還是官商勾結，若是這樣，倒真是棘手了。不過現在，還是想想怎麼給郭旭請個大夫吧。

已經二更天了，百草堂的東家柳世權還在燈下盤點，看著帳冊上那少得可憐的幾兩銀子，心中直嘆氣。

自從藥王閣搬到斜對面，百草堂的生意就一日不如一日。前天，最後一位坐堂大夫也被挖走了，自己一個人又要看診又要抓藥，好在上門的病人不多，否則真要忙不過來。

清閒是清閒了，就是收益少了一大半，都要入不敷出，若這樣一直下去，百草堂早晚要關門大吉……

藥王閣財大氣粗，柳世權雖有一身好醫術，為人也和善，對這一帶家境貧困的鄉鄰來抓藥，也只是象徵地收取寥寥幾文，是個出名的老好人，秉承著多一事不如少一事，從不與人爭吵，即便被排擠得快要關門也不敢上門質問。

柳世權正唉聲嘆氣，就覺得眼前一花，等回過神來時，一把冰涼的匕首已經架在他的脖子上，他嚇得腿都軟了，哀求道：「大俠，老朽就是個窮大夫，家中並無錢財。」

黑衣蒙面人卻道：「柳大夫請放心，我等並不是為財，只是想請柳大夫看診罷了。」

柳世權一聽是找他看診的，心就放下一半。他行醫大半輩子，三教九流之人也接觸不少，是以最初的慌亂之後便慢慢鎮定下來。「還請大俠把刀拿開，病人在哪兒？老朽去拿藥箱，這就隨大俠出診。」

黑衣蒙面人把匕首收起來，抱拳道：「聽說柳大夫仁心仁術，我等慕名而來，剛才多有得罪，還望柳大夫莫怪。」

「不怪，不怪。」柳世權擺手，他一個小小大夫哪敢得罪這些江湖上的人啊！他揹起藥箱望向黑衣人，這一望，心中又是一驚。敢情這還是位女俠！

沈薇也看出柳世權看穿了自己的性別。「出診就不用了。」她一打響指，對著外頭低聲喊道：「進來吧。」就見兩個同樣的黑衣蒙面人架著一人走進來。

柳世權又是一驚，他都沒聽到動靜，這三個人是啥時來的？心中不由警戒起來。

沈薇看穿柳世權心中所想。「柳大夫莫怕，我等只為求醫，還望柳大夫伸手一二。」

柳世權看著坐下來的那個年輕病人，不用把脈也知道他病得重，那臉色蒼白得沒有一點血色。

遲疑了一下，他把指頭搭在病人的腕脈上，良久才拿開手。「這位壯士怕是受了極重的傷吧？似乎沒有好好醫治。」他徐徐說著。這還是保留了呢，這人的傷何止是沒好好醫治，根本就是沒有醫治，只是胡亂用了些外傷藥，全憑底子拿命撐著。

沈薇眼底的訝異一閃，心道這柳世權還真有兩把刷子！但面上不顯，嘴上說道：「還請柳大夫費費心思。」

見柳世權面現難色，沈薇眉一揚。「很棘手？」

「也不是不能治，就是有些麻煩。」柳世權的臉色有些不好看，一咬牙索性都說了。「這位壯士的傷耽誤的時日太長，要想痊癒需老朽配以施針，五天一次，需要施上七次。」

沈薇的臉色緩和了一些。「這倒無礙，請柳大夫開藥方吧。」三十五天，不過是時間長一些，只要能把郭旭的傷治好，這點時間她還等得起，何況歐陽奈還沒找到，說不準他們得在宣明府待上兩、三個月。

柳世權都要哭了。是他有礙好不好？一想到自家小院隔三差五就被這些高來高去的江湖人士光臨，他就無比心塞，可看著女俠手上正把玩著的鋒利匕首，他除了老實開藥方抓藥，還有其他的法子嗎？

抓好了藥，沈薇付了診金，手一揮，那兩個黑衣人架著病人出去了，沈薇也抬腳往外走，走到門邊忽然回頭，淡淡地笑道：「柳大夫是個聰明人，今晚的事——」剩下的話她沒有說，眸中意味深長。

柳世權心中一凜，點頭連聲說：「老朽明白，明白。」

沈薇的身影一沒入黑夜，柳世權隨即跟了出去。可哪裡還有人影？他在院中站了許久，除了夜風拂面，隱約只能聽到遠處的狗吠。

經過幾天的明察暗訪，沈薇了解宣明府大致有四股勢力，知府、同知、指揮使，明面上和諧相處，實則涇渭分明，各自有一股勢力。

除此之外，宣明府還有個傳承上百年的世家大族——胡家，自老太爺致仕後就遠離京城中心，但族中有好幾個嫡系子弟在各地做官，官職不高，多在六、七品之間，但這種世家大族底蘊深厚，關係盤根錯節，連知府大人都要給幾分面子。

沈薇判斷能在宣明府掀起風浪的也就這四家了，她還了解宣明府的知府姓容，名雲鶴，京城人士；同知叫季舒玄，祖籍廣明；指揮使叫楚威。

按理說，指揮使楚威的嫌疑最大，畢竟宣明府所有的兵馬歸他管，他要做些什麼是十分容易的，可楚威兩個月前就外出練兵去了，沈薇便把他排除在外。

她把心思放在剩下的三家身上，於是白天扮作小乞丐，晚上化身黑衣人，重拾起在現代的那些勾當，每天在這三家的房梁上輾轉。

一晃八、九天過去了，一點發現都沒有。知府按時上下班，排著日子睡小妾；同知多了一樣愛好，常和屬下一同鑑賞詩畫，胡家那裡也是沒有半點異常。

正當沈薇懷疑自己的判斷有誤時，吳二那邊傳來消息，說那個棺材鋪子開門了，她頓時精神大振。

她喬裝了一番，這次是個小丫鬟，長相普通，扔在人群再也找不到的那類。她蹲在喬裝成小販守在這兒的吳二面前，佯作買東西。

吳二一臉熱情的笑容。「我這兒的東西是最全的，看看這帕子多好看，花樣都是小姐們喜歡的。再瞧瞧這梳子，多精緻呀，整個宣明府可找不出第二份了，小姑娘好好瞧瞧，若是喜歡，我給妳算便宜點。」

看不出吳二還很有做生意的頭腦，沈薇心中滿意，低聲道：「吳二，是我！」

正笑得一臉燦爛的吳二一怔，立刻便反應過來這是自家小姐到了，機靈的他大聲道：

「什麼？妳幫著小姐院中採買？行行行，只要妳要得多，肯定便宜。」聲音裡透著喜悅，把繡線帕子之類的東西遞過去，乘機低聲道：「半個時辰前，棺材鋪開了門，那個小夥計進去了，隨後就關了門。屬下一直在這兒看著，沒見人出來。」

他眼睛飛快地朝右前方瞥了一下，又說：「那兩個穿黑衣裳的就是監視的人。」

沈薇點了下頭，低聲吩咐他繼續在這兒守著。

「姑娘，一共三兩二錢銀子，這二錢抹去，妳給三兩得了，下次可一定要再來照顧小的生意啊！」

沈薇付了銀子，抱著東西匆匆走了。走出一段路，左右看了一下，見沒人就拐進了一條胡同，七躲八閃地便出現在棺材鋪的後頭。

沈薇張望了一下，啥也沒看到，側耳傾聽，裡頭一片安靜。她不死心，便想翻進去瞧瞧，但手剛按在牆上，就聽到裡面的腳步聲。她飛快閃到一邊，後背貼在牆角拐彎處，只聽吱呀一聲開門的聲音，一顆人頭探了出來。

沈薇沒敢再看，身子朝後靠了靠，屏住呼吸。

片刻，一個身影出現在她的視線裡。那人很是警醒，不時左右看看，走幾步還會猛然回頭。

沈薇一直沒動，直到他走得極遠，才慢慢跟在後面。

一路走走停停，無論前面的身影拐了多少彎、進了多少胡同，沈薇始終不遠不近地跟在後面，無人注意路邊這個半垂著頭趕路的小丫鬟。
終於那個身影在一座院子前停住，左右望了望，從後門閃進去。沈薇遠遠站住，這是一座很普通的二進院子，周圍幾家也都是這樣的院子，連大門的式樣都差不多，極不起眼，最主要是這院子離沈薇租住的小院很近，不過是隔了一個胡同。
沈薇沒有急著上前，而是耐心地等著。一刻鐘過去了，半個時辰過去了，她隱在暗處如耐心的獵人。
暮色四合的時候，從小院後門駛出一輛馬車，沈薇笑了。
趕車的還是剛才那個人，馬車蒙得嚴嚴實實，一點也看不見裡面的情景。沈薇也不著急，慢慢又跟在馬車後頭。馬車是朝棺材鋪的方向，從後門悄無聲息地進去之後，再沒出來。
馬車裡是什麼人？那個小院又是誰家的？沈薇一點也沒有頭緒。不過這個棺材鋪顯然是個關鍵，只要把這裡看死了，她就不信打不開一條路。
沈薇當下決定把關鍵投注棺材鋪和那座小院，吳二依舊負責盯著棺材鋪，張雄則去打聽小院的歸屬。
兩天後，張雄回來稟報。「小姐，屬下打聽清楚了，那小院住著一個女子，是城中有名的潑皮牛二的姘頭。牛二此人三十出頭，仗著學了幾天功夫，糾集了一幫無賴成立了個什麼英雄幫，每天招搖過市收取保護費。他大舅兄是衙門裡的小捕頭，他妻子是隻胭脂虎，加上一口氣給他生了三個兒子，所以他不敢明目張膽地納妾，就在外頭置了宅子金屋藏嬌。」
說到這裡，他抬眼看看自家小姐，沈薇見狀便說：「還查到了什麼？都說出來聽聽。」
張雄猶豫了一下。「聽說有人看到胡府的二管家進過那小院。這話是一個幫閒跟我說的，他也是和別人喝酒、聽人吹噓說起的，所以這消息也不知真假。」所以才遲疑要不要說。
「胡府？」沈薇有點詫異，又覺得在意料之中。對了，牛二的妻兄是個捕頭，得好好查查。
範圍又縮小了一些，她精神振奮，吩咐張雄道：「查一查牛二的大舅兄，他在誰手底下做事，平日和誰關係最好，愛去什麼地方，都查清楚了。還有那個胡府的二管家，也要查查。」
張雄還未離去，吳二就差人來報，說是棺材鋪進去了五、六個大漢，進去後就沒見人出來，他身單力薄也不敢跟上去查看。
沈薇頓時來了精神，看著跳躍的燭火說道：「走，咱們過去看看。」

第十八章

三個人碰了頭，吳二低聲稟報。「小姐，屬下一直在這兒看著，人沒有出來。後門那兒栓子守著，也沒見人出來，人肯定都在裡面。」

「那行，你繼續在這兒看著，我和張雄進去瞧瞧情況，若有不對，你就找個地方躲起來。」沈薇交代著。

夜風吹拂，月亮躲進厚厚的雲層，只餘漫天的星子眨著惺忪的眼睛。沈薇和張雄無聲無息地翻進棺材鋪後院，四下一片漆黑，只有一間屋子亮著燈光，還能聽到他們喝酒說話的聲音。

沈薇和張雄對視一眼，不約而同地貼著牆壁，悄悄朝那個亮著燈光的屋子摸去，直到能清晰聽到屋裡的聲響才停下來。

「你們先喝，我出去看看。」一人說道。

「咳，有什麼好看的？這三更半夜的有個鬼？喝酒喝酒，趕緊的，該你了，可不許耍賴啊！」卻被另一個人攔住了。

「還是看看才放心，可不能壞了二爺的事。」這是第三個聲音。

然後便聽到凳子的拉動聲，接著是開門的聲音，一個人從屋裡走出來。沈薇和張雄都沒動，屏著呼吸，讓自己融入夜色中。那人在院子裡轉了一圈，又到後門那兒看了看，見沒有異樣就進了屋。

「我就說沒事吧？你們啊就是太小心，還有咱們二爺，也夠小心謹慎的，老子和三皮愣是在外頭曬了個把月的太陽，別說可疑的人了，連個鬼影子也沒有。咱這是棺材鋪，誰沒事來這兒轉悠？忒晦氣了。」第二個聲音抱怨著。

「小心無壞事，那夥人可都還沒抓到呢。聽說二爺發了好大的脾氣，連帶著浦爺和手下的兄弟都被罰了，所以咱們還是謹慎一些，免得撞到槍口上。」

「得了吧，還撞到槍口上，你就給自個兒臉上貼金吧，咱們能和人家浦爺比嗎？聽說每人罰了十鞭子，人家連眉頭都沒皺一下，你行嗎？兩鞭子就抽得你哭爹喊娘。」第二個聲音鄙夷地說。「不過那小子還真有能耐，浦爺那幫兄弟的身手咱們是知道的，那小子一個人硬是纏了他們一群，不然也不能跑了好幾個。浦爺可從沒丟過這麼大的臉，聽說他親自行刑，把那人的後背都抽爛了，那小子也忒硬氣，受了那麼大的罪都沒開口。」不難聽出他話裡的欽佩。

沈薇和張雄對視一眼，都在對方的眼裡看到驚喜。真是踏破鐵鞋無覓處，得來全不費功夫，那個硬氣的小子十有八九就是歐陽奈，來宣明府都快半個月了，終於聽到了歐陽奈的消息，真好！

「二爺對那小子可著緊了，怎麼就突然讓咱們送到這邊來了？擱在府裡不是更安全嗎？」

「這你就不明白了，不都說燈下黑嗎？誰能想到咱們會把人放在這裡？而且——」說到這裡，聲音低了下來，沈薇往窗下湊才聽得清。「聽說有什麼大人物要來，府裡可不如棺材鋪方便。」

「那小子可是個硬氣的，你綁緊了嗎？可別讓他跑了，要是人真在咱們手上丟了，二爺能揭了咱們的皮。不行，我得再去看看。」這個聲音充滿了擔憂。

「跑？動都動不了往哪兒跑？你也不用去看，你可找不著他，你們知道我把那小子藏哪兒了？包准你們都猜不到。」這個聲音透著得意和神秘。

「藏哪兒了？」幾個人齊問。

「棺材！」那人嘴裡吐出兩個字，笑得很自得。「即便那夥人有通天的本領找到這裡，也找不到人。」

其餘幾人也跟著笑起來。「好小子，真有你的！這下可放心了，來來來，喝酒。」

沈薇的心情簡直可以用狂喜形容，不敢相信這是真的，霉運當頭那麼久終於雲開霧散，她覺得今晚的運氣特別好。

屋裡的六個人都喝得半醉，沈薇和張雄不費吹灰之力就把他們解決了，整個過程不過一盞茶的工夫。

解決了看守的人，沈薇和張雄便尋找放棺材的房間。一推開門，一股陰森之氣迎面而來，十幾口黑黝黝的棺材擺在那裡，看著就瘮人，若是膽小的恐怕嚇得掉頭跑掉。

逐個兒去找太浪費時間，沈薇低聲喊歐陽奈的名字，喊到第三聲的時候，角落裡一口棺材裡傳來響動。

沈薇和張雄直奔過去，合力推開棺材蓋。

「歐陽奈，看到本小姐，是不是特別感動呀？」沈薇好心情地說。

被綁住雙手雙腿的歐陽奈看到自家小姐那張燦爛的笑臉，他扯了扯滿是瘀青的嘴角，眼中閃過笑意，用沙啞的聲音道：「屬下感激不盡。」

「小姐，咱們還是先出去吧。」張雄一看小姐和歐陽師傅敘起了舊，忙上前打斷。

「也是。」沈薇趕忙把歐陽奈手上腳上的繩子割斷，張雄上前扶出歐陽奈，三個人出了棺材屋。

到了院子，藉著微弱的星光，沈薇才看清歐陽奈一身的狼狽，頭髮亂如稻草，衣裳似乞丐，還散發著濃重的氣味，整個人靠在張雄的身上，哪還是那個精神的小夥子？

「真慘。」沈薇撇撇嘴，報以十二分的同情。

「小姐放心，屬下還死不了。」許是死裡逃生，嚴肅冷硬的歐陽奈居然也會說笑。

沈薇打開後門，張雄揹著歐陽奈走出去。沈薇把後門從裡面閂好，自己從院牆翻了出去，幾人會合後，見到張雄背上的歐陽奈都特別高興。

「先不忙著回去，去百草堂。」沈薇說道。

歐陽奈這身傷總是要找大夫的，找生不如找熟，還是一併麻煩柳世權吧。趁著現在棺材鋪裡的死人還沒曝出，趕緊把傷瞧了。過了今晚，恐怕就要全城戒嚴了，到時他們想出來也出不來了。

不提柳世權又飽經了一番驚嚇，沈薇一行回到租住的小院已經是三更後了，郭旭和小八都沒睡。幾乎是一聽到叩門聲，小八就把門打開了。「小姐回來啦！」隨即看到張雄背上揹著一個人，激動出聲。「是歐陽大哥救回來了嗎？」

吳二立刻低斥。「輕聲點。」一邊警戒地朝後面瞧。「趕緊進去。」小心地關上院門。

「真的是歐陽大哥！」小八看清了張雄背上之人正是失蹤已久的歐陽大哥，喜極而泣。

「小八，我沒事。」歐陽奈費力地抬起頭，安慰他一句。

進了屋，大家看到歐陽奈身上的傷，個個氣憤得咬牙切齒，歐陽奈卻沒放在心上，能活著回來比什麼都強。

被抓之後，他便不抱希望了。他知道以自己兄弟的秉性肯定會來救人，可他們知道自己被抓到哪裡？即使能找到，以他們的身手不過多了幾個陪死的罷了，便不希望兄弟們來送死。

歐陽奈洗漱換衣，再次被扶過來。他瘦了很多，臉上青一塊紫一塊的，據吳二說後背上的傷更嚇人，鞭痕一道疊著一道，都化膿了，可以想見他每天禁受的折磨。

「歐陽奈，你知不知抓你的是什麼人？」沈薇開口問道。

歐陽奈即便受了傷，脊梁也挺得筆直，他想了想，說：「屬下被抓之後就被關在一個院子裡，那個黑衣人的首領被人稱為浦爺，他手下的人手死傷在屬下手上足有十幾個，就抽了屬下十幾鞭子洩恨。他審問屬下是什麼人？屬下說自己是鏢師，來宣明府押送鏢的。那個浦爺倒是有些見識，從屬下長槍路子上猜出屬下是軍中之人，但屬下咬死沒承認。」

擦了一下汗，他接著說：「第二天來了一個中年人，屬下不知道他是不是小姐說的胡府二管家，只知道別人都喊他二爺。他問了屬下一些問題，屬下也都是按之前的說詞答的。又過了幾天，那個二爺又來了，和他一起來的還有一個年輕公子，那個二爺喊他七少爺。那七少爺估計是聽說屬下功夫好，對屬下起了幾分興趣，話裡話外露出想要招攬的意思，屬下裝作聽不懂，一口咬定自己是鏢師。那七少爺也沒生氣，還吩咐人給屬下上藥。後來那七少爺又來了兩回，屬下都是一樣的說詞。直到三天之前的黃昏，屬下被架上馬車，轉到了棺材鋪。」

沈薇一聽歐陽奈是三天前的黃昏被轉移到棺材鋪的，便想起了從她眼皮子底下過去的那輛馬車。當時若知道歐陽奈在裡頭，她早就動手搶人了。

「這麼看來，此事還真和胡府有關係。這胡家膽子可真大，居然敢販賣私鹽。」那可是殺頭的大罪，若是被揭發出來，胡家滅族都有可能。

「胡家是膽大，但要說胡家就是幕後之人，屬下看倒未必。」郭旭說出自己的看法。這大半個月他躺在床上反覆琢磨，總覺得這件事情不會簡單。

「怎麼就未必了？郭旭哥是什麼意思？」

別人不明白，沈薇倒是眸光一閃，問：「胡家和誰的交情最好？知府？同知？還是指揮使？」

郭旭說得很對，胡家是世家大族沒錯，底蘊是有，蓄養一批江湖人或是死士供自己所用，這她相信，但胡家在宣明府沒有當官的子弟，要說胡家能使動官差，她一點都不信；若是那樣，知府大人就要坐不住了。所以，胡家肯定是和誰勾結在一起了。

張雄幾人都面面相覷，均是搖搖頭。他們才把目標放在胡府的二管家身上，還沒來得及調查呢。

沈薇也想起了這事，就說：「張雄明兒繼續去查胡家，只是要更加小心，寧願查不出消息也不能被別人察覺。」

幾乎能想像今後的風聲鶴唳，沈薇手指在桌上輕點著。「吳二和栓子等會兒就回去，告訴大家都老實待著，不要露面。吳二，你明天還去擺你的貨郎擔。」平時都在，若是明天不去了，肯定會引起懷疑。

「至於咱們院子，歐陽奈和郭旭好生養傷，除了張雄，大家都不要出去，回頭月季妳好生教教桃花，讓她別亂說話。」上次若不是自己反應快，都要被她壞事了。「算了，月季別管了，明天我親自和她說。」那丫頭就是一根筋，月季估計和她說不通。

一早，胡府的一側角門閃進一個行色匆匆的身影。

正喝茶的二管家聽到有人來找還微訝了一下，等見了來人，臉就拉下來。「李永才，不是告訴你不要到府裡來的嗎？」

「二爺，出大事了！」被二管家叫做李永才的人頂著一腦門子汗也顧不上擦。

「能出什麼大事？就會大驚小怪。」二管家沈著臉，一副不以為然的樣子。「你還是趕緊走，若是被主子瞧見了……哼哼。」

他鼻子裡哼了兩聲，心裡把這個李永才埋怨上了。都要他這段時間不要到府裡來了，等過了這段時間再重新給他安排個好差事，這才幾天就急了？

「二爺，是真的出事了！」李永才急得不得了，也顧不得其他，湊到二管家跟前低聲說道：「棺材鋪出事了，三皮幾人全都死了，那小子也不見了。」

「什麼？都死了？」二管家頓時坐不住了。「怎麼死的？」

「真的都死了，哪敢騙您呀，一得了消息就來給二爺您稟報了。二爺您看該怎麼辦呀？」李永才一臉焦急。

「你先回去，這事我得去稟報主子。」二管家也著慌了，打發了李永才就朝主院匆匆而去。

若是歐陽奈等人在此的話，肯定會認出這個李永才就是棺材鋪的掌櫃。他是二管家老妻的遠方親戚，二管家見他處事圓滑，頗為能幹，就把棺材鋪子交給他打理，實則幫著傳遞一些消息。

前段時間的那事就是他稟報及時，主子還誇獎了他呢，讓他安心躲了一段時間，等那幾個人抓住了就給他安排個好差事。

半晌午時，張雄就回來了，神色十分鄭重。「小姐，街上多了好多差役，挨個兒鋪子盤查，還多了好多閒漢，一看就不是普通人。屬下沒敢在外頭多逗留就回來了。」

沈薇點頭。「你先下去歇著吧。」當務之急還是想想怎樣出城吧。他們一行人女人、孩子、傷者林林總總加起來十幾個，想要出城，還真得好好合計合計。

想了想，她去看望歐陽奈。「怎麼樣？好些了嗎？」

天熱了，歐陽奈身上有傷，屋裡就沒放冰盆，一進去便是一股熱氣。歐陽奈趴在床上，身上胡亂搭著一條薄被，神情有幾分尷尬。

「好多了，屬下謝小姐關心。」

沈薇裝作沒發現他的不自在，詢問了幾句就離開，歐陽奈這才鬆了一口氣，一把將身上的被子揭開扔一邊。

看過了歐陽奈，沈薇心裡有數。其他人身上的傷都好了七七八八，只有郭旭和歐陽奈是最重的，郭旭才剛能下床挪幾步，今晚才施第三次針，歐陽奈要下床至少還得七天，他們能安全躲過這七天嗎？

三更過後，張雄和小八照例要送郭旭去柳世權那裡施針。

他們前腳剛出門，沈薇後腳就跟在後面。

街上靜悄悄的，張雄趕著馬車行駛在無人的街道上，顯得特別突兀，但他只想著快點到百草堂，沒發現有人從街角轉出跟在馬車後面。

沈薇看著前面那個鬼鬼祟祟的身影，幾個縱越，摸到他的身後，悄無聲息地要了他的命，挾著他的屍體又是幾個縱越，出現在另一條街上，找了條胡同把屍體扔進去。

做完這一切之後，她才又去追張雄等人。

第十九章

沈薇沒有進百草堂，就在外頭守著，等張雄三人出來，她又一路跟在馬車後面，直到馬車安全進了院門，才折返回百草堂。

柳世權看著這個突然出現在屋裡的女俠，都不知道說什麼好了。「女俠，您的同伴已經施過針了。」從一開始的驚慌害怕，後來見他們只是來施針，每次都付診金，漸漸地倒也不那麼害怕了。

「我知道。」沈薇淡淡地說，在柳世權詫異的目光中，她沒有說話，而是四下打量起來，良久才道：「今晚我來是有一件事要和柳大夫商量。百草堂既然在宣明府開不下去了，柳大夫有沒有想過換個地方？比如，跟我走。」沈薇指了指自己。看到歐陽奈身上的傷，她就有了這個想法，這回去的路上車馬勞頓，有個大夫跟隨會放心很多，何況郭旭還要再施針四次，沈薇便把主意打到柳世權的身上。

柳世權冷不防聽到這番話，不由得錯愕。什麼？女俠這是要綁架他？不成、不成，他生在這裡長在這裡，怎麼捨得離開？何況和一幫江湖人攪和在一起，絕對不成。

「多謝女俠抬愛，故土難離呀，老朽都黃土埋半截脖子的人了，哪兒都不想去，就想守著這百草堂了此殘生。」柳世權婉言拒絕。

沈薇一笑，挑了挑眉，說道：「柳大夫先別忙著拒絕，這百草堂的境況我也了解一些，俗話說得好，樹挪死人挪活，柳大夫甘心一身醫術無用武之地？我好像聽說柳大夫的祖籍也不是宣明府呀。」

柳世權聞言面色微變，但仍是搖頭。「老朽的祖籍確實不是宣明府。」嚴格說起來，他祖籍是京城，他的祖父是被大婦趕出家門的庶子，後來流落到宣明府，就在這裡定居下來，開了這家小小的百草堂，自小他就聽祖父和父親念叨京城的事情。「多謝小姐看得起老朽，可老朽已經年邁，早沒有了年輕時的雄心壯志。」

沈薇也不生氣，依然笑著。「柳大夫願意守著百草堂了此殘生，也願意令嫒了此殘生嗎？」後一個了此殘生，沈薇說得極重。

這回，柳世權面色大變，臉色極為難看，咬牙道：「女俠連此事都知道？」

對面的藥王閣如此欺負百草堂，不就是那姓王的畜生瞧中了自個兒的閨女柳絮，想娶給他那個傻兒子做媳婦嗎？自己和老伴這輩子只有這個閨女，從小也是捧在手心千嬌百疼長大的，怎捨得把她嫁給一個傻子？

沈薇看著柳世權難看的臉繼續說：「柳大夫可不要誤會，我等不是江湖中人，我家在京城，家中長輩頗有幾分能耐，只要柳大夫願意跟我走，我願意幫柳大夫在京城把百草堂開起來，到時令嫒是嫁人還是招夫都你說了算，柳大夫意下如何？」

「當真？」柳世權有些心動。祖父和父親到死都想回京城，他若是能在京城把百草堂開起來，祖父和父親在地下也會高興的。只是這女俠的話可不可信？他又遲疑起來。

「自然是真的。」沈薇也看出了他的猶豫不決，就說：「柳大夫可以考慮，也可以和家人商量，若是願意，就在百草堂門口的樹上繫一根紅色布條，若是不願意就繫藍色布條。三天，我最多等你三天。」

這晚，柳世權輾轉反側，怎麼也睡不著，實在忍不住了，把老妻董氏挖起來。董氏正睡得香，被相公吵醒很不滿。「幹麼？什麼事不能明天說？」邊嘟囔邊翻個身繼續睡。

「快點起來，跟妳商量點事，和咱絮兒有關的。」柳世權繼續推。

董氏一聽和閨女有關，一下子就清醒了。「什麼事？是不是大中家願意提親了？」她的聲音裡透著歡喜。「阿彌陀佛，我就說大中這孩子是個有良心的。」

「不是。」柳世權的聲音悶悶的。「跟大中那孩子沒關係，他家裡不同意，這事妳就別想了。」

大中是柳世權收的徒弟，肯學上進能吃苦，品性也好，柳世權夫婦是拿他當兒子一般看待。他和柳絮一起長大，倒也算得上是青梅竹馬，柳世權夫婦心裡其實也存著這個心思，想著反正閨女大了要嫁人，與其嫁給不知底細的，還不如嫁給大中；大中這孩子實在，又有自己看著，而且大中那孩子也頗喜歡絮兒，自己閨女肯定不受欺負。

兩家人心裡都有這個意思，誰知道半路殺出個程咬金，藥王閣的王璞生相中了絮兒，要娶回去給他的傻兒子當媳婦。這下可愁壞了柳世權夫婦，即便百草堂被欺壓得沒有生意也不應口，就想著大中家能趕緊過來提親，名分定下了，他王璞生再勢大總不能強搶人妻吧？可誰知本來說得好好的，大中家裡卻反悔，不願意來提親了。

董氏不樂意了。「大中那孩子是咱們看著長大的，實誠忠厚，和咱絮兒處得也好，多般配呀，他娘不是挺滿意咱絮兒嗎？」

「那是以前。」柳世權沒好氣地說。大中家裡反悔，他也很生氣，可看著徒弟跪在面前，自己又很心疼。大中待絮兒好，這他知道，可大中家裡不同意，他能答應嗎？他也知道這怪不到大中家裡，畢竟王璞生勢大，他們不敢得罪，但到底心裡不舒服。

「老婆子，妳也別怪大中爹娘，那王璞生勢大，誰敢得罪他？就是苦了大中這孩子。」柳世權即便心裡不舒服還是安慰起自己的老妻。他很愧疚，都是自己沒用，護不住閨女。

董氏嘆氣，狠狠地咒罵道：「都是那個天殺的王璞生，他怎麼不被雷劈死！」她疼愛大中的心不比自家老頭子少。「那咱絮兒可怎麼辦？」總不能真嫁給那個傻子吧，那她還不如一根繩子吊死乾淨。

柳世權眼睛一閃，便將今晚的事情和董氏說了。董氏頓時大驚。「老頭子，你沒答應吧？」這些高來高去的江湖人可不是好惹的呀！

「沒有。」柳世權搖頭，董氏才放下心來，就聽他又說：「我覺得那女俠說的是真的，他們身上沒有江湖人的匪氣，相反的還很有禮，每次施完針都給診金，說話也客氣。若真能如她所說，咱們跟著她去京城，到時再把百草堂開起來，給絮兒招個相公，咱們就幫他們帶帶孩子，這不也挺好。」柳世權是真有些心動了。

「可人心隔肚皮，誰知道她的話是真是假？」董氏還是不放心。

「那若是真的呢？咱們可就錯過了一個好機會。我想過了，人家看上咱的無非就是我這身醫術，也不值得來騙咱們吧？再說了，若是咱們不走，絮兒可怎麼辦？」

這麼一說，董氏也沒了主意。「老頭子，那你說怎麼辦？我和絮兒都聽你的。」是走是留，他們一家三口都一起，就是死也要死在一起。

柳世權一時也作不了決定，煩躁地一揮手躺下。「算了算了，明兒再說吧，睡覺，都睏死了。」

這下輪到董氏睡不著了。「老頭子你快拿個章程呀，快起來，睡什麼睡？」她推了自家老頭子兩下，見人沒動就又推了兩下，柳世權嘟囔著。「睡吧，睡吧。」

「什麼？死了？誰幹的？」說話的人三十左右，相貌堂堂，眼神清明，偶爾有幾許精光閃過。他端坐在太師椅上喝茶，聽聞心腹稟報，眉頭輕皺了一下。

心腹面帶難色地說：「回稟大人，屍體是今早在山羊胡同發現的，全身上下只咽喉那裡有傷，仵作說是一擊斃命，凶手的武功很高，人被發現時都已僵硬，距身亡之時應該在三個時辰以上。」他詳細地彙報情況。「屬下覺得應該不是那幫鏢師所為。」

「喔？」大人端著茶杯的手頓了一下，心腹趕忙回稟。「據屬下所知，那幫鏢師武藝還比不上姜浦一幫人，除了那個使長槍的小子還算有些能耐，被殺的這個燕子李回，一身輕身功夫無人能出其右，是跟蹤打探消息的好手，在江湖上排名前十，屬下不認為那幫鏢師能殺得了他，包括被救走的那個小子，恐怕都不是這幫鏢師所為。」心腹說著自己心中的懷疑。

「你的意思是？」大人眉一挑，看向心腹。

心腹趨步向前，道：「屬下懷疑是不是欽差大人到了？」

兩個月前，接到京城傳來的消息，朝中有御史上奏，痛斥江南一帶鹽政混亂官場黑暗，聖上勃然大怒，派出欽差赴江南徹查，宣明府便是徹查的重點。

大人眼神一閃，隨即便搖頭。「欽差不可能來得這麼快，咱們的人不是都盯著嗎？是不是這燕子李回在江湖上的仇家尋仇來了？本官早就說過這幫江湖人背景複雜，還是少招攬為妙，這胡家到底是沒落了。」大人搖頭，臉上全是可惜。「怎麼說也是積年世家，居然和江湖人攪和在一塊兒了。」

咳，自從胡家老太爺致仕，這胡家就一天不如一天，格局也忒小了，若不是看在同為二公子效力的分上，他才懶得搭理呢。

「還是大人高瞻遠矚。」心腹拍了一記馬屁，剛要說什麼，就聽門外小廝稟報。「大人，胡府三爺求見。」

「不見。」大人正對胡家一肚子不滿，轉頭對心腹吩咐。「你去告訴胡庸，讓他上點心，不要老往本官府裡跑。在欽差大人進城前必須把那幫子鏢師抓住，否則就別怪本官不講情面！」

雖然他沒把那幾個跳梁小丑放在心上，可這麼容他們蹦躂也很讓人心煩，而且欽差也快到了，還是把一切隱患清除掉才好。

心腹心中一凜，忙躬身應道：「屬下明白了，還請大人放心。」

人退下之後，大人想起京城中二公子的親筆來信，臉上一片鄭重。

同一時間，宣明府另一座府邸的書房裡——

「被人一刀封喉？沒發出一點聲音？」這位身穿常服的大人約莫四十歲左右，立在案前手裡拿著一枝毛筆，審視著案桌上的一幅畫，聽到屬下稟報，訝異地轉過頭來。

屬下點頭。「一早在山羊胡同發現的，仵作推斷殺人之人武藝高超。」

大人眼神微閃。「喔，宣明府何時來了這麼個高手？這下可有熱鬧瞧了。」他低頭在畫上添了兩筆，心情居然很好。

屬下看著自家大人居然還有心思作畫，猶豫了一下，道：「大人，您看是不是欽差大人提前到了？」

大人連思索都沒思索就搖頭。「不可能。」見屬下面露不信，便朝一個方向努努嘴。「沒見那邊府裡都沒動靜嗎？」若真是欽差大人到了，那邊會安靜？

屬下恍然大悟。「是屬下駑鈍了，還是大人看得明白。」

大人嘴角彎了彎，繼續垂下頭作畫。「讓咱們的人都安分些，欽差大人就要到了，不要給老爺我惹事。」

想著家中送來的密信，他的心情就更好了。自從他到宣明府任職，那人就和他別苗頭，那人仗著京中有人撐腰，一直不把自己放在眼裡。別以為他私底下的動作自己不知道，哼，自己既然坐了這個位置，宣明府還有什麼事是他不知道的？不過是暫避他的鋒頭罷了。現在可好，欽差來了，只要查出點什麼就夠他喝一壺的了，自己也能出一口惡氣。

而這些事，沈薇都不知道，她只知道官府貼出告示，說城中來了夥江洋大盜，已經入室盜竊了好幾家，還傷了十多條人命，為了城中安危和民眾的安全，官兵開始挨家挨戶搜查，還要求見過可疑之人的要到官府舉報，官府會給予重賞。

「開門，快開門！」沈薇幾人正在屋裡商議，就聽見外邊傳來砸門的聲音，月季急匆匆地跑過來。「小姐，官兵來搜查了。」她絞著手裡的帕子，六神無主。

沈薇見狀，沈聲道：「穩住，不過是尋常搜查，不用害怕。該幹麼幹麼，不要露出破綻，妳若害怕，一會兒就只管哭。」見月季安穩下來，便看向其他人。「就按我們商議的辦。張雄，你去開門。」

官兵在門外大喊著：「人呢？搜查凶犯，快點開門！」把院門捶得震天響。

「來了、來了。」張雄一邊喊著一邊小跑過去。「官爺？」他一邊抹著眼角一邊開了門，卻被官兵一把推開。「讓開，搜查凶犯！」一下子就湧進來七、八個人，眼睛朝院裡四處看著。

「這是？」官兵們看到滿院的白幡和正屋的靈堂，還有那口黑黝黝的棺材，不由有些傻眼。

張雄立刻抹著眼淚上前，哽咽著答話。「回官爺們話，我家姑爺過世了，可憐我家姑奶奶千里迢迢找過來，誰能想到人居然沒了，撇下我們姑奶奶年紀輕輕帶著個孩子。」

官兵們不說話，都朝領頭那人看去，那領頭的人心中道了聲晦氣，大聲道：「那也要搜查，說不準凶犯就藏在這裡呢！」

「那是、那是，官爺快請。小人都明白，官爺們辛苦了，這幫子凶犯真該千刀萬剮，不瞞官爺，我們姑爺就是被歹人給害死的，才雙十年歲就這麼沒了，我們姑奶奶可怎麼活呀？」張雄說著又拭起了淚。

領頭的朝手下一示意，幾個人分散開，朝各個屋子走去，他則帶兩個人朝正房走去。

正屋不大，放一口棺材就沒剩多少地方了；棺材邊，一個身穿重孝的年輕婦人正在哭。「你個沒良心的啊，一走三年也沒一點音訊，你說出來做生意，怎麼反倒把命搭上了，留下我們母女倆可怎麼活呀！你這個冤家啊，你走了，奴家怎麼跟家中的爹娘交代啊？你個短命的冤家啊——」

邊哭邊說，傷心欲絕，手邊還攬著一個小女孩，也在「爹、爹、爹」地扯著嗓子哭，稍後的位置還跪著兩個丫鬟，大的十五、六歲，小的不過八、九歲，正往火盆裡燒紙錢。

婦人身旁還有個十四、五歲的少年，正勸著。「姊姊妳也別太傷心了，姊夫已經不在了，妳若是再哭個好歹，小妞妞靠誰去？」

見官兵過來，少年起身行禮。「官爺們好。」

領頭的那人看到婦人的容貌，不由心中驚豔。沒想到這不起眼的小院中還藏著如此姿色的婦人，不由有幾分心猿意馬，隨即又想到上頭的交代，心中一凜，正色道：「人死不能復生，小娘子就不要太傷心了。我們弟兄等也是按規定辦事，把這棺材打開我們瞧瞧。」身後的兩個官兵就要上前開棺。

那婦人如被觸了逆鱗，站起身撲在棺材上攔著。「不能啊官爺！奴家相公已經做了異鄉鬼，可不能再擾了他的亡靈，小婦人求求官爺們高抬貴手，就讓奴家相公安息吧！」淚水一串串滾落，臉上卻是堅毅之色，似乎誰要是敢上前她就跟誰拚命。

對著這麼美貌的婦人，領頭之人的耐心多了幾分，好言相勸。「小娘子還是讓開吧，我等也是職責所在。」

那婦人只是哭著搖頭，攔在棺材上的身子一動不動，領頭的也不耐了。「快點讓開，難不成這裡頭不是妳相公而是凶犯？」

「官爺何必血口噴人呢！」婦人又氣憤又傷心，身子搖搖欲墜。

這時去其他屋搜查的官兵都過來了，對著領頭之人搖搖頭，那領頭之人盯著棺材多了幾分若有所思，眼底閃過一抹亮色。

第二十章

就在這一觸即發之際，旁邊的少年嘆了一口氣，上前道：「讓官爺看笑話了，我這姊姊和姊夫自幼青梅竹馬長大，感情甚好。姊夫一去，姊姊也大受打擊，從找到姊夫屍身就水米未進，全憑一口氣撐著，可憐啊，還請官爺莫怪。」

又扶起棺材上的婦人，勸道：「姊姊，姊夫已經身遭不幸，咱們得為活著的人著想，還是讓官爺開棺看看吧，人家也是奉命行事。等過了今晚，明兒咱們就啟程回家，姊夫也好早些入土為安。」

那婦人哭泣著便被少年扶到一邊去了，幾個官兵一起上去把棺材蓋移開，剛移開一條縫，就忍不住轉過頭去大聲咳嗽，實在是味太衝了，都臭了。天氣這麼熱，屍身哪裡放得住？

「頭兒，您看？」官兵詢問領頭的意見，心裡巴不得離棺材遠遠的。

那領頭之人捏著鼻子湊過去看兩眼，見棺材裡確實躺著一個身穿壽衣的男人，面色青灰，確實是死人無疑，便一揮手，帶著手下匆匆出來了。晦氣，真是晦氣！

幾個官兵吆五喝六地朝外走，張雄極有眼色地跟上去，一邊小心賠笑一邊把一包銀子塞到領頭之人的手裡。「官爺辛苦了。」

那領頭人掂著手裡的銀子，臉色才好一點。「行了，安心在家待著，不要亂出去走動，那幫子江洋大盜凶著呢，被殺了，可別怨官爺沒警告你。」

「是、是，多謝官爺。」一直把官兵送出門外，等他們走遠了，才小心地關上院門。

「小姐，都走了。」張雄過來回稟。

薛湘眉聞言，心下一放鬆，腿一軟，差點跌倒，還是沈薇把她扶住。

「可嚇死我了。」她拍著胸口一陣後怕。天知道她剛才身子都在發抖，若不是小姐幫她擋了一下，非露餡不可。

沈薇點了下頭，對幾人說：「快，把歐陽奈扶出來。」在裡頭待大半天，別熏出毛病來了。

幾個人也顧不得味重，打開棺材蓋把穿著壽衣的歐陽奈扶出來。「小姐，這東西怎麼辦？」張雄指著棺材裡的一袋子臭魚問。

「先放這兒，說不定還能派上用場。」沈薇說。

幾個人都點點頭，小姐說能派上用場那就能派上用場。當初大家都不懂小姐怎麼弄口棺材回來，看看，這不就用上了？小姐就是聰明！

原來這就是沈薇幾人商議的計策，歐陽奈還下不了床，那就繼續躺著，只是換個地方，由床上換到棺材裡。這活兒他熟，之前沈薇不就是從棺材裡把人救出來的嗎？

再經沈薇用胭脂水粉一搗飾，裝個死人還是很像的，為了保險，他們還特地在棺材裡加了一袋臭魚。

至於郭旭，早出門當乞丐去了，反正身上的傷是現成的，換身乞丐服，頭髮抓亂，手臉弄髒，隨便往哪個街角一躺，身前放個破碗，妥妥的就是一個乞丐。

這個穿孝衣唱主角的婦人自然就是薛湘眉，經過最初的害怕之後，沈薇沒想到她能把戲演得這麼好，別說官兵，就是她，若非事先知道也會相信這是真的。

「湘眉嫂子抱妞妞下去歇歇吧。」沈薇和顏悅色地說。天這麼熱，哭了這麼一會兒，大人孩子都累了。

薛湘眉行了一禮退出去了。沈薇慎重地對幾人道：「通知吳二做好準備，咱們必須出城。」

這一次是躲過去了，可誰能保證下一次還能這麼好運？還是早點出城為妙，趁著才搜查過，不會那麼快就搜第二遍，他們得趕緊想法子出城。

這天一早，太陽剛剛露頭，整個宣明府才從沈睡中醒來，厚重的城門徐徐打開，漸漸地，各種嘈雜的聲音交織成一片。

兩輛馬車慢慢朝城門駛來，守城的士兵上前攔住了。「什麼人？出城做什麼？」轉眼就過來七、八個人把馬車圍住。

車門打開，一個老者從裡面跳下來。「各位差爺，老朽有禮了。」

「是柳大夫呀！這是要去哪兒？」認識柳世權的都有些詫異。柳大夫這大車小輛的看著跟搬家似的，是要去哪兒？

柳世權嘆了口氣。「老朽年紀大了，醫館也開不動了，也該葉落歸根了。老家還有個姪子，老朽夫婦便帶著閨女回鄉，也省得連個捧盆的人都沒有。」他的話語裡充滿了無奈和淒涼。

那些士兵裡便有好幾個面帶同情。柳世權在城中還算有幾分薄名，他醫術好，收取診金也公道，這些守城的士兵平時操練也免不了磕著碰著，又都不是有錢人，大多都是尋柳世權看的，即使一時手緊，他也不計較，所以這些人對柳世權都有幾分尊敬。

「回鄉也好，就是這一路千里迢迢，柳大夫可要當心呀。」

百草堂被藥王閣欺負的事，大家也都知道，心裡對柳大夫的遭遇極為同情，但他們也不過是個小兵，愛莫能助。現在見柳世權為了躲避禍事而舉家搬遷，心裡就更加同情了。走了也好，好好的閨女難不成真要嫁給個傻子？

柳世權一抱拳，算是謝過。「馬車裡坐的是老妻和小女。」他說著把車簾掀開，裡面除了一個婦人和一位少女，就再沒別人了。

「後面一輛車上裝的是些行李和藥材，大家都知道老朽是開醫館的，這些藥材也沒捨得賣，想著回鄉再開個藥鋪子，也好養家餬口。」頓了一下，他又說：「老朽也知道各位身上的職責，大家隨便翻查，就是小心點，別弄混了藥材。」

正要伸手檢查的兩個士兵聞言反而不好意思了，隨意翻了幾下看看便放手了。「柳大夫的人品我們還信不過嗎？放行，讓柳大夫早些出城，趁著涼快也好多趕些路。」

柳世權又是一拱手。「多謝各位差爺了。」回身上了馬車。

馬車慢慢出了城門，不一會兒就走遠了。

守城的士兵望著遠去的馬車，唏噓不已。

正在此時又有兩輛馬車駛來，前面這輛插著白幡，旁邊是個騎馬的少年，後頭一輛車上拉著一口棺材，周邊跟著幾個扶棺的下人。

這一行便是沈薇幾人，騎馬的少年是沈薇，前頭趕車的依然是張雄，車裡坐著薛湘眉、月季、桃花和小妞妞。

馬車徐徐停住，張雄老遠就看到他們上次進城時的那兩個守城士兵也在，殷勤地上前打招呼。「兩位差爺這麼巧呀！」

那兩個對張雄幾人還有印象，詫異地問道：「找到你們家姑爺了？這是……」目光朝馬車上的白幡和後面的棺材望了望。

張雄哀聲道：「找是找到了，可只找到了屍身。我們姑爺被歹人給害了，我們姑奶奶都哭暈過去好幾回了。」

車簾打起，裡頭果然露出一身孝衣的憔悴婦人，懷裡抱著個孩子，也是一身重孝，邊上是兩個丫鬟，穿著素衣，腰間繫著白色腰帶。和進城時的人數一樣，兩個士兵也是挺同情他們的。
其中一個士兵轉身回去，指著沈薇一行人和其他人說了幾句，那些士兵大概覺得清早見了出殯的不太吉利，隨意看了看就揮手放行。張雄照例奉上辛苦銀子。
沈薇一抖韁繩，馬蹄剛抬起來，就聽身後傳來一聲大喝。「站住！」
眾人聞聲望去，一隊勁裝大漢騎著高頭大馬，如旋風一般飛馳而來，轉眼就到了眼前。那個領頭的漢子勒住馬，就有認識此人的守城兵上前打招呼。「是浦爺呀，您老這是出城辦差？」言語中透著討好。
沈薇一聽此人便是浦爺，心中咯噔一聲，眼底的異樣一閃便消失得無影無蹤。
浦爺根本沒理那個守城兵，指著沈薇一行道：「你們是幹什麼的？」
張雄趕忙小跑過來搭話，把剛才的說詞又說了一遍。「這位大人，我們是寧平縣人，一個月前我們進城時正是那邊兩位差爺當差。」
被點名的守城兵走過來。「浦爺，這人說得沒錯，他們是一個月前入城的，是來找他們姑爺的，路引是我倆查驗的，都是真的。」
浦爺聞言，緊皺的眉頭鬆開了一些，但目光還是盯在那口棺材上，心裡總有一種說不出的怪異。「這棺材你們看了嗎？」
守城兵搖頭，怕浦爺責怪，忙道：「死人有什麼好看的？」這麼晦氣的事，誰犯得著去觸這個霉頭。

浦爺鬆開的眉頭又皺起來。「開棺！」這話是對著身後的手下說的，守城兵的臉色便有些不好看，但隱忍著沒有說話。

「這、這位大人，這樣不好吧，我們姑爺——」張雄慌慌張張上前哀求，話還沒說完就被推到了一邊。

棺材蓋被掀開了。「浦爺，沒人！」勁裝漢子回身喊道。

浦爺眼睛一閃，嘴角勾起一抹嗜血的笑容，手一揮便把沈薇一行圍了起來。守城兵也詫異起來，怎麼看也看不出這幾個人會有問題。

「你、你們要幹什麼？大人，我等真是寧平縣人啊，都是良民。」張雄又害怕又慌張。

浦爺居高臨下地瞪著張雄，開口說道：「人呢？不是說棺材裡是你們姑爺嗎？」棺材是空的，可真會睜眼說瞎話，哼，裝得還挺像。

「不是在裡頭嗎？」張雄哭喪著臉。

「胡說，這裡頭只有個包袱，老實交代，你們到底是什麼人？」其中一人衝著張雄喝道。

「那個包袱裡就是我們姑爺。」看著逼近的幾人，張雄大聲喊道：「天太熱了，屍身哪裡存得住呀？宣明府到寧平縣怎麼也得半個月，等回到家，屍身早爛完了，沒辦法，我們少爺作主把姑爺給燒了，把骨灰帶回去安葬。」馬車裡恰到時機地傳來女子的哭泣聲。「你個冤家，死了都沒落個全屍……」

他們商議的出城計策是分兩批走，一部分人扮作柳世權的車夫和下人先走，剩下的人則扮作扶棺的人。至於歐陽奈，他其實就在馬車裡，在馬車底層的隔間裡窩著呢，沈薇這輛馬車可是另有玄機的。

浦爺眸光微閃，對著手下輕抬下巴，手下會意，彎腰打開棺材裡的包袱，然後扭頭稟報。「回浦爺，包袱裡有個陶罐，裡頭確實裝著骨灰。」

張雄嚇得跌坐在地上，爬起來小心地問：「大人，我們是不是能走了？」

浦爺哼了一聲，把手下都召回來，調轉馬頭，頭也不回地打馬而回，揚起一路塵土。

張雄擦擦汗，狀似無意地對著守城兵嘟囔。「這是哪位大人呀？可真嚇死人了！」一邊爬上馬車，甩開了鞭子。

馬車出了城，行出了二里地，張雄才鬆了一口氣。「小姐，咱們可算是出來了，也不知小八和柳大夫他們走到哪兒了？」

能夠順利出城，沈薇也很高興，雖然她做好了殺出城門的準備，但能不動手還是不動手的好。「他們會在前面的十里坡等著咱們，先把歐陽奈弄出來吧。」隔間的空間太小，人窩在裡頭十分受罪，歐陽奈身上有傷，可別再傷上加傷了。

只有一輛馬車，又是女眷，為了避嫌，歐陽奈只好繼續睡棺材了。哈，這貨跟棺材可真有緣！沈薇看著黑著臉的歐陽奈，心中惡趣味地想。

吳二幾人也非常高興，不敢相信真的就這麼出來了，伸手想拽下馬車上的白幡，被沈薇攔住了。「再等等。」

馬車又行了五、六里路，他們才把棺材扔下，順便把白幡孝衣一股腦兒地全塞進棺材裡，一行人高高興興地繼續上路了。

對歐陽奈幾人來說，這一趟南方之行都出來兩個多月了，現在終於能撿了一條命回去，特別激動和雀躍。

十里坡很快在望，遠遠看到前面停著的馬車，張雄不由揚起了鞭子。

兩批人碰了面都十分歡喜，沈薇一笑，對著柳世權一抱拳。「柳大夫辛苦了。」

百草堂門前的樹上是前天繫上紅布條的，柳世權選擇跟她回去是冒了大風險的，所以沈薇對他十分敬重。

「女……嗯，小姐客氣了。」女俠二字就要脫口而出，柳世權一頓，也如張雄等人一樣稱呼小姐，小八等人雖沒有明說，但他從他們的話中聽出這位小姐的身分不一般，不由暗自慶幸自己的決定。

一群人正高興著呢，就見沈薇的臉色一變。

「怎麼了，小姐？」歐陽奈一下子注意到她的異樣。

「快，上車啟程，後面追兵來了。」沈薇朝後看了一眼，飛快命令道。

眾人訝異，齊齊朝身後看去，還真有幾個小黑點，不由大驚失色。「小姐，咱們快走。」都已經能聽到馬蹄聲了，他們這麼多人就五匹馬，肯定跑不過他們，怎麼辦呢？

沈薇面沈似水，沈聲道：「你們先走，我在這裡攔著他們。」

「小姐，屬下留下來幫您吧。」張雄就要跳下馬車，吳二幾人也都躍躍欲試，欲要一雪前恥。

沈薇一擺手。「不用，你們走你們的，把女人孩子傷員護好了。」

情況緊急不容多說，張雄等人只好速速離去。「小姐，您小心些，屬下們在前面的城鎮等您。」大家對小姐的身手有信心，均不是太擔心，倒是柳世權一家十分擔憂。

追兵已經近了，沈薇認出正是浦爺那隊人，她橫槍立馬站在曠野之中，心中是隱隱的興奮。之前都是小打小鬧，她的內心深處渴望酣暢一戰，這個浦爺倒是成全了她。

浦爺很快就來到跟前，遠遠地，他看到這個文弱少年立於曠野之中，眼底是掩飾不住的詫異。「你等到底是何人？和那幫鏢師是一夥的？」

打馬回去的浦爺越想越覺得不對勁，雖然沒查出來什麼，但他有一種強烈的不安，這些人有問題。於是他又帶著手下追出城門，追了五、六里也沒發現什麼異常，不死心又朝前追去，終於在追出七、八里路的溝裡發現了那口棺材，打開一看，白幡、孝衣乃至那陶罐骨灰都在裡面，他的臉色頓時變了，知道上當了。

沈薇燦然一笑。「浦爺心裡不是有了答案嗎？」

「既然如此，就別怪我浦爺手下無情，拿下！」浦爺森然一笑，對著手下吩咐。

「那就要看你有沒有本事了，看槍！」沈薇把長槍端在手中，挽了一個槍花。這桿黑漆漆的長槍就放在那口棺材裡，和棺材同色，不仔細看還真分辨不出。

沈薇看過歐陽奈練槍，還跟著比劃過一陣子，一直認為槍乃兵器之王，是千軍萬馬中殺敵的最佳利器。此刻的她，手握長槍越戰越勇，刺、挑、橫掃，一把長槍如出水蛟龍，閃著鋒利的寒光，二十多個勁裝大漢愣是被她殺得七七八八，馬嘶鳴，人哀號。

還端坐馬上的人不由膽寒，這哪裡是個文弱少年，分明是個玉面勾魂使者，看他面帶微笑，手中長槍卻狠辣無比。浦爺行走江湖多年，還真沒碰見過這般難纏的角色，難怪江湖箴言：行走江湖，遇到老人小孩女人千萬不可招惹。這少年的年歲絕沒超過十五，不過是個半大孩子。

可浦爺到底是老江湖了，只是手臂上被沈薇劃了一道，沈薇的長槍和他的樸刀戰到一起，一時難分勝負。

沈薇眼一眨，虛晃一槍，整個人向後仰，躲過浦爺劈過來的樸刀，手中長槍順勢一刺，正好扎在浦爺的小腹上。

浦爺受傷，哪敢再戰，他痛叫一聲，打馬就逃，手下一見也都跟著逃走。沈薇也不追趕，她端坐在馬上，望著浦爺逃走的背影直至看不見，這才擦了擦長槍，打馬去追張雄等人。

十里坡上，十多具死屍橫七豎八地躺著，幾隻烏鴉嘎嘎叫著飛來。

一道月白身影出現在死屍中間，長身玉立，斗笠遮擋的是一張天怨神怒的俊顏。他蹲下身看了看死屍上的傷口，站起身，若有所思地看著沈薇遠去的方向，好看的唇角翹了起來，眼裡也帶上三分興味。

第二十一章

不過大半個時辰，沈薇就追上眾人。大家看到她毫髮無損地回來，都十分高興。

沈薇卻不敢掉以輕心。「浦爺逃了，快走。」若是讓浦爺搬來救兵，他們可就有麻煩了。

在最近的縣城又置辦了馬匹和馬車，全速趕了三天三夜的路，也沒見後面有人追上來，沈薇才下令找客棧休息。

她哪裡知道，宣明府的某些人不是不想追，而是本來幾天後才到的欽差大人提前到了，殺他們一個措手不及，應付欽差大人都來不及了，哪還顧得上去追幾個小嘍囉？

後面的行程雖然放慢了動作，也比來時快了許多，所以不過二十天，他們就回到了沈家莊。此時已經進了八月，一年中天氣最熱的月分。

沈薇回來後，就在顧嬤嬤的眼淚攻勢下，過上甜蜜而苦逼的日子，從早到晚一天十二個時辰，除了早上能出去遛達兩刻鐘，其餘時間全窩在屋裡，只要她的腳朝外邁一步，顧嬤嬤的聲音也準時響起。「小姐啊，外面太陽大，您還是好好在屋裡歇著吧。您不是喜歡看那話本子嗎？讓梨花給您打扇，您靠在床頭看吧。」

什麼太陽大？今天是陰天好不好？可看著顧嬤嬤那怨念的眼神，沈薇只好把腳收回來。

話本子早看膩了，寫字靜不下心，做針線？大熱天的手上都是汗，連針都捏不住怎麼做？沈薇如困獸一般在屋裡團團轉。

「小姐您就別轉了，奴婢眼暈。」梨花無比同情小姐，但她也沒膽違抗顧嬤嬤的話。說實在的，她見到小姐的時候也是大吃一驚，小姐不僅瘦得嚇人，還黑了許多，要是不出聲，她不敢相信這是小姐，也難怪顧嬤嬤當場嚎啕大哭。

「就是呀小姐，您就再忍幾天吧，顧嬤嬤說只要您胖回原來的樣子就讓您出去。」荷花也幫腔說道。

顧嬤嬤把看小姐的任務交給她和梨花姊姊，若是她倆沒看住小姐，下場會很慘的，沒見月季和桃花每天都要掃整個宅子嗎？

胖回原來的樣子？沈薇嘴角抽搐了一下。這是養豬嗎？她哪有瘦多少，她最近在長高好不好？

「快秋闈了吧？」沈薇忽然想起，都八月了，她記得秋闈就是每年八月分舉行的。

這事梨花倒是知道。「還有五天就到了，族長老太爺家的紹俊少爺一個月前就啟程去府城了，大老爺和三老爺親自陪同去的。」

「喔。」沈薇點點頭，表示知道了。對了，江辰今年也要參加秋闈，這個時候估計也早到了府城吧？

古代的科舉是千軍萬馬擠獨木橋，比現代考大學難多了，沈薇真的好想去府城長長見識，可顧嬤嬤不放人，她有什麼辦法呢？

人啊就是不能唸，白天才念叨過江辰，晚上，這廝的心腹就上門了。

來的人是傅百川，一見到沈薇就跪在地上直呼救命。雖然他很懷疑眼前這小姑娘能有什麼能耐，但大武遞出來的消息就是「跪求沈小姐救命」。

沈薇一下子就站起來。「你家主子怎麼了？」

傅百川搖頭。「回沈小姐，小的也不清楚，只知道我家主子在府裡似乎出了事，大武、小武也被看了起來，還是好不容易找了個灑掃的小丫鬟給小的遞了消息，若不是接到消息，小的都以為主子早就到了府城。」

傅百川接到消息時非常詫異，他知道主子要秋闈的，看紙條上的字跡確實是大武的，他不敢怠慢，立刻連夜飛馬出城。

傅百川詫異，沈薇卻是秒懂。江辰那可憐的傢伙肯定是被軟禁在府裡了，幸虧她回來了，若是在路上多耽擱幾天，他今年的秋闈可就無望了。

哈，這小子怎就這麼倒楣呢？沈薇見了比自己更慘的，心情瞬間美好起來，若不是顧忌著傅百川還在眼前，她真想大笑三聲。

「去告訴張雄備車，我們馬上去縣城一趟。」沈薇吩咐完就進內室換衣裳，簡直要心花怒放了。正想著要去府城長見識呢，機會就送上門來了，多光明正大的理由呀！江辰這倒楣鬼真是自己的福星！

穿著男裝的沈薇一出來，傅百川整個人都傻眼了。「這、這不是？」這不是從賭坊贏走一萬兩銀子，害自己被主子罵了一頓的錦衣少年嗎？

沈薇斜睨他一眼，漫不經心地道：「什麼這呀那呀的，不就是一萬兩銀子嘛，你家主子都不介意，你心疼什麼？」順便又對梨花吩咐。「把桃花和柳大夫都喊上。」防患未然，還是帶個大夫比較放心。

真是這位小姐！傅百川的眼睛睜得更圓了，他前前後後找了三個月，這人居然還是主子的朋友！不過，主子知道嗎？

「行了、行了，別跟個娘兒們似的眼皮子淺，你家主子錢多不差這點，還是趕緊去救你家主子吧。」錢豹一副哥倆好地攬住傅百川的肩。

傅百川都不知道說什麼好了。他眼皮子淺嗎？那是一萬兩銀子，不是一兩，他怎麼覺得自己和這些人一比都成了井底之蛙，還是閉嘴好了。

還沒出院門，顧嬤嬤就匆匆趕來了。「大半夜的，小姐這是去哪裡？」她一看到小姐身上的衣裳，就有一股不祥的預感。

沈薇面上嚴峻。「嬤嬤，救人如救火，我得趕緊出去一趟，回來再細說，有張雄、錢豹和柳大夫跟著，妳還有什麼不放心的？」抬腳就朝外走。

顧嬤嬤一聽更不放心了，可小姐已經越走越遠，她急得在原地直跺腳。

張雄和錢豹各自趕了一輛車，傅百川依舊騎馬跟在後面，一行人急匆匆朝著平陽縣趕去。

馬車裡，沈薇悄悄地對桃花說：「桃花呀，小姐帶妳去府城瞧熱鬧吃好吃的去，妳看小姐對妳好吧？誰都不帶就只帶妳。」

本來昏昏欲睡的桃花一聽到好吃的，頓時來了精神。「吃好吃的！小姐最好了！」

主僕二人心思不同，卻都笑得春風蕩漾。

很快就來到平陽縣城下，城門早就關閉，傅百川來之前就使了大錢，所以很容易便叫開了城門，一行人魚貫而入，又沒入茫茫夜色之中。

江家是很氣派的一個大宅子。沈薇和柳大夫、桃花在車上等著，傅百川領著張雄和錢豹自偏僻處翻了進去，不到兩刻鐘，就見大武、小武架著一個人從牆頭翻過來，後面還跟著傅百川和錢豹、張雄。

「快走，少爺還昏迷著呢，得找個大夫瞧瞧。」大武低聲飛快說道。

「快扶上馬車。傅百川你地頭熟，有沒有安全一點的地方？若是沒有，咱們只能去客棧了。」沈薇說。

傅百川還沒開口，小武就搶著說道：「沈小姐，我們少爺有一座小院，除了我和哥無人知曉。」

「行，就去那兒，前頭帶路。」沈薇當機立斷。之前她是猜到江辰被軟禁起來，只是沒想到居然還用了藥物，也不知是什麼藥物，嚴不嚴重？

小武坐到張雄的旁邊，在前頭指路，大家匆匆往江辰的私宅趕去。

進了院子，大武、小武張羅著點燈鋪床，幾個人把江辰抬到床上。就著燈光，沈薇看到江辰的臉色異常蒼白，嘴唇卻十分鮮豔，眉頭就蹙了起來。「柳大夫，你快給他看看。」即便是她這個不懂醫術的人都察覺到不對勁，沈薇的心不由往下沈。

大武、小武趕忙給柳大夫讓位置，柳世權也沒推讓，就坐在床邊把脈，半晌才收手。

「大夫，我家少爺到底怎麼樣了？」小武著急地問。大武雖沒說話，眼裡卻帶著同樣的著急。

柳世權的目光盯在江辰的唇上，眼底有幾分疑惑。「小姐，這位江少爺是中了毒，一種叫胭脂醉的毒。中此毒者初時根本就不會察覺，只會覺得渾身無力疲倦，這種疲倦會慢慢加重，開始嗜睡，臉色也會變得蒼白，可是嘴唇的顏色卻會越來越鮮豔欲滴，如最紅的胭脂一般，所以此毒才名為胭脂醉。到最後，中毒之人的面色會轉至青灰，每天清醒的時間會越來越短，直到在睡夢中死去。」

幾人聽了柳大夫的話均嚇了一大跳，尤其是大武、小武，臉上的神色尤為複雜，他倆撲通一聲就跪在柳世權跟前。「求大夫救救我家少爺吧，我家少爺的症狀就跟大夫說的一樣。半個月前，少爺就覺得有些累，只當是天熱人乏就沒放在心上，又過了幾天，少爺就覺察到不對了，可是已經晚了。少爺每日都昏昏沈沈，清醒的時候越來越少，太太就藉口少爺病了，尋個錯把我和小武訓斥了一頓，責令我倆照顧少爺，寸步不許離，還找人在院門口守著。少爺趁清醒的間隙悄悄吩咐我倆去找沈小姐，可我倆被看得牢牢的，別說出去，就是連個消息都遞不出去。眼瞅著離秋闈的日子越來越近，我倆急得上火，今兒白天好不容易瞅了一個空，找了相熟的小丫鬟給傅哥遞了消息。求大夫可一定要救救我家少爺呀！」

傅百川眼睛一閃，也跟著跪下來。

柳世權沈吟不語，沈薇便道：「柳大夫可有何為難之處？」看他說起此毒如數家珍，應該能解吧？

江辰的爹娘居然偏心到對親生兒子用毒，真夠奇葩的！

柳世權的眉頭皺成了一個「川」字。「小姐，老朽只是沒想到會在這裡見到此毒。胭脂醉是從胭脂草中提煉出來的，胭脂草長在苗夷那邊的天山上，採摘十分不易，這種毒即使在苗夷都不常見，中原的醫者甚至連聽都沒聽說，老朽知道還是因為祖父年輕時在苗夷那邊待過一陣子的緣故。」

若不是江少爺那嘴唇的顏色，他根本就不會往胭脂醉上想，按理說，此毒不該出現在中原才對。

「那這胭脂醉能解嗎？」沈薇問出了最關心的問題，管它出現得蹊不蹊蹺，先解毒才是正事。

柳世權徐徐點頭。「雖然此毒鮮為人知，但解起來倒不麻煩，老朽來時帶了一些藥材，只是要解此毒還缺一味藥材。」

「缺什麼?小的去買。」小武立刻搶著說道。

沈薇問道：「可有妨礙?」

柳世權明白她的意思，搖了搖頭。「沒事，只是一味很普通的藥材，各家藥鋪都有。」

沈薇便道：「張雄，你和傅百川走一趟。大武留在這兒伺候著，小武去燒些熱水，熬點白粥，一會兒你們少爺若是醒了也能吃點。」至於她，留在這裡也沒什麼用處，還是睡覺去吧。

第二日一早，沈薇醒來就聽說江辰已經醒了，她過來探望的時候，正趕上江辰喝藥，就見他眉頭皺得緊緊的，一臉嫌棄，大武、小武正在一旁勸說。

「哈，你居然還怕喝藥。」沈薇好似抓住了江辰的弱點，立刻嘲笑起來。

「誰怕喝藥了?」江辰怎麼會承認?在沈薇似笑非笑的目光中，他故作淡定地端起藥，一口氣灌了下去，又淡定地把藥碗遞給一旁的大武。「我一個大男人還怕喝藥嗎?」打死也不能認呀，只是這藥怎麼這麼苦?他咬緊牙關壓下作嘔的噁心。

沈薇打量著江辰，面色依舊蒼白，但多了幾許紅潤，嘴唇的顏色也恢復正常了。他靠在床頭，一副病嬌美男的形象。

「嘖嘖，你可真行，居然把自己整得差點沒命。我可是又救了你一命，說吧，要怎樣報答本小姐?」

江辰苦笑一下，半開玩笑、半是認真地說：「今後江某但憑小姐差遣可好?」

沈薇只覺得自己的心跳好似加快了一下下。她直直望著江辰，良久，撇了撇嘴。「呿，好沒誠意喲，你還不如給我點銀子實際呢。」

上次舉手之勞就要了他一萬兩，這次又是翻牆又是解毒的，費了老勁，怎麼也得三萬兩吧？

江辰倒是十分大方。「成呀，前前後後妳都弄走我二萬兩銀子了，還想要多少？妳去找大武要，我的銀子都是他管著呢。」

沈薇臉上的神情立刻轉為譏誚。「傅百川跟你告小狀了吧？哼，一個大男人如此長舌，難怪錢豹說他眼皮子淺。」

一萬兩都手下留情了好不？依本小姐的手段，沒把賭坊贏來就該偷笑了。

江辰也不生氣，依舊靠在床頭笑，大武、小武看向沈薇的目光更加充滿感激。他們少爺都多少年沒真正地笑過了。

沈薇卻覺得意興闌珊。若是江辰不情願，她非得想盡辦法從他那裡多摳點銀子出來，她最喜歡看人心疼肉疼的樣子了。現在江辰大方給了，她反倒覺得沒意思了。

「好好養著吧，不要想太多。」沈薇轉移話題，安慰江辰。怎麼說江辰也是她在這個時空第一個朋友，朋友麼，雖然是用來損的，但偶爾也要安慰一下。

「多謝關心，這次秋闈我一定要參加。」江辰的神情一下子陰鷙起來。他怎麼也沒有想到他的爹娘和親大哥，會這麼急切地想要他的命。都說孩子是娘身上掉下來的肉，難不成他是石頭縫裡蹦出來的？他不僅心寒，而且憤怒，憤怒得想要毀滅一切。所以他急切地想要參加科考，急切地想出人頭地，他要讓他們後悔，讓他們的餘生都在悔恨中度過！

沈薇的眼睛眨呀眨，露出不屑的表情。「就因為別人的錯，你就把自己弄得陰陰沈沈不開心？你真傻，外頭天寬地闊，你何必把自己憋死在這小水溝裡？你看看我，應該好好向我學習。」

見江辰詫異，沈薇下巴微抬。「本小姐我在侯府若是個受寵的，能被發配到這窮山惡水的地方？我還不是每天都過得高高興興的？誰若敢阻了我的路，我就立刻斷了他的生路，人不犯我，我不犯人；誰若犯我，追到天涯海角我也要滅他全家！你看我現在的日子過得多愜意？比在府裡，被關在巴掌大的後院可舒服多了。所以你得向我學習，眼界放寬些，格局才會大。」

這是沈薇頭一回拿自己的事教育別人，仔細想想，她還真是一朵勵志的小花！不服氣，不放棄，在如此艱難的環境下茁壯成長，還開出了漂亮的花朵，想想就陶醉得意。

第二十二章

江辰的態度很堅決，死活都要去考秋闈，大武、小武苦口婆心勸得嗓子都啞了也沒能讓他打消念頭，就求到沈薇這裡。

沈薇倒覺得無所謂，想考就考唄，想當年她發著高燒不也考完了高考？

「既然你家少爺主意已定，那就讓他去考吧。」見兩人面露不妥，又道：「難道你們想看著你家少爺這三年都耿耿於懷？」以江辰那小子的性子，十有八九能把自己給憋死。

大武、小武到嘴邊的話又吞回去，他倆陪著少爺一起長大，更了解他的性子，一想到後果，還真不敢再攔了。

「可秋闈要考九天，少爺的身子行嗎？」大武十分擔心。不去考，少爺憋屈，去了，若是在考場裡出事怎麼辦？少爺才剛解了毒，身體還十分虛弱。

沈薇一想也對，去找柳大夫詢問。柳世權聽後，沈吟了一下，說：「也不是不行，就是要多做準備，一會兒老朽多製些提神補虛的丸藥給江少爺帶著。」柳世權也曾讀過書，理解江辰的心思。

既然決定要考，那就趕緊準備去府城吧，還有四天就開考了，時間不等人呀！

說走就走，幾個人收拾一下就踏上去府城的路，錢豹還抽空回去一趟，把梨花帶過來。

小姐想跟去瞧熱鬧，這一去就是十多天，身邊沒人伺候可不行。

參加秋闈考試的生員大都是提前來到府城，這樣不僅方便交流，還能找個好的住處，至於離府城遠的，提前兩個月就啟程了。

沈薇一行到達府城時，距離開考只剩兩天，各家客棧都滿了，離考點近、地段好的宅子也都被訂完了，錢豹和張雄轉悠了半個上午，竟沒找到落腳的地方。

「小姐，這都晌午了，大雄在福滿樓訂好了廂房，等用過午飯，屬下和大雄再去找找。」錢豹頂著滿頭大汗回來稟報。

「所有的客棧都住滿了？」沈薇才不相信那些客棧的東家會不留後手，不過是待價而沽罷了。

果然，錢豹眼底遲疑了一下，說道：「倒是有一個，那狀元居還有個小院空著，就是要價太高。」

娘的，住一晚要二百兩銀子，那床是金子做的不成？

「要多少銀子？」沈薇淡淡地問。

「一晚二百兩。」二百兩銀子都能買一座不錯的小院了，在狀元居居然還只能住一晚上，也太坑人了。

「行，不用再去找了，就住狀元居吧。」沈薇一錘定音，剛才他們就從狀元居前經過，那客棧離考場近，走路也不過一刻鐘，這麼個好地方，沈薇自然不會放過。至於一晚二百兩？她現在最不缺的就是銀子，而且不是還有江辰在嗎？

沈薇見錢豹遲疑著沒動，一臉心疼，就瞅了瞅江辰。

江辰十分上道地放下茶杯，對大武吩咐。「一會兒你和錢師傅去狀元居把院子定下來。」

沈薇就斜了錢豹一眼，意思非常明白。看見沒？有冤大頭在，用得著花咱們的錢嗎？

不管錢豹有沒有看懂，反正江辰看懂了，一口茶差點沒噴出來。他是冤大頭嗎？有他這麼瀟灑倜儻的冤大頭嗎？

安置之後，小武留在江辰身邊伺候，大武急匆匆地出門去置辦考試的東西了。

這個時代的科舉和現代的高考可不一樣，秋闈一共考三場九天，進去之後，號舍就被鎖上了，哪怕裡頭著火，也得等考試結束才開門，吃喝拉撒睡全都在裡面。現在天這麼熱，可以想見裡面環境之差，沈薇想想那情景就覺得渾身發癢，真是太可怕了，幸虧她不用去考科舉。

「你還是好好休息吧，都學了這麼多年，也不差這兩天，養足精神才是正經。」沈薇看到江辰坐在案前苦讀便忍不住出聲提醒。

江辰從善如流地放下書本，揉了揉眉心苦笑。「都習慣了，若是不讀書還真不知道做些什麼好。」

沈薇的眼裡就多了幾分憐憫。真是個可憐的孩子呀！連玩都不會，這是讀書讀傻了？

「哪需要你做什麼，你現在最需要的是休息，看看花看看草睡睡覺，腦中放空，啥都不想。」沈薇傳授經驗。「要是實在想看書，就看看遊記話本子，你那些四書五經的都看了多少年，還沒看膩？」

江辰還是笑。他知道沈薇說得對，可這麼多年的習慣哪是一時就能改變的？不過就這麼說說話，似乎也挺好。

這個聰明毒舌、壞脾氣，卻又十分仗義的小姑娘似乎有種感染力，江辰忽然覺得心中不那麼怨恨了，誠如她所言，自己過得好才是對他們最大的報復。

申時，大武回來了，買了一大堆東西。沈薇瞄了兩眼，看到一大包發糕，便問：「你買這麼多發糕幹麼？」這是一天吃三頓的節奏嗎？

「回沈小姐，這發糕是給少爺備著的。天氣太熱，吃食擱不住，大家都是買發糕帶著，這東西能擱，吃的時候切一塊用熱水泡泡就行了。」大武解釋。

「秋闈要考九天，這九天全吃這個？」沈薇指著這東西覺得不可思議，這哪是去考試？分明是去受罪的。

「哪能呢？小的還給少爺準備了別的食物，只是這些食物擱不住，所以準備得少，能吃上兩天的樣子。」大武說。

沈薇眼睛閃了閃，把考籃拉過來翻看。「這是幹麼的？」她指著一塊油布問道。

「這是油布，可以蓋在考棚頂上遮擋太陽，若是下雨也可以擋雨。」

「那這個呢？」沈薇指著兩個小瓷瓶繼續問。

「這是藿香正氣水，具有解表化濕、理氣和中之效。天氣這麼熱，若是熱暈了頭，喝上一點藿香正氣水最好。」

「這個呢？」這個小盒子裡裝的又是什麼？

「這是佐料盒，少爺泡發糕可以加上一點，這樣味道會好些。」

沈薇一樣樣問著考籃裡的東西，最後站起身，吁出一口長氣，無比慶幸她生在現代，穿越後又是女子，這一刻，她對這些投身科舉事業的讀書人充滿了敬意。

轉眼就到了開考的這日，江辰一個人去考試，送考的倒有七、八個。

離考場還有老遠，馬車就走不動了，江辰只好下車走過去，錢豹在前面開路，大武、小武拎著東西護在兩旁，四人的身影轉眼間就沒入人群裡。

沈薇沒有下馬車，坐在車裡看著這人山人海的應考生員，不由感嘆科舉魅力之大。

瞧了一回熱鬧，沈薇就沒了興趣。江辰要考九天，除了大武和小武守在外邊，其餘的人都跟著沈薇回了客棧。

這麼熱的天也提不起興致逛街，沈薇就窩在客棧裡跟柳世權下棋打發時間。

沈薇的棋下得很好，是長年跟外公對弈磨練出來的，走了七、八子，她就發現柳世權的棋藝只是平平，於是漫不經心起來。

她撚起一顆白子落下。「柳大夫有何打算？等回去後，我便送你們去京城吧！」沈薇可沒忘了對柳世權的承諾。

柳世權撚著黑子皺眉思索，良久才放下，徐徐說道：「不急。」

「呃？」她有些詫異。

柳世權便捋了捋鬍子，說道：「老朽覺得跟著小姐在沈家莊也是不錯的選擇，小姐身邊還沒有大夫吧，老朽自覺醫術尚可，便腆著臉向小姐謀求這一位置，還望小姐不要嫌棄。」

這些日子他看得很明白，這位小姐不容小覷啊，比男子都要強上許多。如果說在路上時，他只是心裡有這想法，那麼到了沈家莊見過蘇遠之、錢豹等人，他立刻作了決定。

把百草堂在京城開起來又怎樣？無權無勢，還不是一樣受人欺負？跟著這位小姐就不同了，有小姐這位侯府千金做靠山，再不用擔心會被人欺辱，而且小姐手下的那些侍衛護院可都是上進的好後生，到時自己從他們之中挑一個做女婿，絮兒也不用外嫁，就在他眼皮子底下，小姐看在他這張老臉上也不會讓絮兒吃虧，他家的日子一定會越過越好，這不比開百草堂強？

沈薇沒想到柳世權願意跟著自己，當然十分樂意了。「歡迎還來不及，怎麼會嫌棄呢？」

經過江辰的事，沈薇也看出來了，柳世權的醫術比她以為的還要好。沈宅上上下下好幾十口子，人吃五穀雜糧還能沒個頭疼腦熱？總不能每次都去鎮上請大夫吧？宅子裡有個大夫也方便很多。

「那老朽一家就託付給小姐了。」柳世權站起身，對著沈薇就是一禮。

沈薇沒有避讓。這不是托大，而是沈薇穿越至今也快一年了，對這個時代的某些規則也有所了解，她年歲再小，那也是主家。

「柳大夫客氣了，坐，坐，咱們接著下棋。」

再坐下來，柳世權的態度就發生了變化，舉手投足間多了幾分恭謹，沈薇眼中閃過了然，嘴角翹了翹。

酉時初，小武回來時，眼睛都直了，沈薇就坐在院中的涼亭裡，他從邊上走過都沒看見。沈薇訝異。「他這是怎麼了？梨花妳去問問。」他不是和大武一起守在貢院外頭嗎？怎麼這副神不守舍的樣子？

梨花應了一聲就追過去了，不一會兒，小武跟在她身後過來了。「沈小姐。」臉上還是一片恍惚。

「你不是和你哥在貢院外頭守著嗎？」沈薇撚了一顆葡萄放進嘴裡。

「回沈小姐話，小的和哥哥輪換著吃飯，小的趁空回來拿蓆子和毯子。」晚上還要在那兒守著，拿條蓆子和毯子，他和哥哥也能輪換著瞇會兒。

「你怎麼這副樣子？出什麼事了？」沈薇問。

小武的臉上立刻閃過害怕。「沈小姐，剛才貢院裡頭抬出了一個人，臉色蒼白，都快沒氣了，聽說是中了暑氣。」

這才第一天，還有八天要熬，少爺那身體能撐得住嗎？若是、若是……小武打了一個寒噤，不敢想下去了。

沈薇也十分吃驚，這才第一天就往外抬人了，九天考完得抬出多少人？

「你家少爺帶著柳大夫的丸藥，不會有事的。」沈薇明白小武的心思，他和大武是跟著江辰的，江辰和家裡鬧得這麼僵，主子沒事還能護住他們，主子若是出事，他們這些做奴才的肯定跑不了。

「謝沈小姐吉言了。」小武強笑一下，依舊憂心忡忡。「沈小姐，小的還要去替換哥哥，明兒再來給您請安。」

「去吧，你也不要太過擔心，你家少爺吉人自有天相，肯定會平安考完的，明兒我打發張雄和錢豹去替換你倆。」頓了下，沈薇又加了一句。「明兒讓柳大夫也過去守著。」

小武大喜，跪在地上磕頭。「小的謝沈小姐大恩大德，柳大夫也不用專門守著，一天去看上兩回就好。」

小武滿懷感激地走了，沈薇的行程也打亂了，本來她是準備明天就回沈家莊，聽了小武的一席話，決定還是等江辰考完一起回去吧。但是離秋闈結束還有好幾天，怎麼也得找點事情做吧？

這天，難得沒有太陽，沈薇帶著兩個丫鬟逛街。她打聽過了，城西有條街上開的全是兵器鋪子，她想見識一下古代的兵器。

沈薇進了一家兵器鋪，便有小夥計迎上來招呼。「這位公子快快裡面請。」小夥計眉開眼笑，殷勤小意地把人引到西邊的架子旁。「公子瞧瞧可有中意的？」躬身立在一旁，眼睛卻偷偷瞄著沈薇腰間繫著的玉珮。

打從這小公子一進來，他就知道這是個大主顧，這些年輕公子哥兒最喜歡這些裝飾精美的刀劍了，出手還大方，打賞的錢都比得上他一月的工錢了。

沈薇看著架子上一把鑲嵌寶石的精美刀劍，嘴角抽搐了一下，委婉道：「我要看的是真正的兵器。」而不是這些裝飾品。

「這就是兵器呀。」小夥計有些不解了，這小公子怎麼看上去不太滿意？之前來的那些富家公子哥兒看到這些兵器，可都是很高興的呀。「我們鋪子裡最好的兵器都在這裡了，好多公子哥兒都喜歡呢。」

沈薇的嘴角又一抽，敢情這夥計把自己當成二世祖了？正當她猶豫要不要換一家時，掌櫃從裡頭過來了。「這位公子，請來這邊看看吧。」

他瞪了那個小夥計一眼。平時看著還算機靈，怎麼這會兒犯傻了？這位小公子和之前那些富家公子哥兒能一樣嗎？他到底比小夥計多吃十幾年乾飯，一眼就瞧出沈薇是個練家子。

沈薇隨掌櫃來到裡面的架子前，一種兵器的冷銳之氣撲面而來，她心底湧起隱隱的興奮，好似有個聲音在召喚自己似的。她雙眼放光地注視著架子上的一件件兵器，最後目光落在最邊上的一把樸刀。她把樸刀拿在手裡。

這把樸刀外觀古樸，刀鞘上鏽跡斑斑，入手極沈；拔開刀鞘，沈薇一愣，刀身黑黝黝，長而寬，沒有半分鋒芒，好似一塊廢鐵。一抹詫異極快地從她眼底閃過。

「掌櫃的，這把刀怎麼賣？」沈薇沈聲問道。

掌櫃沒想到這小公子對一把無人問津的樸刀感興趣，眼裡閃過失望，但仍和氣答道：「這把樸刀在鋪子裡擺了快三十年，因為沒有開刃，導致無人問津，偶爾有人問起又因其價格而放棄。」

說到這裡，他臉上也頗為無奈。「這刀是我們老東家送來的，非一百兩銀子不賣。」誰會花一百兩銀子買一把鏽樸刀？可價錢是老東家定的，連他們東家都不敢違抗老東家的話，何況是他這個小小的掌櫃。

就當掌櫃以為沈薇會放下這把樸刀時，她說話了。「梨花，拿一百兩給掌櫃的，這刀我要了。」

什麼？掌櫃簡直不敢相信自己耳朵聽到的，直到一百兩銀票遞到面前才回過神來，他隨即大喜，還殷勤地給樸刀配了個盒子。「小公子，這是您的刀，您拿好了。」

沈薇買到了樸刀，也沒有興趣再看其他，掌櫃把她送到門外，回轉身，臉上的笑容都還在。小夥計湊過來。「掌櫃的，您說那小公子是不是個傻的？」若不傻怎麼會花一百兩銀子買一塊廢鐵呢？

掌櫃伸手給了他一巴掌。「我看你還傻呢，去給我好好招呼客人。」誰管他傻不傻，重要的是那把鏽刀賣出去了，還真賣了一百兩銀子。嗯，他要把這個好消息告訴老東家，老東家肯定高興。

第二十三章

和夥計有同樣疑問的還有梨花。「小姐，您怎麼花一百兩銀子買一塊廢鐵？」剛才在鋪子裡她就想說了，怕小姐不高興才一直忍著。

沈薇卻伸出手指對她噓了一聲，神秘地小聲說：「梨花，可別看不起這把鏽刀，這回咱們可是撿了個大便宜。走，走，趕緊回去。」

這哪是鏽刀？分明是傳說中的萬人斬！撿了這麼大一件還逛什麼呀，趕緊回去得了。

一回到住處，沈薇就把錢豹、張雄都喊過來，高興地炫耀。「看看，小姐我買了一把寶貝。」她打開盒子，把樸刀拿出來放在桌上。

本來興致盎然的錢豹、張雄一看桌上的鏽刀，十分失望，張雄眼睛閃了一下沒說話，錢豹倒是心直口快。「小姐，這不是一把鏽刀嗎？哪是什麼寶貝？多少銀子買的？別是被騙了吧？」連刃都沒開，殺雞都殺不動，能是什麼寶貝？

「一百兩。」沈薇伸出一根手指晃了晃。錢豹不識貨，她也不生氣，萬人斬要那麼容易認出來，早被人買走了，哪還有她撿漏的分兒？

「什麼？一百兩？」錢豹好似被踩到尾巴的貓，一下子跳起來。「小姐在哪家鋪子買的？肯定被騙了，走，咱們找他去！」

哼，肯定是見小姐年紀小，哄騙小姐，把塊廢鐵當寶貝賣，奸商！若是不退錢就砸他鋪子，他老錢也不是好惹的。

張雄一把拉住義憤填膺的錢豹。「大哥先別急，聽小姐怎麼說。」

他才不相信小姐被騙了。小姐不去騙別人就好了，誰能騙得了小姐？既然小姐說這是寶貝，肯定有她的道理。他不由得再次看向那把樸刀，左看右看，就是沒看出什麼不同來。

「屬下見識淺薄，還請小姐賜教。」張雄謙虛地請教。

沈薇雙眉飛揚。「沒看出來吧？小姐我告訴你們，這可不是普通的樸刀，這是萬人斬。」

萬人斬還是以前聽她的師傅說的呢，在師傅講說兵器知識時，曾提到過萬人斬，萬人斬未沾人血就似一塊廢鐵，只有飲足了萬人鮮血，刀身才會從黑黝黝變得寒光四射。

「萬人斬？」錢豹和張雄驚呼出聲。就它？傳說中取人頭顱不沾血的萬人斬？兩人的眼底都有著懷疑。

「不相信？」沈薇眉一挑。「走，小姐我讓你們見識見識它的威力。」她提著刀，率先出門來到院子裡，錢豹、張雄緊跟其後。

「看好了。」沈薇雙腿分開成馬步姿勢，雙手握刀、高高揚起，對著牆角一棵碗口粗的大樹用力砍去，只聽喀嚓一聲，大樹被攔腰砍斷。「怎麼樣，信了吧？」她提著刀，得意洋洋。

錢豹和張雄驚得目瞪口呆，上前用手摸著大樹切口，好平滑呀！這刀好快！難怪聽說被萬人斬割了頭顱都沒感覺疼。

「真的是萬人斬！」錢豹、張雄看向沈薇手裡提的萬人斬，眼裡充滿了羨慕和狂熱。哪個男人不喜歡兵器？尤其是名兵器。

「小姐、小姐，給俺老錢試試。」錢豹盯著黝黑的刀身躍躍欲試，明明沒開刃，怎就這麼鋒利呢？

沈薇笑著把刀遞過去，錢豹接過刀仔細端詳，又用手摸了摸。沈薇的「小心」還沒喊出口，錢豹就唉唷一聲了，食指上血珠子直冒，滴在刀身上卻立刻消失了，錢豹只覺得好似有紅光閃過，黝黑的刀身似乎亮了一些。

「沒事吧？萬人斬可不是沒開刃，它只是看著鈍，只有飲足鮮血，它的刀刃才顯露眼前。」沈薇說道。

「沒事、沒事，就劃了個小口子。」錢豹滿不在乎地說，抓著刀左看右看，還不停比劃著。

沈薇見他正在興頭上，就回了屋，片刻就聽院子裡「喀嚓」、「喀嚓」，樹木倒地的聲音，不用看就知道錢豹在砍樹。

沈薇勾起嘴角，側身對梨花說：「去，跟錢豹說一聲，別把樹都砍完了，回頭客棧要我們賠銀子了。」

轉眼九天過去了，最後一天，沈薇也跟著去接江辰。

貢院外頭站滿了等待的人群，個個滿臉焦急翹首以盼。

關閉了九天的大門徐徐打開。

「出來了！出來了！」人們蜂擁著往前擠。

大武、小武踮起腳尖朝大門望去，滿臉著急地盼著自家少爺趕緊出來，可都出來十幾個了還是沒看到少爺，小武有些急了，爬到馬車上站著眺望，大武一見，也有樣學樣。

兩刻鐘過去了，江辰還是沒有出來，大武和小武急了。「少爺怎麼還沒出來呢？不行，小的得去前面找找，別是少爺已經出來了小的們沒看到。」他倆跳下馬車朝人群擠去，兩三下就看不見人影了。

又過了大約兩刻鐘，才見大武、小武攙著江辰擠出人群。江辰的形象和其他的生員差不多，臉色蒼白，眼圈發青，頭髮蓬亂，身上的衣裳皺得跟鹹菜似的，月白的顏色都快變成黑的了，近了還能聞到一股特別的味道。

「還好吧？」沈薇再次慶幸自己是女子，不用科考。

江辰雖然狼狽，精神卻很好。「幸不辱使命。」

這九天就像一場惡夢，他也沒想到自己居然堅持下來了，而且考題也答得很順。

沈薇見他說話間便打起呵欠，忙道：「快回客棧休息吧，等你休息好了再說別的。」

江辰也是又累又睏，就點頭上了馬車，一行人回了客棧。

這一覺睡到第二天晌午，江辰梳洗、用了午飯之後，才覺得自己終於又活過來了，感覺天寬地闊，胸口壓著的那股悶氣沒了，連放在角落裡的那盆水仙都看起來比往日順眼。

沈薇來和江辰辭行，出來時日已久，再不回去，顧嬤嬤要發飆了。

江辰想和她一同回去，卻被沈薇勸住了。

秋闈是考完了，但榜單還要等些日子才能出來，江辰留在府城方便看榜，還可以趁著這段時間結交一些朋友，這對他今後的仕途是好不是壞。

沈薇回到沈家莊之後，顧嬤嬤拉著她又是好一通說教，沈薇也不惱，就這麼嬌嬌地扯著顧嬤嬤的胳膊，顧嬤嬤的心化成一灘水。

望著顧嬤嬤寵溺的眼神，沈薇心裡得意，她就知道嬤嬤最吃這一套。

「小姐呀，以後可不許再這樣了，您都是十三的大姑娘了，男女七歲不同席，那個什麼江辰到底是個男子，可不能帶累壞了您的名聲。」

顧嬤嬤知道小姐的心實在，人家求上門就盡全力去幫，可別人不知道呀，若是壞了小姐名聲怎麼是好？

沈薇聽話地直點頭，十分乖巧的樣子。「嗯、嗯，嬤嬤，我都知道了，下回不會再這樣了。」眼下先哄好顧嬤嬤再說，至於下回？那就下回再說唄。「嬤嬤妳不知道，可把我嚇壞了，我以為江辰不過是被家裡軟禁起來，誰知是被下了毒。唉呀，抬出來時人都昏迷著，臉白得跟鬼似的，可嚇人了！嬤嬤，妳說哪有父母這樣對孩子的？也太狠了吧！」沈薇拍著胸脯，一副心有餘悸的樣子，趴在顧嬤嬤的懷裡求安慰。

這幅情景若是被歐陽奈那些人看到，肯定會驚掉下巴。小姐會害怕？她一個人殺了好幾十人也沒見過她臉色變一下。

顧嬤嬤果然一臉心疼，把小姐抱在懷裡，一下一下地撫摸著她的後背，心裡把張雄、錢豹埋怨開了，怎麼能讓小姐見到這麼骯髒的事呢？

隨即眼裡又浮上擔憂。小姐這麼善心的女孩子，哪裡知道大宅門裡的骯髒？江辰這事算什麼，京城那些人家中的骯髒事才多著呢，只有想不到的，沒有他們做不出的，簡直防不勝防。小姐再聰明也不過是個才十三歲的姑娘家，又沒有見識過後宅那些手段，以後吃了虧可怎麼辦？

放榜的日子是在半月後，消息送到沈家莊就更遲了些，令人欣慰的是江辰和沈紹俊都榜上有名，江辰考得很好，得了案首，沈紹俊也不錯，排在五十二名。

沈家莊這下可轟動了，沈紹俊還沒從府城回來，家裡每天就是絡繹不絕。這可是舉人老爺，還是年輕的舉人老爺，前途肯定無量，誰不想巴結巴結，藉此跟著沾點小光？

族長老太爺激動得一宿都沒睡好，竭力板著臉做出淡然模樣，吩咐家裡殺豬宰羊、整治席桌，招待全村的鄉親。

沈薇也送上了賀禮，一同送過來的還有一封書信，是沈薇答應給沈紹俊去青山書院的推薦信，不過不是她外祖父寫的，而是蘇遠之寫的。

之前她也沒有哄騙族長伯祖父，她是聽顧嬤嬤提過一嘴，她外祖父跟青山書院的山長是好友，可沈家莊離京城路途太遠，多少年都沒走動，貿然上門去求推薦信也不大好，沈薇打算另想他法，蘇遠之就站出來解了燃眉之急，他恰巧也和山長認識。

蘇遠之說的時候，沈薇就不住撇嘴。什麼恰巧？你恰巧一個給我看看？分明是這位先生深藏不露。

而江辰也很忙，秋闈取中的這些舉子除了要參加知府大人主持的鹿鳴宴，還要參加各種主題的宴會和詩會，切磋交流什麼的，積累今後為官的人脈。

直到一個月後，江辰才匆匆回來，卻也是忙著各種應酬，其間來沈家莊拜訪過沈薇一回，這個時候，沈紹俊已經帶著推薦信啟程去青山書院了。來年的春闈他沒有把握，就想再沈澱三年。

江辰原來要說的感激話，一觸到沈薇清澈的眼睛時，全都嚥了下去。他忽然覺得任何話語都是蒼白的，沒有眼前這個小姑娘，他江辰早就成了黃土一抔，即便僥倖留了條性命，也一輩子活在污泥裡，還不如早死算了。

士為知己者死，他江辰雖不是君子，卻也願意拚盡全力守護這個小姑娘的幸福。於是，帶著感激和野心，江辰踏上了赴京城趕考之路。

時間總是過得很快，又是兩年過去了，沈薇已經十五歲，和兩年前相比，她的個頭又竄高一大截，整個人都長開了，一張小臉越發精緻，清麗且明媚，尤其一雙鳳眸，瀲灩生輝。

又是春日，沈薇身著水紅衫子站在廊下逗鸚鵡。「小綠，說小姐好。」她拿著松子在牠嘴前，就是不給牠吃。「說小姐好才有吃的。」

這鸚鵡是前些日子江辰從京中送回來給沈薇的，沈薇見牠一身翠綠，就取名叫小綠。小綠特別通人性，幾天就和沈薇混熟了，還會說吉祥話，幾個丫鬟都覺得新奇，常拿著吃的逗牠說話。

小綠追著沈薇的手啄了幾下，都沒有如願吃到松子，只好不情願地開口了。「紅燒肉，紅燒肉，要吃紅燒肉。」

沈薇一怔，隨即笑了起來。「你還想吃紅燒肉？看你那肥樣！我還想紅燒鸚鵡呢。」

桃花經常在小綠跟前念叨紅燒肉，這才幾天就學會了，看來這小東西也是個吃貨。

這兩年，沈薇在外頭的產業越置越多，每年入庫的銀子都以萬計。顧嬤嬤見狀，漸漸地放寬了心，整個人越發心寬體胖了，整整比兩年前胖了一圈，顯得特別富態。

「小姐，老奴送到侯府的信還沒有回音呢。」顧嬤嬤顯得憂心忡忡。

「許是路上耽擱了吧？嬤嬤不要擔心。」沈薇嘴上安慰，心裡卻巴不得沒回音。

顧嬤嬤往京城侯府送信，沈薇是事後才知道的，顧嬤嬤覺得小姐都十五歲，馬上就及笄了，便想著回侯府給小姐舉行個盛大的及笄禮，於是往府裡捎了信，可都三個月了也沒等來人，小姐六月就及笄了，怎生是好呀？

顧嬤嬤心急如焚。及笄對女子來說是非常重要的日子，昭示著女子成人，自此可以婚嫁了。小姐離開京城已經三年，若是能在侯府給小姐辦個盛大的及笄禮，那京城的夫人小姐也能一下子記住小姐，對於小姐融入京城圈子極有幫助。

但沈薇巴不得府裡把她給忘了，在沈宅的日子多舒心呀！主子就她一個，她想怎樣就怎樣，哪怕睡到日上三竿也沒人管。回了府就不成了，不說每日晨昏定省，就是想出個門都要向長輩稟報，允許了才能出去，日子多憋屈呀，沈薇才不願意自找麻煩呢。

顧嬤嬤注定要失望了，都已經五月中旬，即便府裡現在來人，也趕不及在她及笄之前回到京城。

顧嬤嬤失落了好幾天，接著又振作起來準備小姐的及笄禮。她心裡憋著一口氣，即使不能回京城，也要給小姐辦一個盛大的及笄禮。

這兩年，沈薇光是鋪子就開了二十四間，由大掌櫃曲海管著。曲海年約四十，精明能幹，曾是江辰家鋪子上的一名掌櫃，因為沒有靠山，被江辰大嫂的陪房搶了差事，心灰意冷之下，準備帶著妻子和兒子回鄉下老家。誰知由於他忙於鋪子的生意，疏於管教兒子，兒子跟著街上的幫閒迷上賭博，欠了賭坊一大筆銀子。

曲海只有這麼一個兒子，氣怒之後，還得想法子籌銀子幫兒子還賭債。他家雖小有積蓄，但也拿不出那麼多銀子，無奈之下只好去求以前的主子，卻被趕出來，失魂落魄之下便撞到了回府的江辰。

江辰就把曲海推薦給沈薇，沈薇幫曲海兒子曲文還了賭債，又把曲文扔到護院裡讓歐陽奈管著，曲海就定下心來，一心一意幫沈薇打理生意了。

他只有這麼一個兒子，那就是他的指望啊，只要小姐能幫他把兒子教好，讓他做什麼都甘願；何況小姐給的待遇極好，比在江家高了不止一籌。良禽還知道擇木而棲，所以曲海對沈薇的事特別上心。自從知道沈薇六月及笄，幾個月前他就到處採買物件，楠木屏風、珊瑚盆景、貢品團扇——如流水一般運到沈宅。顧嬤嬤可滿意了，大讚曲海是個會辦事的人。

揚威鏢局也開到了府城，光錢豹一人還是有些不足，沈薇把張雄派過去做總鏢頭。錢豹是個心寬、不計較的，對於自己居於張雄之下反倒鬆了一口氣，要是讓他自己選，他肯定願意跟在小姐身邊，只要聽命行事就行，還能跟歐陽奈切磋武功，多好！可人手不夠，自己得幫小姐分憂。

張雄和月季已於兩年前完婚，他們兒子都已經六個月，沈薇見過一回，長得虎頭虎腦的，特別可愛。沈薇讓月季跟張雄去府城，月季爹娘也跟著去幫忙看孩子。

歐陽奈自從傷癒之後便成了沈薇的近身侍衛，只要沈薇出行，他必跟隨左右。

喔，還有江辰，這廝運氣不錯，會試考了二甲第一，殿試時被皇帝欽點為探花，現在正待在京中翰林院。雖然人不能回來，但隔三差五就派大武、小武送些京中流行的玩意兒給沈薇，就連顧嬤嬤都說這人有良心，小姐沒白救他一回。

聽說江家也有一番變動，江辰的大哥外出時從馬上摔下來，人昏迷了三天才醒，但再也站不起來了，餘生只能躺在床上度過。江辰的爹娘也不知犯了什麼大錯，被江老爺子送到別院軟禁起來，吃喝是不缺，但出來是不可能了，如今江老爺子著力培養自己的二孫子，也就是江辰的二哥。

第二十四章

轉眼就到了沈薇及笄這天，顧嬤嬤的意思是要按古禮來辦，但沈薇聽了蘇遠之解說的及笄禮流程後，果斷地拒絕了。在這鄉下地方舉辦那麼隆重的及笄禮給誰看？完全沒有必要！

顧嬤嬤拗不過自家小姐，最後及笄禮一簡再簡，沈薇只需要盛裝出來讓正賓插釵就算禮成了。

正賓請的是族長太太伯祖母，一是她的輩分最長，二是她生了三男二女，也算是個有福氣之人。

至於贊者什麼的就全免了，沈薇可沒有什麼要好的手帕交，要是隨便在莊上找個姑娘，估計顧嬤嬤都不願意。至於長輩取字，就由蘇遠之代勞了，怎麼著也有個師徒名分。

這天一早，沈薇就被折騰起來沐浴更衣梳妝打扮，坐在房裡等著吉時到來，沈宅上下所有人都換上新衣，有條不紊地忙碌著。

「吉時已到，請小姐出門行及笄之禮。」顧嬤嬤的聲音在門外響起。沈薇緩緩站起，深吸一口氣，在梨花、荷花的護持下，抬步向外走去，一種沒來由的莊重感在她心底悄然升起。

外頭陽光正好，小鳥在枝頭唱著歡快的曲子，沈薇的出現讓本來小聲說話的賓客一下子沒了聲音，所有人的目光都投注在她身上，眼裡俱是震撼和驚豔。

長廊裡的少女身著深衣，身材纖細高眺，更顯蠻腰不盈一握。

她端莊地緩緩走來，笑意盈盈，好比畫上走下來的仕女，高貴典雅，每一步都好似走在眾人的心上。

族長太太和一眾賓客哪裡見過沈薇盛裝的模樣，一個個都呆了。顧嬤嬤則驕傲地紅了眼睛，她的小姐終於長大成人，小姐長得多麼好看呀！

沈薇走到場中，對著京城方向緩緩跪下。顧嬤嬤拉了拉族長太太，她才回過神來。活了一輩子可算是長見識了，這薇丫頭可真比仙女還好看。

她伸手拿起托盤上的金釵就要朝沈薇的髮間插去，忽然就聽有人喊：「慢著！」

眾人朝喊聲望去，只見兩人風塵僕僕地自外頭而來，其中一個沈薇認識，是她祖父身邊的龐先生，不由得訝異。龐先生怎麼來了？是不是祖父也來了？沈薇側身朝他身後看去，卻沒有看到那個身材高大的老人，心裡不免有幾分失望。

「龐先生怎麼來了？」蘇遠之和顧嬤嬤一起迎上去，眼裡也都帶著疑惑。

龐先生對著眾人拱手，說道：「侯爺得知今日四小姐及笄，軍務繁忙走不開，特遣在下替他前來觀禮。」

他沒有錯過沈薇眼裡的失望，微微一笑，從懷裡掏出一個錦盒，打開，雙手托到眾人眼前。「這是侯爺為四小姐準備的及笄禮。」

顧嬤嬤看得明白，這是一支玉釵，通身碧綠，泛著溫潤的光澤，一看就知道是好東西。侯爺這是疼愛小姐呀！顧嬤嬤十分高興，接過玉釵放到托盤上，換下之前準備的金釵。

族長太太雖沒有什麼見識，也知道這玉釵比那金釵又好上不少，而且還是薇丫頭祖父千里迢迢打發人送過來的，光是這份心意就不容忽視。

「薇丫頭可不要辜負妳祖父的一片疼愛之心啊！」族長太太慈祥地笑著，拿起玉釵輕輕插進沈薇的髮間。

沈薇行跪拜之禮，然後在梨花的攙扶下緩緩起身，剛行至蘇遠之跟前，就聽龐先生開口道：「侯爺為四小姐取小字『灼華』。」

得，這下蘇先生的差事被搶走了。

灼華，桃之夭夭，灼灼其華，之子于歸，宜室宜家。

「灼華」二字取自詩經，她祖父有這水平？沈薇感到深深的懷疑。而且祖父這是什麼意思？希望她嫁人做個賢妻良母？

及笄禮後的第三天，京中派來接沈薇的人到了。

人剛踏上臨安鎮的地界，她就接到了消息。

顧嬤嬤一臉氣憤，沈薇卻笑了。她確認來接自己的人當中肯定有她繼母劉氏的人，不然怎就那麼巧，她的及笄禮剛過，他們就到了？

「小姐，您還笑得出來？」顧嬤嬤對小姐的絲毫不上心很不滿，她都快要氣死了，尤其是知道來接小姐的人裡面有李嬤嬤那潑貨，她就明白是怎麼回事了。

侯府現今是大夫人掌管中饋，大夫人為人頗為公正，當初和夫人關係也處得不錯，她就說府裡怎麼可能不派人來接小姐，原來是那劉氏作妖！顧嬤嬤恨得牙咬得咯咯響。

「小姐，這來人？」顧嬤嬤抬眼看向自家小姐，詢問該怎樣安置京中來人。

沈薇嗤笑一聲，靠在湘妃椅上，漫不經心地道：「若是他們安分就好生招待著，若是……哼，我可不管她是誰的人，誰踩了我的臉面就給我雙倍摑回去。」

「是，老奴明白了。」顧嬤嬤立刻挺直腰身出去訓話了。李翠蘭那個潑貨，看老娘怎麼收拾妳！

顧嬤嬤滿腔鬥志，好似一下子找到了奮鬥目標。

侯府派來接她的是兩個嬤嬤和一個管事，另外還帶著兩個丫鬟和一個小廝。兩個嬤嬤一個姓夏，一個姓李，管事則姓章。

一行人到臨安鎮是巳時，李嬤嬤便藉口渴了要歇腳，夏嬤嬤身邊的丫鬟豆綠不滿地嘀咕。「一刻鐘前才喝過水，這會兒就渴了？一會兒又該要小解了。」

夏嬤嬤淡淡地瞟了她一眼，她立刻吶吶地閉嘴了，心裡卻對李嬤嬤一肚子不滿。

自出了京城，李嬤嬤就沒消停過，一會兒腰痠一會兒背疼，一會兒餓了一會兒又病了，花樣百出，行程一拖再拖，明明二十多天就能趕到沈家莊，現在卻走了整整一個半月。

來時夫人都交代了，他們此行是接四小姐回府辦及笄禮的，如今四小姐及笄的日子都過去了，他們還沒到沈家莊，回去可怎麼跟夫人交代？

她們就坐在一輛馬車裡，豆綠的聲音再低，李嬤嬤也能聽到。她似笑非笑地看了夏嬤嬤一眼，目光轉到豆綠身上，陰陽怪氣地說：「那得請豆綠姑娘多擔待了，人上了年紀就是事多，是不是啊？夏嬤嬤。」

夏嬤嬤眼皮都沒抬一下，只淡淡地對豆綠說：「豆綠，妳李嬤嬤年歲大了，妳就多擔待些吧，給妳李嬤嬤賠個不是。」

豆綠也十分機靈，張嘴就道：「李嬤嬤莫怪，豆綠年紀小不懂事，給您賠不是了。」半分誠意都沒有的賠禮噎得李嬤嬤張口結舌。

夏嬤嬤面上雖不顯，心裡對李嬤嬤卻看不上。李嬤嬤這一路折騰所為何事，她也心知肚明，不就是不想讓四小姐回京城辦及笄禮嗎？三夫人的那點小心思誰不知道？不過這老貨對自己倒也下得了狠手，居然硬生生病了十多天，要不然一行人怎麼這麼遲才到臨安鎮？

要說這四小姐也是個可憐的，幾歲大就沒了親娘，新續的三夫人劉氏待她也不過面子情，日子過得連個庶女都不如，就這樣還被劉氏尋了個藉口送到祖宅。

這都三年了，若不是自家夫人看在和前三夫人的妯娌情分上派人來接，四小姐指不定就被耽誤了，咳，還不知四小姐在祖宅受了多少苦呢……

這一行人的馬車直到申時才慢悠悠地駛進沈家莊，而此時的沈薇正錯愕不已——她剛剛才知道自己居然有個大了兩歲的未婚夫！

未婚夫？媽呀，那是什麼鬼？顧嬤嬤還一臉高興地對她說，回了京城就要開始備嫁了。

備嫁？備嫁什麼，她這個身體才十五歲好不好？

顧嬤嬤說她的未婚夫是永寧侯府的世子，叫衛瑾瑜。永寧侯府和忠武侯府不同，忠武侯府是以戰功封侯，而永寧侯府是從文職，雖同樣是侯府，但永寧侯府比忠武侯府要差上一截。

要說這婚約是怎麼來的呢？得從沈薇的親娘說起。沈薇的親娘阮氏和衛瑾瑜的親娘衛夫人郁氏是要好的手帕交，所以就給她訂了這門娃娃親。

顧嬤嬤拿出一塊水頭頗好的玉珮交給沈薇。「以前小姐還小，夫人怕玉珮落到別人手裡，就吩咐老奴好生收著，等小姐長大了，再交給小姐。」

沈薇一撇嘴。難怪她從沒見過，若是在原主手裡，怕是早被人弄去了，不得不說阮氏有先見之明。

儘管顧嬤嬤把那個衛瑾瑜誇成了一朵花，沈薇心裡還是很抗拒。在她的人生裡可沒有嫁人這一項，她手裡有銀子有產業，不用靠誰也能活得很滋潤，至於死後無人供奉香火？她都死了，啥也不知道，還管那些身後事幹麼？她只管活著時舒心自在。

不管沈薇的心裡怎麼糾結，夏嬤嬤一行終於到了沈家祖宅。

幾個人眼睛全都瞪得老大，不是說祖宅很落魄嗎？眼前這大宅子哪有一絲落魄的痕跡？

還是章管事最先回過神來，他撣了撣衣裳，上前叫門。

黑漆漆的大門邊，一扇小門從裡面打開，出來一個身穿褐色衣裳的小子，狐疑地看著來人。「你找誰？」

章管事臉上掛著和善的微笑。「這位小哥，這裡可是忠武侯府祖宅？」

「是啊，你是何人？來這兒幹什麼的？」小子的眼裡立刻充滿警覺。這小子是張柱子，一直跟著蘇遠之，倒也學了不少東西，前些日子因為做錯一件事情，被蘇遠之罰到門房磨性子。

「我等是京城侯府的奴才，受主子所遣前來接四小姐回京，還望小哥幫忙通報一聲。」

張柱子上下打量這個自稱從京城來的人，又看了看不遠處馬車邊站的幾人，說了聲「等著」，就把門砰地關上了。

章管事沒防備嚇了一跳，他以為這小哥怎麼也該請他進去到門房裡歇著，沒想到直接就把他關在門外，想他章進財在京中走動，哪家不都是客氣地請他進門？何時吃過閉門羹？心裡就有些不舒服，轉念又一想，這鄉下地方能有什麼規矩？哪值得自己生氣？

同樣想法的還有夏嬤嬤、李嬤嬤，夏嬤嬤不動聲色，李嬤嬤嘴巴卻是一撇。「真沒規矩。」

不一會兒，角門再次打開，出來的不是先前那個小子，而是個十分體面的婦人，身穿靛藍衣裳，頭上插著兩根朱釵，瑩白的臉盤上沒有一道褶子。

章管事正疑惑此人是誰，就聽婦人說話了。「喲，這不是章管事嗎？主子派你來接我們小姐？」

眼神再往前方一瞟，立刻笑開了。「這不是夏嬤嬤和李嬤嬤嗎？兩位老姊姊也來接我們小姐？可真是不巧，我們小姐的及笄禮前兒剛過，若是早來那麼兩、三天，還能趕上觀個禮。你們不知道吧？侯爺從西疆派人快馬加鞭給我們小姐送來了及笄禮，龐先生還沒走，在書房跟我們小姐的夫子下棋呢。」

一番夾槍帶棒的話說得幾個人臉上都訕訕的，這才看清眼前這婦人是四小姐跟前的顧嬤嬤。幾年不見，這人不僅沒變老還越發顯年輕了，怎麼回事？夏嬤嬤和李嬤嬤對視一下，均覺得奇怪。

再聽到侯爺給四小姐送及笄禮，心底頓時大驚。府裡大房的嫡長女瑩小姐都沒得過侯爺的及笄禮，這四小姐何時入了侯爺的眼？

章管事的震驚最大，他是外院的管事，知道得也多，龐先生可不是一般的幕僚，在府裡，就是世子爺見了也是客客氣氣的。能讓侯爺派龐先生來送及笄禮的四小姐是能輕慢的嗎？一會兒見到四小姐一定要恭敬些。

「請吧，小姐正等著呢。」顧嬤嬤下巴輕抬。

幾人跟在顧嬤嬤身後進了大門，越往裡走，心裡越是驚訝。亭臺樓閣，池塘水榭，不大的院落卻整治得處處精緻，比起京中的宅子也不差。這也是侯爺給四小姐修建的？侯爺得多看重四小姐呀！幾人心裡都帶著幾分忐忑。

進了群芳院，遇到的丫鬟就多了起來，衣裳鮮亮、面色紅潤，舉止規矩比起府裡的婢女一點也不差，幾人的忐忑又加了幾分。

行至廊下，幾人停住了腳步，就連一路上蹦躂得厲害的李嬤嬤都老實地等著，顧嬤嬤暗自得意地瞥了她一眼，進屋向小姐通報了。

半晌，裡頭傳來一個清越的聲音。「進來吧。」

章管事和夏嬤嬤、李嬤嬤三人這才垂手進屋，而小廝和丫鬟仍留在外面。

「給四小姐請安。」三人對著沈薇行禮。

李嬤嬤一眼看到靠在湘妃椅上的明媚少女，差點沒驚叫出聲。這、這不是原先的三夫人阮氏嗎？阮氏曾是京中第一美人，這四小姐的顏色比阮氏還要勝上三分，比府裡的幾位小姐都出挑，難怪夫人要不放心了。

「起來吧。」沈薇彷彿沒有看到李嬤嬤的失態，聲音幾乎沒有起伏。「三位是祖母和大伯母派來接我的？路上辛苦了吧？我自小就不在府中，也不大認識三位，你們都在府裡何處當差？」

話音剛落，李嬤嬤就大剌剌地搶先答道：「老奴姓李，在四小姐嫡母三夫人身邊當差，以前老奴還給小姐換過衣裳呢，四小姐不記得了？」

李嬤嬤望著湘妃椅上的少女，特意加重語氣，試圖勾起她對過往的記憶。

在李嬤嬤的記憶裡，這四小姐是個最沒用的了，在夫人面前乖得跟隻小貓似的，大氣都不敢出，連二等丫鬟都不把她放在眼裡，她就不信才幾年，性子就全改變了？哼，就是改了，自己也得把她拿捏住，來時她可是給夫人打了包票的。

看這屋裡擺設，四小姐身上的穿戴，侯爺準是給了不少銀子，等自個兒拿捏住四小姐，這些好東西還不都是她的？李嬤嬤的眼裡露出貪婪的光芒。

沈薇把李嬤嬤臉上的表情盡收眼底，她垂下眼瞼看著自己新染的指甲。嗯，顏色不夠紅，光澤度也不夠，還需再改進。

「姓李？隱約有些印象，我記得夫人房裡有個特別喜歡擰小丫鬟胳膊的嬤嬤也是姓李，莫非就是李嬤嬤？」

對上沈薇似笑非笑的眼神，饒是李嬤嬤臉皮厚也不由得訕訕。「四小姐真會說笑，老奴那是教她們規矩，現在的小丫鬟都是些賤皮子，不打不上進。」

她瞥了眼沈薇身邊站著的桃花和茶花，覺得這個四小姐太慣著丫鬟，太沒有規矩了，一個小丫鬟居然穿戴得比她還要好。「四小姐若想要調教丫鬟，老奴可以效勞。」被當面揭了短的李嬤嬤又理直氣壯起來，可見臉皮之厚不是一般。

「那倒不必，本小姐的人，本小姐喜歡親自調教。」沈薇的嘴邊露出似有深意的笑，把目光轉向一旁的章管事和夏嬤嬤。「二位呢？」

章管事趕緊上前，恭敬答道：「奴才姓章，在世子爺身邊當差。」

他跟在世子爺身邊，到底比身在後宅的李嬤嬤有見地，就憑四小姐剛才的幾句話便能判定，這位小姐絕不是府裡傳言的那般膽小怯弱，所以他把頭又低下了幾分，絲毫不敢冒犯芳顏。

沈薇緩緩點頭。「喔，是大伯身邊的人，難怪這般能幹。桃花，妳領章管事去書房和蘇先生、龐先生說話吧。」

章管事心中一凜。四小姐這是知道了些什麼要敲打他？再聽到後一句話，提起的心才放下來，面露感激。「謝四小姐，奴才告退。」

沈薇輕揮手，章管事便跟著桃花去外院書房了。

「這位嬤嬤怎麼稱呼？」沈薇看向一直低眉順眼站在一旁的夏嬤嬤。

夏嬤嬤就比李嬤嬤有規矩多了，恭敬卻又不卑不亢。「回四小姐話，奴婢姓夏，是世子夫人的陪房，現在仍在世子夫人院裡當差。」

難怪了，原來是大伯母的人。沈薇心中了然，她大伯母是尚書府的貴女，規矩作派自然不是漸漸沒落的劉氏娘家能比的。

「你們的來意，顧嬤嬤都已經跟我說了，要回京也不是一時半會兒能走的，怎麼也得收拾收拾吧。五天後，咱們啟程如何？」

沈薇非常爽快地定下歸京的日子，這讓夏嬤嬤心裡鬆了一口氣的同時，對這位四小姐也心生好感。「一切都聽四小姐安排。」

「行了，兩位嬤嬤一路車馬勞累，先下去梳洗休息吧。顧嬤嬤妳親自帶兩位嬤嬤去客院。」沈薇吩咐道。

等幾人一退出去，沈薇揉了揉眉心。打從穿來的那天她就知道自己總有回京城侯府的一天，只是這一天真的到來時，她心裡是多麼不捨，捨不得鄉下老宅舒心的日子。

府裡是沒有安生日子的，即便她安分不主動惹事，她那繼母、繼妹，她爹的那些姨娘也容不得她安生。一想到那些糟心的狗屁倒灶事，沈薇就無比心煩。

來時身無一物，走時卻得好好籌謀，她所有的身家都在這裡，也許這一走，有生之年都沒機會再回來。看著屋裡的每一樣擺設，院子裡的一草一木，沈薇有些傷感。

東西是死物，要帶走無非費點事，可是人呢？這些跟著她的人呢？她的那些店鋪田莊怎麼辦？還得和蘇遠之一起好好商議個章程，她有些後悔說少了，五天的時間根本就不夠用。

第二十五章

住在沈宅客院的李嬤嬤一點也沒消停，先是拉著丫鬟打聽沈薇的事情，丫鬟早被顧嬤嬤囑咐過，無論李嬤嬤怎麼試探利誘，丫鬟都笑而不答，問急了就說要去回了顧嬤嬤。

李嬤嬤氣急敗壞，跟身邊從府裡帶來的丫鬟桃枝抱怨。「奸猾的小蹄子，看到了府裡，老娘怎麼整治她們！」

「氣大傷身，嬤嬤何必跟她們一般見識。」桃枝是李嬤嬤的心腹，一向懂得怎樣討好她，不然這麼多的小丫鬟，為何獨獨帶了她來？只是她的心裡也有自己的盤算。

李嬤嬤一想也是，不過是一群鄉下土妞。她端起茶杯喝了一口，立刻呸呸呸地吐出來，氣呼呼地把茶杯往桌上一頓。「這什麼茶葉？難喝死了。」一股嗆人的味，發霉的吧？

「怎麼了？」站在外頭的水仙立刻推門進來，看了看吐在地上的茶葉，心中了然，嘴上卻問：「李嬤嬤，可是出了什麼事？」

那無辜的表情讓李嬤嬤的火氣一下子就升上來，尖聲質問：「我問妳，這茶葉是怎麼回事？」

「茶葉怎麼了？這是奴婢一早才領的新茶葉，不合李嬤嬤的口味？也是，嬤嬤喝慣了京中好茶，自然喝不慣咱們這鄉下的茶葉，這也是沒法子的事，只能請李嬤嬤多擔待了。」

一番話堵得李嬤嬤老臉發紫。「老奴倒要好好問問，四小姐宅裡就喝這種茶？」分明是這個丫鬟使壞，憑四小姐屋裡那擺設，能喝這種劣質茶葉？

水仙本就伶俐，這茶葉又是顧嬤嬤特意關照過的，自然不怕。「小姐自然不會喝這種茶葉，這種茶葉是給我們下人喝的，難不成李嬤嬤是要喝主子的茶葉不成？」水仙眼裡帶著鄙夷，身子一扭便出去了。

氣得李嬤嬤抓起茶杯就要朝地上扔，但桃枝手快，一下子抓住了。「嬤嬤，可不成。」若是摔了茶杯，肯定會報到四小姐那裡，四小姐生起氣來，她也跟著遭殃；而且見過四小姐身邊丫鬟們的穿戴後，她心裡就生出一個想法，她想去四小姐身邊服侍。

四小姐身邊是有不少服侍的人不假，可只要回了府裡，情況就不同了，四小姐對府裡事一抹黑，她是家生子，熟知府裡事情，四小姐還不得倚重她？到時她就是四小姐跟前的第一大丫鬟。

所以現在得安撫好李嬤嬤，不能讓她鬧起來，也讓四小姐瞧瞧她的能耐。

這邊的動靜自然瞞不過隔壁的夏嬤嬤和豆綠，豆綠捂著嘴巴，眼裡全是幸災樂禍。這老貨仗著三夫人的勢在府裡十分跋扈，對下面的小丫頭非罵即打，和她一起長大的春晚就是被分到三夫人的院子，都遭了這李嬤嬤好幾回毒手，那胳膊上青一塊紫一塊的，看著可嚇人了，所以現在看到李嬤嬤吃癟，她覺得大快人心。

「妳呀！妳娘若是在這兒，非擰妳耳朵不可。」夏嬤嬤的臉上浮現出無奈。豆綠這丫頭是個好的，就是這性子讓人頭疼，說好聽點叫愛恨分明，其實就是個衝動浮躁的爆竹，一點就著。

這次來接四小姐，豆綠老子娘求到自己跟前，說是讓豆綠跟來學個眉高眼低。自己和豆綠娘打小一起長大，豆綠又是自己看著長大的，自然盼著她能好，可這一路上若不是有自己看著，她都不知和那桃枝要打多少仗。

「嬤嬤，您可千萬別告訴我娘。」豆綠吐了吐舌頭，跟夏嬤嬤求情，她也知道自己的性子急，可就是改不了。「嬤嬤，您不覺得特別解氣嗎？我呀，巴不得她鬧呢，鬧得四小姐使勁收拾她。」

在府裡頭，這老貨不僅欺負小丫鬟，對她們夫人都不怎麼恭敬。「嬤嬤，您說四小姐能收拾得了她嗎？府裡都說四小姐是個最膽小沒用的。」豆綠想起府裡的流言，臉上現出擔憂。

夏嬤嬤勾了勾嘴角，耐心教導。「豆綠，妳娘沒教過妳嗎？少說多聽，四小姐和李嬤嬤都是三房的人，和咱們大房關係不大，咱們這一趟只要好生把四小姐接回侯府就算差事辦完了。」

豆綠乖巧地喔了一聲，沒一會兒又道：「嬤嬤，四小姐長得好不好看？她們都說原先的三夫人長得可好看啦！」

看著豆綠那雙好奇的眼睛，夏嬤嬤不自覺地點頭，腦海裡浮現出四小姐那張絕色容顏，還有那顧盼間的神采——那雙鳳眸瞅人一眼，就能讓人遍體生寒。

錯了，府裡所有人都錯了，這樣的四小姐哪會是膽小懦弱，她分明是在藏拙。小小年紀就如此聰慧，哪是那麼好惹的？只要她想，收拾一個老嬤嬤還不是手到擒來？

客院的動靜，沈薇都瞭若指掌。只是她現在很忙，忙著召見各位管事，忙著指揮丫鬟收拾東西，忙著確定哪些人跟她進京，哪些人留守。

經過三天的商議，進京的人員大致確定下來了，願意跟著上京的，沈薇都帶走。

福伯說，他年紀大了，就不去京中折騰了，他留在沈家莊替侯爺、替小姐看家。錢豹和張雄說，他們本來就是追隨小姐的，鏢局在哪兒都能開，就把揚威鏢局開到京城去吧。

黎伯則是留下來看著田莊。至於蘇遠之則說，聽說京城風景更好，倒是值得去看看，老朽既然擔了小姐夫子的名分，養老送終就指著小姐了。

歐陽奈是小姐在哪兒，他就在哪兒。而曲海說，小姐在路上慢慢走著，屬下和錢師傅、張師傅先行一步，給小姐購院子置鋪子，若侯府住得不舒服，小姐還能出來散散心。

龐先生說，老朽和蘇先生一見如故，侯爺軍務繁忙，老朽是個閒人，便由老朽送小姐歸京吧，路上也好和蘇先生把酒言歡、切磋棋藝。

五日後，沈薇帶著一群人浩浩蕩蕩地踏上回京的路途。

來時就一輛簡陋的馬車，離開時，光是沈薇的衣裳物品就用了四輛馬車，李嬤嬤咋舌，她踮著腳，伸頭朝後望去。

桃枝忙上前扶住她的胳膊。「嬤嬤小心點，奴婢扶您上馬車，前頭都已經啟動了。」

李嬤嬤瞅瞅前面的馬車確實動了，只好悻悻地上了馬車。「哼，排場比五小姐還大。」

這幾天，她本想乘機拿捏住四小姐的，可無論她怎麼折騰都沒見到四小姐的面，客院那個叫水仙的丫鬟就一句話。「四小姐忙著呢，沒空見人。」

整整五天，別說見到四小姐，連四小姐身邊的顧嬤嬤也沒見到，還被那水仙的冷嘲熱諷氣得要死。

五天後，好不容易見到了四小姐，可四小姐被一群人圍著，她在旁邊巴巴地站了半天，四小姐連個眼神都沒給她。李嬤嬤心中異常氣憤，已經在想回到府裡好好在三夫人跟前上上眼藥。三夫人可是三房的主母，收拾個不受寵的嫡女有的是手段，到時可有她罪受！

這般想著，李嬤嬤更想知道四小姐帶了多少好東西回去。她掀開車簾朝後看，可根本就看不到什麼，她瞅著身旁的桃枝，頓時有了主意。「桃枝，路上妳機靈點，多跟四小姐身邊的幾個丫頭說說話，乘機探探四小姐都帶了什麼好東西回去，我瞅著這車輛可不少。」

「欸，奴婢省得了。奴婢打算給四小姐做雙鞋，一會兒就去問梨花找鞋樣子。」桃枝應得特別爽快，還立刻找好了藉口，迎上李嬤嬤滿意的目光，桃枝眼神一閃，說道：「不過四小姐能有什麼好東西？剛才裝車的時候，奴婢溜過去看了，都是些被子衣裳什麼的，四小姐可小氣了，連屋裡的家具都帶回來，那些東西笨重，好幾輛車才裝完呢，所以別看車多，其實還真沒啥值錢的東西。」
李嬤嬤一想也是。「我就說嘛，一個不受寵的小姐手裡能有什麼好東西？還偏要裝。」她的眼裡是深深的鄙夷。
桃枝見狀，悄悄地鬆了一口氣，心裡有些得意。
她是個聰明又有決斷的，作出決定便不再猶豫。臨出發的前一天，她去求見了沈薇，沈薇好似知道她會來，讓梨花把她領進屋子。
進到屋裡的桃枝一陣恍惚，四小姐平靜地靠在軟榻上，讓她有一種被四小姐看透心思的荒謬念頭，心裡不由忐忑起來。
既然已經走到這一步，只能硬著頭皮走下去，說不準前方是大道呢。
桃枝身上有一種孤勇，此時便表現出來，她撲通一聲跪在地上。「奴婢求到四小姐身邊伺候。」
「喔。」沈薇眼皮都沒抬，好似早就知道她會這麼說。
桃枝的心越發沒底，也生出了一股害怕。若是、若是四小姐把此事告訴李嬤嬤，不等回到府裡，李嬤嬤就能撕了她……不，不行，這事絕不能讓李嬤嬤知道。
桃枝把指甲掐進掌心，索性豁了出去。「奴婢是家生子，娘親在洗衣房，爹在門房上，府裡的事情奴婢都知道，四小姐初初回府，對府裡的事情知之甚少，奴婢願為四小姐效犬馬之勞。」

見沈薇還是不語，她咬了咬唇，又道：「回去的路上李嬤嬤定還會作妖，奴婢在她跟前還說得上話，奴婢可以幫四小姐看住她，不讓她鬧事。」

這個沈薇倒有幾分興趣。李嬤嬤不過是個跳梁小丑，若是這個小丑能自個兒安分下來，自己豈不是省心多了？

沈薇答應了桃枝的請求。「只要妳不後悔，本小姐倒是能給妳一個大丫鬟的位分。這一路，本小姐就看妳的表現了。」她意味深長地說，示意梨花賞桃枝一個金戒指。

桃枝大喜。「謝謝小姐，奴婢定不會讓小姐失望。」

桃枝退下後，梨花的擔憂就浮現出來。「小姐，真的要讓那個桃枝來嗎？」

「妳剛才不都聽到了嗎？」

「可她是三夫人的人啊！」放一個三夫人的眼線在身邊，那小姐的一舉一動豈不是都被知道了？

沈薇笑得意味深長。「不，她進了咱們院子，就是小姐我的人。」

她明白梨花的擔憂，解釋道：「桃枝這個丫頭有野心，人也聰明，自然知道怎樣做對自己才是最好的。而且咱們回府後，我那好繼母能不指派丫鬟過來？與其來個不知底細的，還是桃枝過來最好，只要小姐我能給她好處，讓她看到希望，她就不會輕易背叛。即便她叛主，我還收拾不了一個丫鬟？」

梨花一想也是，便放下心來。

在路上走了五天便改走水路，章管事定了兩條大船。船上很寬敞，收拾得也乾淨，沈薇帶著桃花、梨花和茶花住了最大的那個艙房，顧嬤嬤帶著幾個小丫頭住在她的左邊，荷花和月季並兩個小丫頭住在她右邊，接著是夏嬤嬤等人，輪到李嬤嬤時，只剩下一間極小的艙房了。

李嬤嬤自然不願意，當場就要發作，被桃枝眼疾手快地拉進房間裡。

李嬤嬤一把推開桃枝，喝斥道：「妳個吃裡扒外的，是不是也想巴著四小姐？也不看妳那樣，連那幾個丫鬟都不把妳放在眼裡，還指望得了四小姐的青眼，作夢吧妳！」

這一路，梨花等人對桃枝的不假辭色，她都看在眼裡。「別以為嬤嬤我不知道妳心裡的打算，拉倒吧，妳再上趕著人家也看不上妳。」李嬤嬤的手指頭都要戳到桃枝的臉上。

桃枝往後縮著身子，無比委屈地道：「奴婢哪有什麼打算？還不都是為了嬤嬤您嗎？」頓了一下，她又接著說：「嬤嬤您得罪了水仙那丫頭，也不知她在四小姐跟前怎麼挑撥的，這一路四小姐擺明了不待見咱們，奴婢去找梨花說話也是為了探口風，順便套套交情，也好讓四小姐消了對咱們的偏見。本來已經有了些成效，現在嬤嬤您再一鬧，四小姐可不更不待見咱們？」

李嬤嬤聽桃枝這麼一說，心裡的火氣消了一些，臉上仍是憤憤。「這四小姐也是個糊塗的，怎麼說我也是在三夫人身邊服侍，她不說把最大的那間艙房讓給我，顧嬤嬤那間我總有資格住吧？現在反倒連夏珠兒那老貨的艙房都比咱的大，四小姐太不懂事了，回府我一定要和三夫人好生說說，姑娘家規矩可錯不得。」

桃枝一聽她要回府給三夫人告狀，頓時有些急了。那可不行！四小姐還看著她的表現呢，可不能讓這老貨回府亂說。

於是桃枝忙殷勤地扶李嬤嬤坐下，自己蹲下身來幫她捶腿，輕言細語地勸著。「夏嬤嬤和顧嬤嬤的艙房是比咱們的大，可她們一個房間都住好幾個人，就連四小姐那間房也住了三個人，咱們這間艙房是小了一點，可只住了咱們兩個呀，這麼一算還是咱們這兒寬鬆。」

李嬤嬤轉念一想，還真是，火氣就消得差不多了，對桃枝吩咐。「我渴了，妳去給我泡杯茶來。」

桃枝乖巧地站起來。「嬤嬤稍等，奴婢去梨花姊姊那兒瞧瞧，看能不能給嬤嬤弄杯好茶。」

李嬤嬤立刻心動。「去吧，去吧。」

都喝了好幾天帶著霉味的劣等茶葉了，可無論她怎樣吵鬧，客院的丫鬟就一句話。「下人就喝這個，好茶葉那是主子喝的。」弄得她一肚子的火氣沒處發。

桃枝出了艙房就去尋梨花，梨花正在船上的小廚房裡張羅，對桃枝的到來一點也不驚訝。「李嬤嬤安撫好了？」

桃枝點點頭，就見那梨花的臉上帶著幾分滿意，指著臺上的碗說道：「辛苦妳了。喏，這冰碗可只有小姐身邊的大丫鬟才有分兒，這碗是小姐吩咐給妳的，妳就在這兒喝了吧。」

桃枝簡直受寵若驚，她是真沒想到四小姐如此看重她，臉上滿是感激，朝著四小姐房間的方向行了一禮。「奴婢謝小姐賞賜。」

起身後，對著梨花也福了福身。「也謝謝梨花姊姊。」她小心地端起臺上的小碗慢慢放到嘴邊。這個被稱作冰碗的東西也不知道是怎麼做的，涼涼的，帶著一股奶香，喝到肚子裡別提有多舒服了。

「梨花姊姊，可還有茶葉？」桃枝問。見梨花不解地看著自己，忙解釋道：「我是以此藉口出來的。」

梨花了然，拿出一小罐茶葉遞給她。「這是我和荷花她們喝的茶葉，妳自個兒泡吧。」頓了一下又道：「那劣等茶葉就不用再給李嬤嬤喝了，妹妹也跟著受罪不是？」李嬤嬤喝劣等茶葉，她身邊的桃枝自然也得跟著喝。

「謝謝梨花姊姊。」桃枝心中大喜，終於能擺脫那難喝的茶水了！

桃枝端著茶回到艙房給李嬤嬤表功，說是她好不容易跟梨花姊姊求了一小罐四小姐的茶葉。

李嬤嬤喝上一口，頓時覺得唇齒生香，一杯香茶下肚，全身每個毛孔都透著妥貼。「嬤嬤沒有白疼妳。」她看著桃枝的目光透著滿意，全然忘記了剛才她還差點把桃枝推倒。

桃枝溫順地說：「都是嬤嬤您教得好。」心中卻更加堅定跟著四小姐的念頭。

她拿回來的這一小罐茶葉是上等毛尖，府裡的五小姐喝的就是這個，所以她剛才那樣說，李嬤嬤才沒有懷疑。誰會信這麼好的茶葉是丫鬟喝的？誰家又拿這麼好的茶葉給丫鬟喝？若不是親眼所見，她也不信呀！一想到自己也能享受梨花那樣的待遇，她的心底就無比激動。

第二十六章

「顧嬤嬤怎麼樣了？」沈薇問梨花。

顧嬤嬤暈船暈得厲害，不過半日，整個人就跟大病一場似的，臉色蠟黃，渾身沒有一點力氣。沈薇十分擔心，便安排兩個小丫鬟在旁伺候著。

「喝了柳大夫開的藥就好多了，奴婢剛才過去看了，正睡著呢。」梨花輕聲說道。她知道自家小姐對顧嬤嬤十分敬重，顧嬤嬤的暈船她也很憂心，畢竟顧嬤嬤的年紀大了，身子不比年輕人，也還有好幾個丫鬟暈船，只是都沒有顧嬤嬤嚴重，喝了藥也都差不多好了。

「妳上心點，勤去看看，嬤嬤若是有什麼想吃的，就讓廚房趕緊做。」沈薇吩咐，想想還是覺得不放心，又加了一句。「就是我的飲食也排在顧嬤嬤之後。」

「是，小姐。」梨花心中一凜，決定一會兒再親自去看看顧嬤嬤，順便去廚房一趟把小姐的意思傳達了。廚房裡好幾個大娘都是跟她一樣從雞頭山過來的，可別一個不小心觸了小姐的霉頭。

第二天，暈船的人就更多了。李嬤嬤也暈船了，她罵罵咧咧，一會兒要吃這一會兒要吃那，把桃枝支使得團團轉，稍微慢點就招來一頓臭罵，只不過小半天，桃枝就苦不堪言。

「桃枝，妳個死丫頭又去哪裡浪了？」端著茶杯走來的桃枝老遠就聽到李嬤嬤的罵聲，想著一路行來，那些丫鬟異樣的目光，桃枝臉上就發燙，真想把手中的茶杯直接扔到水裡，咬咬牙忍住了。

「嬤嬤，茶來了。」桃枝深吸一口氣才推門進去，迎面一物飛來，她頭一偏，那物品擦著她的臉頰，重重地砸在木板上，手中端著的茶杯卻打翻了，滾燙的茶正好潑在桃枝的手上，一個個水泡立刻鼓起來。

「啊！」桃枝疼得驚叫起來，始作俑者卻無動於衷，還靠在床頭痛罵。「妳個沒用的東西，連個茶杯都端不住，妳還有什麼用？鬼叫什麼？不就起了兩個小泡嗎？還能死人不成？冰碗呢？我讓妳要的冰碗呢？」

桃枝托著受傷的手，眼淚在眼眶中直打轉，忍了又忍才沒掉下來。「廚房是陳嫂子管著的，奴婢跟她也不熟，哪裡能要得來冰碗？」她無比委屈地說。

「妳不是和梨花那死丫頭關係不錯，不會找她要？平時看妳伶俐，怎麼關鍵時候就不頂用了？妳是不是盼著嬤嬤我暈死啊？」

「冰碗是主子的吃食，梨花也作不了主呀。」桃枝才不願意讓李嬤嬤吃到冰碗，這老貨都快折騰死她了，她還趕著給她要冰碗？

「妳放屁，那姓顧的是哪個檯面上的主子？」李嬤嬤氣憤地啐了一口，差點沒啐到桃枝的臉上。以為她不知道是吧？她都看見了，那姓顧的一天都吃上兩碗冰碗，老遠她就聞到香味了。

「就是到四小姐跟前，我老婆子也不怕，我就不信她還能不給我？」自己可是三房主母身邊的老人，瞧上她的東西那是看得起她，府裡的三小姐、八小姐都殷勤地幫她做鞋呢。

「要去嬤嬤您自個兒去要，奴婢可沒那麼大的臉面。」被李嬤嬤如此責罵，桃枝也惱了。她已經看清剛才李嬤嬤扔過來的是什麼東西，那是一把不求人，若是剛才她沒躲，那一下就真的砸到臉上，肯定得破相，那她還有什麼前途？一輩子都完了。

「妳以為嬤嬤我起不來是吧？告訴妳，今兒我還真要去四小姐跟前評評理，憑什麼姓顧的老貨就比我強？」李嬤嬤還真的掙扎著爬起來要往外走。

此時，桃枝心中充滿了對李嬤嬤的憤恨，巴不得她鬧起來被四小姐收拾。等李嬤嬤走出門，她才假意上前去拉。「嬤嬤，還是不要鬧了，主子的決定哪是咱們做奴婢能管的，我扶您回去歇著吧。」

李嬤嬤還以為桃枝怕了，心中更得意，使勁推開桃枝，繼續朝主艙走去，嘴裡高聲喊著：「妳放開，今兒我非得找四小姐評評理！」

桃枝哪裡敢放，忍著手疼，死死拉著李嬤嬤的衣裳，心裡想著，反正該勸的她都勸了，實在勸不住也是沒辦法，四小姐不會怪罪吧？

李嬤嬤雖然暈船，但她長得高大，又胖，自然比瘦弱的桃枝有力氣，不一會兒就成了她拖著桃枝往前走的局面。

李嬤嬤和桃枝住的艙房說是離主艙房遠，其實也不過幾步路的距離，外頭吵嚷那麼大，沈薇自然聽到了，正在看書的她眉頭蹙起來。

梨花見狀，立刻道：「小姐，奴婢出去看看。」心中卻奇怪桃枝怎麼沒攔著李嬤嬤。

「一起吧。」反正也看不下去了，沈薇站起來和梨花一起往外走。出了艙門，就見李嬤嬤在那兒跳腳大罵，桃枝狼狽地在後頭使勁拉，卻被拖著往前走。

沈薇一眼就看到桃枝手上的水泡，心中了然，眼神越發冷了。

梨花見小姐似乎生氣了，忙揚聲高喊：「住手，主子面前拉拉扯扯成什麼體統？」

李嬤嬤看到四小姐出來了，心中得意。看吧，還是自己的辦法好，只要她鬧一鬧，四小姐一準出來。

「四小姐可得給老婆子作主，這個殺千刀的桃枝一點都不聽使喚，老婆子暈船，就想吃碗冰碗壓壓，桃枝這死丫頭偏說沒有。怎麼會沒有呢？一早顧嬤嬤才吃的，不定就被這死丫頭給偷吃了，四小姐可得為老婆子作主呀！」她撲在沈薇腳下，拍著大腿哭訴，眼淚鼻涕糊了一臉。沈薇皺眉，不著痕跡地朝旁邊挪了挪。

桃枝自然不會眼睜睜地看著李嬤嬤告自己的瞎狀，分辯道：「沒有，奴婢沒有偷吃！四小姐，奴婢都跟李嬤嬤說了那冰碗是主子的吃食，她偏不信，說是奴婢騙她的……」對上四小姐的眼睛，那目光好似看穿自己的小心思似的，桃枝的聲音越說越小，最後垂下頭，心裡惴惴不安。

「看看，妳沒話說了吧？」李嬤嬤更加得意了。「四小姐可得為老婆子作主。」

沈薇揚了揚眉。「妳讓本小姐怎麼為妳作主？打她一頓還是罵她一頓？抑或是罰她月錢？桃枝若是有傷在身，可就沒人伺候嬤嬤了，妳確定要本小姐這樣做？」

李嬤嬤張了張嘴，還沒說話又被沈薇打斷。她斜睨李嬤嬤一眼，繼續說道：「桃枝沒有說錯，冰碗那等金貴的吃食可不是給奴婢吃的，李嬤嬤覺得自己有什麼資格？」

「老奴怎麼就沒有資格了？」這句話就脫口而出。

沈薇笑了，周圍的丫鬟們都垂下了頭。「嬤嬤這是想做主子了？嬤嬤是夫人身邊的老人，定熟悉規矩，那嬤嬤告訴本小姐，對這等起了歹心的奴才該如何處置呀？是扔進江裡餵魚，還是乾脆打殺了？」

在漫不經心的聲音中，李嬤嬤聽出了一股殺意，不由恐懼起來，這才意識到四小姐是真的想殺了自己，船上都是四小姐的人，她說怎樣就是怎樣，回府後報個失足落水也沒人敢給自己伸冤。

「既然知道自己不招人待見，那就老實給我待著，惹煩了本小姐……哼！」雖然沈薇的話沒有說完，但李嬤嬤十分清楚她的意思，不由得害怕，伏在地上不敢吭聲。

沈薇滿意地勾了勾嘴角，施施然轉身離去，臨去前，視線在桃枝的手上掃了一眼。「去把柳大夫配的藥膏給桃枝拿一盒，姑娘家家的，留了疤痕可不好看。」

桃枝只覺得那聲音好似敲打在她的心上，腿一軟，跌坐在地上。

眾人離去，甲板上只有李嬤嬤和桃枝坐在那裡。還是桃枝先醒過神來，艱難地爬起來去攙扶李嬤嬤。「嬤嬤，咱們回房間吧。」她心裡早就後悔了，不該任由李嬤嬤鬧出來的，她不該火上澆油激起李嬤嬤的火氣，四小姐現在肯定對她失望了，還會再用她嗎？這麼一想，她連手上的傷都感覺不到疼了。

直到梨花來給她送傷藥膏，她才悄悄鬆了一口氣。嗯，看來四小姐還願意給她機會，那就好、那就好！她心裡慶幸著，暗暗下了決心，就是李嬤嬤把她打得半死，也不能讓她鬧出去擾了四小姐的清靜。

可接下來的日子李嬤嬤再沒鬧起來，還異常安靜老實，因為當天夜裡船上來了水匪。

水匪是桃花最先發現的。她夜裡起夜聽到了響動，她是個膽大的，就尋了過去，看見船舷邊有個黑影，不一會兒又從水裡爬上來一個，聽到前一個黑影小聲地問：「還有幾個兄弟？」上來的黑影答：「還有四個，咱們五人一組，一共來了二十多個兄弟，也不知現在上來了幾個？」

桃花的腦子難得靈光一回，想起白天小姐講的水匪劫商船的故事，她立刻來了精神，一抬手，發現自己的鐵棍沒有帶出來，左右瞅了瞅，也沒看到什麼趁手的武器。

眼瞅著又一個黑影爬上船，桃花急了，一陣風似的衝過去，抬腿一腳把一人踢回水裡，再一腳，又一人也踢回水裡。剩下的一人一見不好，轉身就往船上跑，桃花拔腿就追，邊追邊喊：「有水匪！有水匪劫船啦！小姐快出來，妳說的水匪來啦！」

桃花的嗓門特別大，在寂靜的夜裡十分具有穿透力，熟睡的人都被驚醒了，一聽到有水匪都驚慌失措地起來。顧嬤嬤、月季、荷花等人忍著心中的恐懼，拉開艙房的門朝主艙奔去。小姐、小姐可千萬不要有事！

沈薇在桃花喊第一句的時候就醒了，聽見後一句的時候，腿一軟差點倒下，桃花這個死丫頭，水匪來了，難不成她還要出去歡迎？

「小姐，您不要出去，奴婢出去看看。」梨花鞋子都沒穿就從床上滾下來。

「妳留在屋裡，顧好自己。」沈薇越過她，拉開艙房的門走出去。

「小姐！」梨花追出來，她怎能自己躲在屋裡而讓小姐冒險呢？

「回去！」沈薇厲聲喝道。「把門頂上，不要出來。」還不知道來了多少水匪，她身邊的丫鬟除了桃花，大多都不會功夫，還是待在艙房裡比較安全。

梨花被小姐如此嚴厲的語氣嚇得一個激靈，想也沒想就退了回去，關門上閂。手從門上放下來才回過神，不由懊惱，自己怎麼就扔下小姐退回來了呢？想再開門出去，又想起小姐的吩咐，不禁猶豫起來。最後想著自己不會功夫，出去了也是扯後腿，便沒有出去。

船上已經起火，火光照耀下，人影閃動，好幾個身穿水靠的水匪高舉大刀，見人就砍。

「小姐，您怎麼出來了？」顧嬤嬤和月季相扶著朝沈薇奔來，在她倆身後，一個水匪高舉大刀，滿臉猙獰，刀鋒在火光中閃著寒光，眼見著就要落到顧嬤嬤的身上，她倆卻絲毫不知。

沈薇腳下速移，手中提著鐵棍迎上去，噹啷一聲，大刀砍在鐵棍上，火花四射，那水匪只覺得虎口震得生疼，幾乎都要握不住刀。

沈薇用鐵棍架住大刀，使勁往後一推，那水匪踉蹌著朝後退了好幾步，心中大駭。剛才他還在為自己的好運而得意，以為能輕易捉住這位貌美的小姐，老大肯定會給他記個大功，沒想到這個嬌滴滴的小妞居然還是個練家子，於是心生怯意，轉身就想逃。

沈薇哪會容他逃脫，欺身上前，掄起棍子攔腰砸去，只聽那水匪一聲慘叫，沈薇飛起一腳，把此人踢到水裡。若不是顧忌著顧嬤嬤和月季在場，她早一棍子讓他腦袋開花了。

「嬤嬤，妳們沒事吧？」沈薇回身走到驚魂未定的顧嬤嬤和月季身邊。「這外邊太危險，月季妳扶著嬤嬤回艙房，把門閂好了。」

「小姐和老奴一起回去，這天殺的水匪！」顧嬤嬤咒罵著，雙手在自家小姐身上摸著，確定小姐沒有受傷才鬆了口氣。「小姐也回去，外頭有護院呢。」

謝天謝地小姐沒事，此時的顧嬤嬤無比慶幸小姐跟著福伯學了幾招，要不然剛才那一刀肯定要了自己的老命。還是小姐有見識，不僅能自保還救了她一命，有了剛才的驚險，現在說什麼她都不能再讓小姐冒險了。

就這說話的工夫，沈薇就見桃花追著一個人往這邊過來，她眼一閃，大聲喊道：「桃花，接棍！」素手一揚，鐵棍就朝桃花飛去。

桃花頓時大喜，接過鐵棍如有神助，腳下生風，幾步就趕上前面的水匪，鐵棍一掄，那水匪慘叫著倒地，桃花再補上兩棍子，那水匪連叫也不叫，死透了。

「小姐、小姐，是我先看見水匪，跟妳故事裡講的一樣，是從水裡冒出來的，他們說有二十多個兄弟。」桃花歡喜地跟小姐表功。

沈薇摸了摸桃花的頭誇獎。「嗯，桃花真聰明！」又轉頭對顧嬤嬤說：「嬤嬤也看到了，有桃花在我身邊，沒有人能傷到我，外頭的情況，我得親自看著。」

顧嬤嬤還是有些猶豫，轉念又一想，兩艘船上總共就小姐一個主子，若是小姐不露面，下頭的奴才指不定要心寒，得得得，小姐已經夠難的了，自己就別給小姐添亂了吧。

「那行，老奴就回艙房了，小姐不用擔心。桃花，好生護著小姐，等把水匪趕走了，嬤嬤做紅燒肉給妳吃。」

「欸，桃花知道了。」桃花聽到紅燒肉三個字，眼睛頓時亮了。「我保護小姐！」她站到小姐身前，把鐵棍一橫，一副保護者的架勢。

沈薇所在的這條船上因為大多是女眷，所以除了四個護院，只有兩個小廝，此時對上二十多個水匪頗為捉襟見肘，十分吃力。沈薇已經看到好幾個水匪朝艙房竄去，四下響起了陣陣驚呼和尖叫。

她心道不好，飛快地吩咐桃花去幫忙，她自己則朝艙房去的水匪殺去。此時也顧不得留手，軟劍閃過，必有一人應聲倒地斃命，她纖細的身影詭異地跳躍著，閃動之間就收割了五條人命。

沈薇回到甲板上時，正好歐陽奈帶著人從後面的船上飛躍過來。「小姐沒事吧？」早知道會有水匪，打死他也不該聽小姐的話待在後面的船上，應該守在小姐身邊。

「怎麼這麼慢？」兩條船隔得很近，後面的船上也有火光和喊殺聲，肯定也上了水匪，只是憑歐陽奈這麼多人的身手，要花這麼長時間才把他們收拾完？是水匪太多，還是後船的水匪武藝高強？

「出了點狀況，船上混進了水匪，在茶水中下了迷藥，有十多個兄弟中招。」歐陽奈一邊彙報情況，一邊指揮手下上前幫忙，自己則站在沈薇身前，如一尊天神，一動不動。

有了歐陽奈帶來的人手，情況立刻扭轉，不過一刻鐘，船上的水匪除了死的和半死、落入江裡的，都被擒下來。

刑訊逼供和收拾整理這樣的事自然不用沈薇操心，她回了艙房，桃花則興沖沖地圍觀逼供去了。

還沒到艙房，顧嬤嬤就迎出來，見歐陽奈護在小姐身邊，頓時鬆了一口氣。「阿彌陀佛，菩薩保佑！」

「嬤嬤，沒事了，水匪全抓起來，妳還暈著船，回去歇著吧。」沈薇對顧嬤嬤說，又吩咐月季。「夜裡警醒些，好生照顧嬤嬤。」

艙房裡的梨花聽到外面小姐的聲音，早就把堵在門上的案桌挪開，拉開了門。「小姐！」她迎了出來。

不一會兒，郭旭就過來稟報。「小姐，屬下審問了，這幫水匪是通江寨的，這通江寨是此地最大的水匪窩，有兩百多人，船有一百多條。此次帶人劫船的是他們的二當家，來了八十多個兄弟，是在碼頭就盯上咱們，說咱們的船入水極深，船上肯定裝有金銀，他們就使人扮作小廝混上來，一路尾隨，找機會下手。之所以選擇今夜下手，是因為那小廝才找到機會把迷藥下到水裡。」

還有幾句話，郭旭沒說，那就是通江寨水匪的二當家瞧上了小姐的美貌，想掠回去當押寨夫人，只是這話太骯髒，還是不要讓小姐知道的好。

所以那個二當家沒把前面的船當一回事，覺得有內應，二十多個兄弟還收拾不了這一船女眷？誰知陰溝裡翻船，生生丟了性命。「小姐，那二當家被桃花一棍子給砸死了。」郭旭嘴角抽搐一下，提醒自己千萬不要得罪桃花那丫頭。他一個大男人見到死人都有些發怵，桃花一個小姑娘家家的，不僅面不改色，還笑吟吟的。

知道了事情原委，沈薇沈吟一下道：「先把人押在船艙底下，等天亮了，讓龐先生帶著交給當地官府。」頓了下，她又說：「咱們的人沒傷著吧？」

「有七、八個輕傷，重傷沒有。」說到這裡，郭旭的眉皺了一下。「倒是有兩個跑出來的婆子挨了一刀，萬幸的是沒傷到要害，柳大夫已經看過了。」

沈薇點點頭。「行，你也下去歇著吧，安排好看顧的人手，別讓他們跑了。」

夜又恢復了寧靜，船上的有些人卻怎麼也睡不著了，章管事是，夏嬤嬤是，李嬤嬤也是。

章管事心想，還是低估了四小姐呀，本以為平凡無奇的漢子，沒想到個個身手不凡，尤其是那個叫歐陽奈的後生，一桿長槍虎虎生風，眨眼間就連挑了七、八個人。事後他才知道這是侯爺身邊的親兵，侯爺都能把親兵派給四小姐使喚，可見對四小姐的寵愛不是一般，嗯，回府後，他得好好和大老爺說說。

夏嬤嬤一聽到有人喊水匪上船，就把艙房的門頂上了，臨江的窗戶也打開，準備在情況不妙時帶著豆綠跳江，能不能逃出性命就看天意了，總比落在水匪的手裡受辱要強吧？

可沒多久就有人來告知說沒事了，水匪都被抓起來。她不信，出了艙房一看，果然外面一片井然，就跟沒來過水匪一樣。

她裝作不在意地跟來人打聽，那個後生也不隱瞞，說是有歐陽師傅在，來再多的水匪都不怕，歐陽師傅可是侯爺身邊的親兵，千軍萬馬中進出自如的殺神。

夏嬤嬤頓時驚呼出聲。「什麼，四小姐身後還有侯爺的親兵？」府裡大老爺身邊都沒有呢！

那後生就一副鄙夷的神情。「這有什麼？我們小姐身邊可不止歐陽師傅一個，侯爺派了七個來保護小姐，我們小姐厲害著呢。」

後面的話，夏嬤嬤都沒有聽進去，腦子裡一直想著侯爺派了七個親兵來保護四小姐，這是怎樣的看重？不行，回府後她得好好和大夫人說說，四小姐能籠絡還是籠絡的好。

李嬤嬤則是滿心懼怕，四小姐身邊那個小丫頭是叫桃花吧？自己沒有得罪過她吧？想起剛才那一幕，李嬤嬤覺得膽子都要嚇破了。

她看到桃花舉著一根長長的鐵棍砸到水匪的腦袋上，腦漿都蹦出來了，她還不停手，又砸了兩棍。

李嬤嬤渾身冰涼地縮在床上。不敢了，她再不敢去招惹四小姐了，若是桃花給她一棍子，她哪還有命啊？

於是這一路直到下船，李嬤嬤都老實地待在艙房裡，再也不指桑罵槐，挑三揀四。

第二十七章

本是十天的水路行程，沈薇硬是走了一個月。每到一個碼頭，她都要上岸，帶著歐陽奈、桃花、梨花一眾丫鬟護衛逛街吃東西的，沿途各地的特產和精緻的小玩意兒，買了一箱又一箱。

七月十二，沈薇終於抵達京城。看著比沿途大了好幾倍，也繁華了好幾倍的碼頭，幾個丫頭高興地直拍手，一行人相互攙扶著上了岸。

早就上岸的章管事，瞅了半天也沒見到府裡來接的人，不由心急如焚。十日前，他就把四小姐進京的日期傳了回去，府裡怎麼沒安排人來？還是有事耽擱了？他望著站著的一大群人和地上擺著的箱籠行李，腦門子上的汗更多了。

「四小姐，您稍等，府裡來接的馬車肯定在路上了。」章管事面對著四小姐，表情訕訕的，嘴上雖這樣說，心裡卻沒底。

誰家接人的不都是一早就來候著？這都快晌午了還沒見蹤影，估計是不會有人來接了吧。

沈薇似笑非笑地看著章管事，嘴角勾了起來。「這都快晌午了，堵在這裡也不好瞧，這樣吧，章管事帶著蘇先生和姚師傅去雇些馬車，咱們先回府裡再說。」

一席話說得章管事臉上發熱，連連應道：「哪裡需要煩勞蘇先生和姚師傅，奴才一個人去就行。」

沈薇沒有搭腔，蘇先生走過來，搖著手中的羽扇，笑得十分謙遜。「老朽還是隨章管事一道去吧，也好長長見識，以後出門也不愁尋不到車輛。」

章管事的臉就更熱了，滿心的話說不出一句，只能尷尬地附和。「是是是，這邊，往這邊走。」心裡把府裡某些人的祖宗問候了一遍。

七月流火，巳時的太陽尤其毒辣，雖然有梨花撐著紙傘遮陽，沈薇還是覺得熱浪撲面而來，讓人透不過氣，沒一會兒，她瑩白的小臉就染上霜紅。顧嬤嬤心疼地拿著帕子給她搧風，一邊埋怨府裡的奴才辦事不牢。

夏嬤嬤抿著唇不吱聲，李嬤嬤則一屁股坐在箱籠上裝聾子，心中也有怨言。大熱天的誰願意在太陽底下曬著？

不過一刻鐘的工夫，章管事和蘇先生就領著一隊馬車過來了，打頭的那輛馬車車窗垂著淡藍色的縐紗，四角上掛著小鈴鐺，一看就是給官家小姐坐的。

「四小姐請上車，從這兒到咱們府裡還有半個時辰的路程，說不準還能趕上中飯呢。」章管事殷勤說道。

沈薇也巴不得趕緊回府，二話不說就上了馬車，隨後顧嬤嬤和桃花、茶花也跟著上去，梨花、月季等人則上了後面的車。於是，一時間上車的上車，裝箱籠行李的裝箱籠行李，人多手快，轉眼工夫就規整好了。

馬車啟動駛離碼頭，大約行有一刻鐘，來到城門前。沈薇把車簾掀開一道縫隙朝外看，只見巍峨的城門上頭刻著「燕京」兩個大字，蒼勁古樸，一種歷史的沈澱撲面而來。

馬車停下，章管事上前和守城門的士兵交涉，估計忠武侯府的面子比較好使，很順利地放行了。

馬車行駛在京城的街道上，外面是各種喧囂的聲音，沈薇面沈似水，對面的桃花和茶花卻激動得小臉發亮，若不是顧嬤嬤在一旁虎視眈眈，只怕早就掀起簾子朝外看了。

又行了許久，馬車終於停住，只聽外頭的章管事說：「到了。」

沈薇明白這是到了侯府，這具身體原主的家。

「喲，這不是章管事嗎？您老可算是回來了。」有個小子從門房小跑著過來，他看了看那輛四角掛鈴鐺的馬車。「四小姐接回來啦？快進去吧，我們夫人早就惦記著呢。」他拉開一旁的角門。

章管事眉頭皺了皺。「黑皮，府裡沒接著信嗎？怎麼沒派人去接？」

這個叫黑皮的小子一怔，眼睛閃了閃，然後笑了。「接著了，早就接著了，還是小的送進去的呢。周管事去接了呀，您老沒見到嗎？別是走岔路了？」

章管事一聽是周管事去接的，心裡就有幾分不好的預感，原因無他，這周管事和黑皮都是三房的人。

「唉唷，是四小姐到了呀！」章管事正要開口說話，就見從門裡出來個嬤嬤，一出來就朝四小姐奔去。「四小姐都長成大姑娘了，長得可真是漂亮。夫人啊，自從接到信就惦記上了，吃也吃不好，睡也睡不好，天天數著日子盼著四小姐回來，按說早該到的，怎麼現在才到呀？可是路上遇了什麼事情？」這嬤嬤一臉的真誠和關心。

一旁的顧嬤嬤早就咬牙切齒。張月蘭這老貨就是不安好心，小姐還沒進府，她就暗諷小姐不孝，表面上關心小姐別是遇到什麼事，實則說小姐明知家中長輩盼望，卻在路上耽擱那麼長時間，讓長輩擔心，實在不孝，如此敗壞小姐名聲，顧嬤嬤想生啃了她的心思都有了。

沈薇按住顧嬤嬤的手。「多謝夫人的關心，我也惦記夫人呢，也想早日回府，可誰讓李嬤嬤身子不爭氣呢？去的路上大病了一場，一個半月才趕到祖宅，回的路上又暈船。李嬤嬤是夫人身邊服侍的人，長輩身邊的貓貓狗狗也比我們這些小輩體面些，我自然得顧念些李嬤嬤的身子骨，這不就耽擱了些日子嗎？一會兒我親自向夫人請罪。」

不用沈薇發話，李嬤嬤就主動站出來。「老姊姊，都是妹妹我的身子骨不爭氣，生生拖累了四小姐。」她的臉色非常差，整個人都顯得老了好幾歲，倒也沒人懷疑她的話。

張嬤嬤一驚，那個膽小沒用的四小姐何時變得這麼伶牙俐齒了？不行，得趕緊把這個消息向夫人稟報。

她到底胸有城府，表情瞬間便恢復自然。「我就說呢，咱們四小姐最懂事孝順了，夫人在府裡等著呢，咱們就進去吧。」說著就要來拉沈薇的手。

沈薇沒動，桃花上前一把推開張嬤嬤，眼睛一瞪。「幹什麼？走開，妳別碰我家小姐。」

張嬤嬤沒防備，被推了一個趔趄，後面的小丫頭扶了一把才沒摔倒，臉色就不好看起來。「四小姐，老奴好心好意地來扶妳，妳這丫鬟好不知禮！」

沈薇心裡給桃花鼓掌。好丫頭！看見沒？都說自己偏著桃花，關鍵時刻還是就桃花最頂事！

「張嬤嬤莫生氣，大家都知道我這丫鬟是個傻愣的，不通人情世故，夏嬤嬤和李嬤嬤都知道，張嬤嬤就不要和一個傻丫頭計較了吧？我一會兒好生說說她。」

張嬤嬤見夏嬤嬤、李嬤嬤都對她點頭，便知道這丫鬟確實是個傻的，不由心中暗呼倒楣，她扯了扯嘴角，皮笑肉不笑地說：「老奴可擔不起四小姐的禮，四小姐請進府吧。」這一回，她不敢來拉四小姐了，而是側身站到一旁。

沈薇還是沒有動，好看的雙眸閃了閃，笑了，清脆悅耳。

「張嬤嬤，妳不會是讓本小姐走角門吧？」沈薇的聲音懶洋洋的，顯得漫不經心。

張嬤嬤心中一緊，轉念又想，不過是個鄉下長大的丫頭，能懂什麼？「是呀，平日裡大家進進出出都是走角門。」她一臉坦然。

「張嬤嬤的大家包括祖母嗎？包括大伯母、二伯母和夫人嗎？包括我的那些兄弟姊妹們嗎？不包括吧？張嬤嬤是要我這個三房嫡女跟奴才一樣走角門嗎？還是我這個在外三年的嫡女回府沒資格走中門？章管事、夏嬤嬤、李嬤嬤，是這樣的嗎？」沈薇嘴角勾起一抹嘲諷，聲音依舊懶洋洋的，就像軟糯的小姑娘跟大人吵著要糖吃。

被沈薇目光掃過的章管事和夏嬤嬤臉上都有幾分不自在，想著已經回到府裡，他們的任務已經完成，張嬤嬤和四小姐都是三房的人，三房的事他們大房的奴才怎好多管？

「張嬤嬤，妳好狠毒的心思，我們小姐哪兒招妳惹妳了，妳這般作踐我們小姐？」顧嬤嬤再也忍不下去，眼裡冒著憤怒的火光，像一隻護崽的老貓。

被當場揭穿的張嬤嬤反倒不慌不忙。「這不是為了節省時間，事急從權嗎？」卻沒有吩咐開中門。

沈薇也不生氣，懶洋洋地對著歐陽奈吩咐。「去，帶兩個人瞧瞧，這中門難不成年久不開鏽上了？你們去幫幫忙，我倒是不介意從權，可龐先生跟在祖父身邊多年，總不能也走角門吧。」

龐先生眼中閃過笑意，徐徐走了過來。「勞四小姐費心了。」

沈薇下巴一抬。「先生一路護送，我還沒感謝呢。」

就在此時，歐陽奈帶人把邊上站著的侯府小廝踹至一邊，兩三下就把中門拉開，自己往邊上一站。「小姐請。」

跟著的護院小廝們也乖覺地小跑過去，在中門兩側站成整齊的隊伍，身姿挺拔，聲音洪亮。「請小姐入府。」

門房處當差的奴才全都被震住了。

沈薇莞爾一笑，眸光瀲灩，風華絕代。「龐先生請。」

龐先生笑了笑，往邊上撤了半步。「四小姐先請。」

沈薇會意，便不再推讓，邁著堅定的步子走進侯府，身後一群人簇擁著她，昂首闊步朝裡走，萬千榮光中，沈薇無比高貴。

張嬤嬤早就如被雷劈。怎麼沒有人跟她說龐先生也和四小姐一起？這可是侯爺身邊的人啊！不行，她要趕緊去給夫人報信！李嬤嬤這個蠢的，居然一點有用的消息都沒傳回來。

「張嬤嬤這是要去哪兒？」沈薇怎能讓她如願。「忘記問嬤嬤了，夫人安排我住哪兒？三年未歸了，府裡的景致都陌生了，還請張嬤嬤辛苦一下給我帶個路。」

劉氏恨不得這個繼女永遠不要回來，又怎麼會為她安排院落呢？所以張嬤嬤帶沈薇去的還是之前的院子風華院，是三房最偏僻的一座小院子。

「四小姐稍等，老奴去找鑰匙。」看著院門上鏽跡斑斑的銅鎖，張嬤嬤面上也有幾分不自然，心中暗悔沒提前把這院子收拾收拾。

張嬤嬤心頭惴惴，都做好了被痛斥一頓的準備，誰知四小姐卻輕飄飄地說了句不用。「這門呀鎖的反正也得換，就不用費那個勁了。桃花，妳來！把這門踹開。」

「好嘞！」桃花抬腿就是一腳，轟隆一聲，院門應聲而倒。

眾人大聲叫好，桃花卻不滿地嘟囔。「這門也太不結實了，我才使了一半的勁。」

沈薇斜睨了呆愣的張嬤嬤，說：「我這個丫頭雖然呆傻，力氣倒是有一把。本小姐才剛剛回府，等收拾好再去給夫人請安，就不請張嬤嬤進去坐了。」說著便越過她，帶著一群人往裡走。

一進院子，眾人就傻眼了，荒草都淹沒過人的膝蓋了，一隻大鳥從草叢中飛出，隨後一隻野兔竄出。

喲，這都成動物園了！看來這院子自原主走後就無人問津了。

侯府還有這麼破舊的院子？跟鬼宅差不多，比起小姐在沈家莊的院子更是差了十萬八千里，侯府就給小姐住這樣的院子？難怪小姐不樂意回來呢。

眾人恍然大悟，好似為自己的疑惑找到了答案。

顧嬤嬤攔在小姐前頭。「太過分了，老奴去找老太君！」她氣得渾身直哆嗦。

沈薇一把拉住顧嬤嬤，對她搖搖頭。

顧嬤嬤也知道這樣不妥，她們是占著理沒錯，但一回府就生事，主子能高興？忍吧！顧嬤嬤閉了閉眼，道：「那小姐先等等。」誰知道草叢裡還有什麼，大鳥野兔倒是不怕，若是有毒蛇蠍子怎麼辦？咬上一口可不是鬧著玩的。

「歐陽師傅，快帶人尋尋，可別有毒蛇什麼的。」

歐陽奈帶著護院小廝，提著棍棒在草叢中翻找驅趕，清出一條路讓女眷先進屋，太陽那麼大，在外面站著也不是回事。

推開房門，一股霉味撲面而來，地上積了厚厚一層塵土，梨花被嗆得直咳嗽，她紅著眼睛憤憤地說：「這也太欺負人了，小姐，咱們回沈家莊去。」

「對，咱們回去，才不住他們的破院子。」其他丫鬟也都跟著附和。

這差別也太大了，在沈家莊小姐吃得好、穿得好、住得也好，一回到侯府，卻要住這麼個狹小荒涼又破舊的院子，她們都替小姐心疼。

「瞎說什麼，回什麼沈家莊？這裡才是小姐的家。」顧嬤嬤瞪了幾個丫頭一眼。她心裡也氣憤，可到底年長，氣過了不會像這些年輕丫鬟們這般意氣用事。

「侯府那麼大，那麼有錢，卻給小姐住這麼破的院子，擺明就是欺負咱們小姐，為什麼不能回沈家莊？」若擱平日，梨花是沒有膽子跟顧嬤嬤回嘴的，可是現在她卻梗著脖子爭辯。

「唉唷，我的小姑奶奶，這不是回沈家莊那麼簡單的事，妳就別火上澆油了。」顧嬤嬤知道她是為小姐抱屈。

「好了，都少說兩句，妳們的心意我都明白。」沈薇說話了。「這麼點困難就把妳們嚇住了？回沈家莊以後就不要提了，我沈薇既然回了侯府，就不是為了住這破院子的，妳們放心好了，小姐我是那麼好欺負的嗎？」

她頓了一下，又道：「先把屋子收拾收拾，不用多仔細，能住人就行，反正咱們也住不了幾日。」她別有深意地說。

丫鬟們頓時振奮起來，有條不紊地打掃收拾。

梨花拿著帕子在椅子上一抹，帕子立刻變成黑的，她蹙了蹙眉頭，把帕子扔進水盆裡，眼睛在屋裡搜尋著，一臉嫌棄，扭頭吩咐桃花。「去，把小姐的湘妃椅搬進來。」——還侯府呢，連把像樣的椅子都找不出來。梨花心中腹誹。

湘妃椅被桃花用一隻手就拎進來了，梨花拿一張乾淨的帕子擦了一遍，才扶沈薇坐下。「小姐，您坐著歇會兒，荷花呢？去把咱們路上買的點心拿來給小姐墊肚子。水仙哪兒去了？給小姐泡杯茶端來。」都過午時，小姐怕是早餓了。

沈薇被梨花突然間的強勢弄得一怔，隨即想到，在侯府裡這才是大丫鬟的範兒，若沒有幾分手段，就等著被啃成渣渣吧。

「妳們也都吃點吧，先把這頓湊合過去。去跟外頭的歐陽奈說，先吃飽了再幹活。」她早預料到這種情況，在路上便買好了食物。

梨花出去傳達小姐命令，回來的時候身邊多了一個人，是桃枝，她手裡提著一個紅漆食盒，沈薇微訝。

桃枝對著沈薇福了一禮。「小姐，奴婢想著您還沒用中飯，就去廚房尋相熟的嫂子給您弄了兩道菜。」

食盒打開，真的是兩道菜，一盤小蔥炒雞蛋，一盤炒青菜，還有一小碗米和一碗湯。

桃枝看著擺出來的菜色，臉上現出一分羞赧。「奴婢能力有限，只能幫您弄來這般簡陋的飯菜。」就這還花了她二十文錢跟人求了半天呢。

沈薇一點也不嫌棄。「天熱，正想吃點清淡的。」她挾了一筷子青菜放到嘴裡，對桃枝緩緩點頭。「妳不錯。」

桃枝大喜，心裡鬆了一口氣，總算二十文錢沒白花。「謝謝小姐誇獎。小姐您先吃著，奴婢就告退了，畢竟奴婢還是——」剩下的話，桃枝沒有說，但沈薇和梨花都明白。

桃枝見四小姐含笑不語，心中大定，知道自己所謀十有八九會如願，就恭敬地退了出去。出了院門至偏僻處，她停下來，摸了摸藏在袖子底下的纏絲手鐲。這是四小姐在船上賞給她的，式樣是京中最流行的，抵得上她兩年的月錢了。

想到不久之後，她也能和梨花一樣穿金戴銀，她就異常興奮。

——未完，待續，請看文創風570《以妻為貴》2

風 文創 569

以妻為貴 1

國家圖書館出版品預行編目資料

以妻為貴 / 淺淺藍著. --
初版. -- 臺北市 : 狗屋, 2017.10
冊 ; 公分. --（文創風）
ISBN 978-986-328-782-7（第1冊 : 平裝）. --

857.7　　106014531

著作者　淺淺藍
編輯　張蕙芸
校對　黃薇霓　周貝桂
發行所　狗屋出版社有限公司
地址　台北市104中山區龍江路71巷15號1樓
電話　02-2776-5889～0
發行字號　局版台業字845號
法律顧問　蕭雄淋律師
總經銷　知遠文化事業有限公司
電話　02-2664-8800
初版　2017年10月
國際書碼　ISBN-13　978-986-328-782-7

本著作物由瀟湘書院〈www.xxsy.net〉授權出版

定價250元
狗屋劃撥帳號：19001626
網址：love.doghouse.com.tw　E-mail：love@doghouse.com.tw